Föhr immer und ewig

Andrea Froh

ANDREA FROH

Föhr immer & ewig

ROMAN

Bibliografische Information der Deutschen Nationalbibliothek:

Die Deutsche Nationalbibliothek verzeichnet diese Publikation in der Deutschen Nationalbibliografie; detaillierte bibliografische Daten sind im Internet über http://dnb.dnb.de abrufbar.

Umschlaggestaltung: Konstantin

Bildnachweis: Adobe Stock: mmphotographie.de (Datei Nr. 162764718)

ISBN: 9798325951305

Hinweise, Anregungen oder Fragen an: andrea.froh@gmx.de

www.andreafroh.de

»Wahre Stärke zeigt sich darin, den Mut zu finden, dein Leben nach deinen Träumen zu gestalten, auch wenn jeder Schritt unbekanntes Territorium betritt.«

Moin, liebe Leser*innen, zu einer Geschichte, die so schön ist wie der erste Sonnenstrahl am Morgen über der Alster. Mein Name ist Alexandra Maria Lara, aber die Welt nennt mich einfach Alex - ein Name, der genauso unkompliziert ist wie ich selbst.

Ich bin 31 Jahre alt und in Hamburg als Einzelkind aufgewachsen. In der Perle des Nordens, in der die Elbphilharmonie majestätisch über den Hafen thront und der Duft von frisch gebratenen Fischbrötchen die Straßen erfüllt. Doch trotz all dieser Schönheit und den vielen männlichen Singles, die durch die Straßen flanieren, war ich vier Jahre ungewollter Single. Ja, ihr habt richtig gehört, vier Jahre! Ein Zustand, der mich manchmal daran zweifeln ließ, ob ich vielleicht ein unsichtbares Schild um den Hals trug, auf dem steht: «Vorsicht, Single-Falle!»

Aber ich habe nicht aufgegeben, denn tief in meinem Herzen träumte ich von der großen Liebe und einer kleinen Familie. Auch wenn ich ab und zu Zweifel hatte, ob es verantwortungsvoll ist, Kinder in diese verrückte Welt zu setzen, voller Unruhe und Klimawandel. Doch ich glaube an das Gute und daran, dass wir gemeinsam eine positive Veränderung bewirken können.

Beruflich war ich als Buchhalterin in einer kleinen Firma tätig, was mich oft an den Rand des Wahnsinns getrieben hat, vor allem, wenn mein Chef mal wieder seine schlechte Laune an mir ausließ. Aber ich hielt tapfer durch, bewaffnet mit meinem Taschenrechner und einem Lächeln, das stärker war als jede Bilanz.

Wie sehe ich aus, fragt ihr euch vielleicht? Nun, ich bin ungefähr einen Meter siebzig groß, mit langen hellbraunen Haaren, die manchmal wilder sind als die Wellen der Nordsee.

Meine Augen schillern in einem Grünton, der sich manchmal in Richtung Blau verirrt, je nach Laune des Himmels. Ich habe ein paar Pölsterchen, die weder mich noch meinen Liebsten stören. Das Wichtigste ist, dass ich nun mit mir im Reinen bin und mich so akzeptiere, wie ich bin.

Hobbies? Nun ja, zwischen Arbeit und Schlafmangel bleibt nicht viel Zeit für große Abenteuer. Aber ich liebe es zu lesen, mich in fremde Welten zu verlieren.

So, das bin ich also - Alex, die auf der Suche nach der großen, festen Liebe, dem Glück und einem bisschen Frieden war. Begleitet mich auf meiner Reise durch Höhen und Tiefen, voller Lachen und vielleicht sogar der ein oder anderen Träne.

Aber hier kommt der Clou: Meine Geschichte wird nicht von mir selbst erzählt. Nein, sie wurde von einer guten Freundin zu Papier gebracht, die mich eines Tages überzeugte, dass mein chaotisches Leben Stoff für einen Bestseller bietet. Also, schnappt euch eine Tasse Tee, macht es euch gemütlich und taucht ein in das aufregende Leben einer jungen Frau, die einfach nicht anders kann, als ständig über ihre eigenen Füße zu stolpern – metaphorisch und manchmal auch buchstäblich.

EINS

Alexandra saß in ihrem kleinen, dunklen Büro, umgeben von stapelweise Akten und einem flimmernden Bildschirm. Sie starrte aus dem Fenster, wo sich die grauen Wolken über Hamburg zusammenbrauten. Ihre Gedanken schweiften ab, weg von den endlosen E-Mails und Personalakten, hin zu einem anderen Leben, einem, das nicht von Termindruck und Konferenzräumen geprägt war.

Ihr Chef, Herr Müller, war der Inbegriff eines unvorhersehbaren Cholerikers. An manchen Tagen marschierte er durch die Gänge, schrie Anweisungen und kritisierte alles und jeden, der ihm in den Weg kam. Doch dann gab es diese seltenen Momente, in denen er, wie aus heiterem Himmel, mit einer großen Schachtel Pralinen auftauchte und sie mit einem seltsamen Lächeln verteilte. Diese Momente waren so flüchtig wie ein Regenbogen, und keiner wusste je, wann sie kommen würden.

Alexandra seufzte tief. Sie träumte von einem Job, der sie erfüllte, von einem Ort, der ihr Freiheit und Ruhe bot. Ihr Blick fiel auf die Postkarten an ihrer Pinnwand, ein Bild von Meer, Strand und blauem Himmel

Nach einem besonders langen und anstrengenden Arbeitstag entschied sich Alexandra, sich selbst eine kleine Belohnung zu gönnen. Sie schlenderte zu ihrem Lieblingsrestaurant, einem kleinen, gemütlichen Bistro um die Ecke, das die besten Wraps der Stadt servierte. Mit einem köstlichen Chicken-Caesar-Wrap in der Hand machte sie sich auf den Weg nach Hause.

In ihrer Wohnung angekommen, ließ sie sich erschöpft auf ihr Sofa fallen. Das sanfte Licht der Stehlampe und die gemütlichen Kissen boten den perfekten Rückzugsort nach dem hektischen Büroalltag. Während sie in den Wrap biss, schweiften ihre Gedanken ab. Sie war jetzt seit vier Jahren Single, und obwohl sie ihre Unabhängigkeit genoss, sehnte sie sich doch nach jemandem, mit dem sie diese besonderen Momente teilen konnte.

»Hamburg ist so riesig, und es gibt hier so viele Singles. Wie kann es sein, dass ich immer noch alleine bin?«, sinnierte sie. Die Versuche, jemanden zu finden, waren bisher fruchtlos geblieben – sei es über Dating-Apps, Blind Dates oder gar die etwas peinlichen Single-Treffen, die ihre Freundin organisiert hatte.

Mit einem Schmunzeln dachte sie an die verschiedenen Dating-Misserfolge zurück – vom Fitnessbesessenen, der nichts außer seinem Gym kannte, bis zum selbsternannten Poeten, der ihr voller Stolz bei ihrem ersten und letzten Date seine eigenen Verse vorgetragen hatte.

Alexandra sah nachdenklich aus dem Fenster auf die funkelnden Lichter der Stadt.

»Vielleicht irrt mein Mister Right irgendwo in Hamburg umher und findet einfach nicht zu mir.« Sie lächelte bei dem Gedanken und nahm einen weiteren Bissen ihres Wraps. Der Fernseher lief im Hintergrund, und sie beschloss, den Abend entspannt ausklingen zu lassen, ohne sich weiter über die unberechenbaren Wege der Liebe den Kopf zu zerbrechen.

Gerade als sie beschlossen hatte, den Tag hinter sich zu lassen und sich ins Bett zu begeben, vibrierte ihr Handy auf dem Couchtisch. Es war ihre Mutter Beate. Mit einem Seufzer nahm sie das Gespräch an – Gespräche mit ihrer Mutter waren selten kurz und meistens emotional.

»Alex, ich halte es nicht mehr aus!«, schluchzte Beate ins Telefon. »Dein Vater, er... er lässt sich gehen. Er sitzt den ganzen Tag nur herum, und wird immer dicker!«

Alexandra rieb sich die Stirn. Das war nicht das erste Mal, dass ihre Mutter sich über ihren Vater beschwerte. Seit Tobias in Rente gegangen war, schien er all seine Lebensenergie verloren zu haben. Er hatte sich in einen passiven Couch-Potato verwandelt.

»Mama, hast du schon mal versucht, mit ihm darüber zu reden? Vielleicht braucht er einfach einen kleinen Schubs, um wieder aktiver zu werden«, versuchte Alex zu vermitteln, obwohl sie wusste, dass solche Gespräche oft im Streit endeten.

»Reden?«, schniefte Beate. »Ja, natürlich habe ich das versucht! Aber er hört einfach nicht zu. Er sagt, er genießt seine Rente und ich soll ihn in Ruhe lassen.«

Alex seufzte. Sie konnte die Frustration ihrer Mutter verstehen und wusste, dass ihr Vater auf Konfrontation mit Sturheit reagierte.

»Vielleicht braucht ihr beide eine kleine Auszeit. Habt ihr mal über einen Kurzurlaub nachgedacht? Etwas Abwechslung könnte helfen.«

Beate schniefte erneut. »Vielleicht hast du recht. Ich werde darüber nachdenken. Danke, Liebes.«

Nachdem sie aufgelegt hatte, starrte Alex auf ihr Handy. Vielleicht war es an der Zeit, Hamburg für eine Weile hinter sich zu lassen und etwas Neues zu beginnen. Mit diesen Gedanken schlüpfte sie unter ihre Decke und schloss die Augen, während draußen die Lichter der Großstadt unermüdlich weiterleuchteten.

*

Als Alex am nächsten Morgen, einem trüben Samstag, die Augen öffnete, klammerte sie sich noch an den Rest eines süßen Traums. In diesem Traum hatte ihr idealer Mann frische Brötchen vom Bäcker geholt, den Frühstückstisch liebevoll gedeckt und sie dann mit einem sanften Kuss geweckt. Ein perfekter Start in den Tag, wenn da nicht die harte Realität wäre. Sie blinzelte in ihr kleines, chaotisches Schlafzimmer und seufzte.

Der Einzige, der sie hier jemals wach küssen würde, war ihr Wecker – und der war alles andere als sanft.

»Vermutlich werde ich noch mit 80 alleine sein, mein Leben mit einem Hund teilen und mit ihm über die guten alten Zeiten reden«, murmelte sie vor sich hin, während sie sich aus dem Bett zwang. Der Gedanke brachte sie zum Schmunzeln. Sie konnte es sich lebhaft vorstellen: Alex, die alte Dame, die im Schaukelstuhl sitzt, umgeben von unzähligen Strickprojekten und ihrem treuen Vierbeiner Geschichten von ihren langweiligen Jahren in Hamburg erzählt, von der Arbeit und den missglückten Dates.

Mit einem Lächeln auf den Lippen machte Alex sich auf den Weg in die Küche. Das Brötchenholen blieb an ihr selbst hängen. Während sie sich einen Kaffee machte, dachte sie über ihr Leben nach. Ja, sie war Single und ja, ihr Traummann war weit und breit nicht in Sicht.

Um dem drohenden Alleinsein an diesem Wochenende zu entfliehen, griff Alex zum Telefon und wählte die Nummer ihrer besten Freundin Kim. Kim war nicht nur ihre Seelenverwandte, sondern auch eine erfolgreiche Café-Besitzerin. Vor einem halben Jahr hatte sie ihren Traum verwirklicht und ein gemütliches Café direkt am Elbufer eröffnet. Mit seinem atemberaubenden Blick auf die Elbe und dem unwiderstehlichen Duft von frischem Kaffee und selbstgebackenem Kuchen war es schnell zu einem beliebten Treffpunkt geworden.

»Hey, Kim, wie läuft's im Café?«, begann Alex.

»Du glaubst nicht, wie verrückt es hier zugeht. Jeder will einen Platz mit Elbblick ergattern. Ich könnte morgen wirklich etwas Hilfe gebrauchen.« Kims Stimme klang erschöpft, aber glücklich.

»Das trifft sich gut«, sagte Alex mit einem Lächeln. »Ich wollte dich gerade fragen, ob du Hilfe brauchst. Ich komme vorbei und packe mit an.«

»Das wäre fantastisch!«, rief Kim aus. »Und wer weiß, vielleicht läuft dir ja Mr. Right über den Weg, während du Cappuccinos zauberst.«

Alex lachte. »Ich setze meine Hoffnungen nicht zu hoch, aber ein bisschen Ablenkung könnte ich wirklich gebrauchen.«

*

Am nächsten Tag tauschte Alex ihre stumme Wohnung gegen das lebhafte Treiben in Kims Café. Während sie geschäftig zwischen den Tischen hin und her flitzte, Bestellungen aufnahm und Gäste mit ihrem charmanten Lächeln begrüßte, fühlte sie sich lebendiger als seit Langem. Das Café war ein bunter Treffpunkt für Menschen aller Art: verliebte Paare, die in den Sonnenuntergang blickten, Familien, die das Wochenende genossen und Freunde, die bei einem Stück Kuchen das Leben feierten.

Als Alex einen Moment innehielt, um den Blick auf die Elbe zu genießen, dachte sie: »Vielleicht ist es gar nicht so schlecht, Single zu sein. Solange ich Freunde wie Kim habe und Orte wie diesen, an denen ich mich nützlich machen kann, wird es mir nie wirklich an Gesellschaft fehlen.«

Während Alex geschickt Tortenstücke auf Porzellanteller balancierte und den perfekten Cappuccino zubereitete, fiel ihr Blick auf zwei Männer, die soeben das Café betreten hatten. Beide waren unverschämt gutaussehend und strahlten eine Aura aus, die sofort ihre Aufmerksamkeit erregte. Der eine hatte ein charmantes Lächeln und lebendige Augen, während der andere mit seiner ruhigen Ausstrahlung und dem nachdenklichen Blick faszinierte.

»Kennst du die beiden?«, flüsterte Alex Kim zu, als sie einen Moment an der Theke standen.

Kim warf einen kurzen Blick auf die Neuankömmlinge und schüttelte den Kopf. »Noch nie gesehen, aber wow, die sehen gut aus. Und der eine – er guckt schon die ganze Zeit zu dir herüber. Das ist deine Chance! Geh rüber und flirte, was das Zeug hält.«

»Ich kann das nicht«, jammerte Alex, während sie spürte, wie ihr die Röte ins Gesicht stieg. Flirten war definitiv nicht ihre Stärke. Im Gegenteil, allein der Gedanke daran, auf die beiden zuzugehen, ließ sie innerlich erstarren.

»Quatsch! Du bist charmant, witzig und siehst toll aus. Zeig ihnen einfach dein schönstes Lächeln«, ermutigte Kim sie und schubste sie sanft in Richtung der beiden Männer.

Mit klopfendem Herzen und einem Tablett als Schild gegen die eigene Nervosität näherte sich Alex dem Tisch der beiden.

»Guten Tag, kann ich Ihnen schon etwas zu trinken bringen?«, fragte sie mit einer Stimme, die sie hoffentlich ruhiger erscheinen ließ, als sie sich fühlte.

Der Mann mit dem charmanten Lächeln sah zu ihr auf und sein Lächeln wurde noch breiter. »Ja, gerne. Ich hätte einen Cappuccino, bitte. Und was empfiehlst du? Das Café scheint ja für seine Kuchen berühmt zu sein.«

Seine direkte Ansprache und das interessierte Funkeln in seinen Augen brachten Alex fast um den Verstand. Sie musste sich zusammenreißen, um nicht zu stottern.

»Oh, ähm, der Käsekuchen ist heute besonders gut. Frisch und mit einer leichten Zitronennote.«

»Hervorragend, dann nehmen wir zwei Stück davon. Danke.«

Während sie die Bestellung aufnahm und sich wieder Richtung Theke wandte, spürte Alex, wie ein kleines Lächeln ihre Lippen umspielte. Vielleicht war das Flirten doch nicht so schwer, dachte sie. Oder zumindest der Anfang davon. Kim hatte recht, manchmal musste man einfach den ersten Schritt wagen.

Als es Zeit wurde, bei den beiden Männern abzukassieren, spürte Alex, wie die Augen des größeren Mannes auf ihr ruhten. Sein Blick war intensiv, aber nicht unangenehm. Mit einem charmanten Lächeln reichte er ihr das Geld und legte ein überraschend großzügiges Trinkgeld oben drauf.

»Vielen Dank für den tollen Service und den leckeren Kuchen«, sagte er, seine Stimme warm und einladend.

Alex spürte, wie ihr Herz einen kleinen Sprung machte. »Es war mir ein Vergnügen. Ich hoffe, wir sehen Sie bald wieder hier«, erwiderte sie, bemüht professionell zu klingen, während ihr Inneres vor Aufregung tanzte.

Doch als die beiden Männer das Café verließen, ohne nach ihrer Telefonnummer zu fragen oder eine weitere Verbindung anzudeuten, sank Alex Stimmung schlagartig. Enttäuscht sah sie ihnen nach, wie sie sich in das lebhafte Treiben der Stadt einreihten und verschwanden.

»Garantiert schon vergeben«, murmelte Alex leise und fühlte sich ein wenig dumm, dass sie überhaupt gehofft hatte.

Kim, die ihre Enttäuschung bemerkte, legte ihr tröstend eine Hand auf die Schulter. »Hey, Kopf hoch! Du hast heute einen großartigen Eindruck hinterlassen. Wer weiß, vielleicht war das ja nicht das letzte Mal, dass du den süßen Typen gesehen hast.«

Alexandra lächelte matt. »Vielleicht.«

Mit einem tiefen Seufzer räumte Alex die letzten Teller ab und beschloss, sich nicht weiter mit dem zu beschäftigen, was hätte sein können.

Nachdem das letzte Licht im Café erloschen und die Tür abgeschlossen war, setzten sich Alexandra und Kim ans Fenster. Vor ihnen erstreckte sich die breite Elbe, deren stilles Wasser im Abendlicht glitzerte. Ab und zu zog ein riesiges Containerschiff vorbei, die Silhouetten wie Schattenriesen, die langsam über den Fluß schifften. Die beiden Freundinnen lehnten sich zurück und genossen bei einem Glas Rotwein die friedliche Stille nach dem Trubel des Tages.

»Ich beneide dich, Kim«, begann Alex nach einem großen Schluck Wein. »Du hast einen tollen Mann, ein süßes Baby und ein eigenes Café – und das alles mit dreißig. Und ich? Ich sitze seit fünf Jahren in meinem kleinen Büro, das kalt und seelenlos ist und muss die Launen meines Chefs aushalten.« Ihre Stimme schwankte zwischen Bewunderung und einem Hauch von Resignation.

Kim hörte ihr aufmerksam zu, ihre Augen voller Mitgefühl. »Alex, du darfst nicht vergessen, dass auch mein Weg nicht immer einfach war. Es gab viele Herausforderungen und Zweifel, bevor ich all das hier aufbauen konnte.« Sie machte eine ausladende Geste, die das gemütliche Café umfasste. »Und was deinen Job angeht – vielleicht ist es an der Zeit für eine

Veränderung. Du hast so viel zu bieten, und es gibt sicherlich etwas, das dich glücklicher machen würde.«

»Vielleicht hast du recht«, erwiderte Alexandra nachdenklich. »Aber der Gedanke, alles hinter mir zu lassen und von vorn zu beginnen, ist auch ziemlich beängstigend.«

Kim legte eine Hand auf Alexandras Arm. »Manchmal muss man ein Risiko eingehen, um herauszufinden, was einen wirklich glücklich macht. Du sprichst schon seit Monaten davon, eine Auszeit zu nehmen und etwas Neues zu probieren.

Die jungen Frauen schwiegen einen Moment und ließen den Gedanken im Raum stehen. Das leise Summen der Stadt, gemischt mit dem beruhigenden Rauschen der Elbe, schuf einen Moment der Reflexion.

»Weißt du, Kim«, begann Alexandra mit einem entschlossenen Funkeln in den Augen, »vielleicht ist genau jetzt der richtige Zeitpunkt, mein Leben zu ändern.«

Ein Lächeln breitete sich auf Kims Gesicht aus. »Das ist die Alex, die ich kenne und liebe. Mutig und bereit, neue Abenteuer zu erleben.«

Mit einem letzten Blick auf die vorbeiziehenden Schiffe stießen die Freundinnen an, auf die Zukunft und auf die unbekannten Möglichkeiten, die das Leben für Alexandra bereithielt.

*

Das Gesicht des gutaussehenden Gastes verfolgte Alexandra bis in ihre Träume – und das waren nicht mal Albträume, eher so ein Mix aus Tagträumen und einer Seifenoper. Sie konnte einfach nicht anders, als zu hoffen, dass er, ihr persönlicher Mister Mysteriös, das Café erneut mit seiner Anwesenheit beehren würde. Und wie durch ein Wunder – oder vielleicht durch die magische Anziehungskraft von Kims Kuchen – stand er am nächsten Sonntag wieder vor ihr, sein Lächeln so strahlend wie die Sonne über der Elbe.

Kim, die offenbar einen sechsten Sinn für Romantik entwickelt hatte, klopfte Alex mit der Subtilität eines Holzhammers auf den Rücken und zwinkerte ihr zu. »Ich wusste doch, er hat sich unsterblich in dich verguckt. Wahrscheinlich hat er die ganze Woche nichts gegessen, nur um wieder hierher zu kommen und dich anzuschmachten.«

Alexandras Herz machte einen Satz und klopfte wild gegen ihren Brustkorb, als wollte es ausbrechen und sich persönlich bei ihm vorstellen. Sie hatte sich extra hübsch gemacht, in der Ahnung – oder vielleicht der Hoffnung –, dass er zurückkehren würde. Ihr Haar lag perfekt, ihr Make-up war makellos, und sie trug sogar das Parfüm, das sie sonst nur zu besonderen Anlässen auflegte. Also praktisch nie.

Mit einem tiefen Atemzug und dem Mut einer Löwin, die sich in die Schlacht stürzt oder zumindest in ein sehr dramatisches Date -, trat sie auf ihn zu.

»Willkommen zurück! Du musst unseren Kaffee ja wirklich lieben«, sagte Alex, mit einem Lächeln, das sie hoffentlich nicht zu sehr wie ein verliebtes Schulmädchen aussehen ließ.

»Oh, der Kaffee ist großartig, aber ich muss zugeben, dass es eigentlich etwas anderes ist, das mich hierher zurückgeführt hat«, erwiderte er mit einem Blick, der deutlich machte, dass er nicht nur wegen der guten Bohnen hier war.

Alexandra spürte, wie ihr die Röte ins Gesicht stieg. War das etwa der Beginn einer wunderbar schrägen Romanze, die sie in ihren wildesten Träumen nicht erwartet hätte? Eines war sicher: Wenn sie diese Geschichte irgendwann ihren Enkeln erzählen würde, müsste sie ein paar Details weglassen – oder zumindest die über Kim, die im Hintergrund stand und unauffällig versuchte, ein Foto von dem Moment zu schießen.

»Also, was darf ich dir heute empfehlen? Mehr von dem magischen Kaffee oder vielleicht ein Stück des Kuchens, der Herzen erobert?«, fragte Alex, entschlossen, diesen Moment zu ihrem Vorteil zu nutzen.

Und dann, wie in einem dieser Filme, bei denen man weiß, dass der Hauptcharakter gleich etwas unheimlich Peinliches tun wird, kam die Frage, die Alexandra innerlich zu Jubelsprüngen animierte. »Hast du nach der Arbeit schon etwas vor?«, fragte der Mann, der offensichtlich eine direkte Verbindung zu Alex Verstand - oder dem, was davon übrig war, hatte.

Alexandra, die innerlich bereits Konfetti in die Luft warf und eine Ein-Mann-Parade veranstaltete, versuchte äußerlich cool zu bleiben. »Noch nicht, aber ich...«, ihre Stimme verlor sich in einem Meer aus Gedanken, die alle darum kreisten, wie sie möglichst geistreich und charmant wirken könnte. Stattdessen fühlte sie sich wie eine Schauspielerin, die mitten in der Aufführung ihren Text vergisst und verzweifelt nach dem Souffleur sucht.

Am liebsten hätte sie ihm entgegengeschrien: »Nein! Mein einziger Plan war, zu Hause zu sitzen und zu hoffen, dass du mich genau das fragst!«, aber sie zügelte sich. Stattdessen setzte sie ihren besten Nachdenkgesichtsausdruck auf, als müsste sie überlegen, ob sie nicht doch einen Termin mit dem Präsidenten oder zumindest mit seiner Zimmerpflanze hatte. »Noch nicht, aber ich bin nach der Arbeit meistens müde und...«, sie stockte, weil ihr absolut nichts Besseres einfiel. Tatsächlich klang das in ihren Ohren so überzeugend wie eine Ausrede eines Schülers, der vergessen hatte, seine Hausaufgaben zu machen.

Der charmante Gast lächelte, amüsiert über ihre offensichtliche Verwirrung.

»Vielleicht könnte ich dich zu einem entspannten Abend einladen? Etwas, das nicht zu anstrengend ist – vielleicht ein Spaziergang an der Elbe? Ich verspreche, es wird dich nicht übermäßig ermüden.«

Da stand sie nun und fühlte sich, als hätte sie gerade den Jackpot geknackt, nur um festzustellen, dass sie keine Ahnung hatte, wie man mit dem Gewinn umgeht.

Alexandra, die sich fragte, ob es möglich sei, vor Glück ohnmächtig zu werden, nickte eifrig. »Das klingt... wirklich schön«, gab sie zurück, bemüht, ihre Stimme nicht vor Aufregung in die Höhe schnellen zu lassen. Innerlich jedoch tanzte sie bereits Samba.

»Ich hole dich um 18 Uhr hier ab«, verkündete der Mann, dessen Namen sie in ihrer Aufregung ganz vergessen hatte zu erfragen. Ein Detail, das in der Flut ihrer Gefühle unterging wie ein einzelner Zuckerwürfel im Ozean der Liebe.

Von da an war an eine konzentrierte Arbeit nicht mehr zu denken. Alex vertauschte Tische, als würde sie eine geheime Botschaft in der Anordnung der Möbel hinterlassen wollen, ließ eine Tasse fallen, die in tausend Scherben zerbarst – ein Symbol für ihre Fassung, und spürte, wie ein Orkan der Emotionen in ihr tobte. »Sollte der Fremde etwa mein Mann fürs Leben sein?«, sinnierte sie, während sie versuchte, den Milchschaum auf einem Cappuccino zu einem Herz zu formen, was eher aussah wie eine Kartoffel.

So schnell konnte man also den Richtigen finden! Gestern noch hatte sie mit ihrem Schicksal als ewige Single-Frau gehadert, die mit achtzig noch mit ihrem imaginären Hund spricht, und heute? Heute könnte sie womöglich ihren Zukünftigen getroffen haben. Das Leben war ein Kuriositätenkabinett voller Überraschungen.

Kim beobachtete das Chaos, das Alexandra anrichtete, mit einer Mischung aus Amüsement und leichter Besorgnis.

»Alex, wenn du weiterhin das Geschirr dezimierst, muss ich anfangen, Eintritt zu verlangen. Das hier wird langsam zur Performance-Kunst.«

»Ich kann nichts dafür«, verteidigte sich Alex, während sie versuchte, die Überreste ihrer Fassung zusammenzukehren. »Es ist nur... er kommt mich hier abholen. Um sechs. Und ich weiß nicht mal seinen Namen!«

»Na, das lässt sich ja leicht ändern«, entgegnete Kim pragmatisch. »Frag ihn einfach, wenn er dich abholt. Bis dahin nennen wir ihn doch ‚Mister Mysteriös'. Klingt doch gleich viel spannender.«

Über diese Bezeichnung für ihren unbekannten Verehrer musste Alexandra herzhaft lachen. Ja, das Leben hatte eine komische Art, sie zu überraschen. Und wer weiß, vielleicht war ‚Mister Mysteriös' ja tatsächlich der Mann ihrer Träume. Oder zumindest der Mann, der sie dazu brachte, das Café in ein Schlachtfeld aus verwechselten Bestellungen und zerbrochenem Porzellan zu verwandeln.

Kim, die in solchen Momenten immer zur Stelle war, fungierte nicht nur als beste Freundin, sondern auch als Notfall-Stylistin. Sie zückte ihren Lippenstift wie ein Schwert aus der Scheide und verpasste Alex einen Farbton, der so leuchtend war, dass er selbst den grauesten Hamburger Regentag in einen sonnigen Frühlingsmorgen verwandeln konnte. »Damit wirst du ‚Mister Mysteriös' umhauen – oder zumindest dafür sorgen, dass er dich im Sturm nicht verliert«, scherzte Kim, während sie geschickt Alexandras Haare zu einer sturmfesten Frisur band.

Es war ein Kunstwerk, das selbst dem wildesten Hamburger Schietwetter trotzen würde.

»Jetzt fehlt nur noch der Lack für deine Rüstung«, scherzte Kim und sprühte einen Nebel von Haarspray um Alex Kopf, der jede einzelne Strähne an ihrem Platz zementierte.

Alexandra konnte sich des Lachens nicht erwehren. Sie fühlte sich ein bisschen wie eine Heldin in einem epischen Abenteuerfilm, bereit, den Elementen zu trotzen und das Herz des geheimnisvollen Fremden zu erobern. Es war lange her, seit sie ihr letztes Date hatte, und die Erinnerung daran war alles andere als rosig. Damals hatte sie sich in einen Mann verliebt, der sich als weniger Prinz Charming und mehr als Frosch entpuppt hatte. Ein Frosch, der nicht einmal das Küssen wert war.

»Ich hoffe, diesmal endet die Geschichte besser«, murmelte sie, während sie sich im Spiegel betrachtete. Die Erwartung und ein kleines bisschen Angst mischten sich in ihrem Magen zu einem Cocktail, der stärker prickelte als jeder Sekt.

»Ach, komm schon«, ermutigte Kim sie und gab ihr einen sanften Schubs in Richtung Tür. »Du bist stark, wunderschön und hast einen Lippenstift drauf, der selbst den grimmigsten Türsteher zum Lächeln bringen würde. Was könnte da schon schiefgehen?«

Mit einem tiefen Atemzug und einem letzten prüfenden Blick auf ihr Spiegelbild nahm Alex all ihren Mut zusammen. Ihr Date wartete schon auf sie, und sie war mehr als bereit, herauszufinden, ob er wirklich der Mann fürs Leben sein könnte. Oder zumindest der Mann für ein unvergessliches Date. Mit einem Lächeln, das teilweise Nervosität, teilweise Vorfreude war, trat sie aus der Tür und dem Abenteuer entgegen, das der Hamburger Abend für sie bereithielt.

Mit einem tiefen Atemzug, der mehr einem letzten Schnappatmen glich, stolzierte Alex ihrem Date entgegen. Jeder Schritt fühlte sich an, als würde sie einer Preisverleihung entgegengehen, nur dass der Preis ein Abend mit ‚Mister Mysteriös' war. Sie fragte sich kurz, ob sie in diesem Moment mehr einem Flamingo auf Eis glich als der selbstbewussten, unabhängigen Frau, die sie zu sein vorgab.

Der Fremde stand da, so lässig, als wäre er gerade einem Hochglanzmagazin entsprungen, und sein Lächeln mit den makellos weißen Zähnen hätte die Nacht erhellt, wenn Hamburgs Straßenlaternen plötzlich den Geist aufgegeben hätten. Alexandra fühlte sich, als hätte jemand die Luft aus der Atmosphäre gesaugt. Sie wickelte sich ihren langen Schal um den Hals, mit einer Intensität, die beinahe gefährlich war. »Ein modischer Würgegriff«, dachte sie noch, bevor sie sich auf das Wesentliche konzentrierte.

»Schaffst du es noch zu laufen?«, fragte der smarte Typ mit einem schiefen Grinsen, während er seine Hände in die Jackentaschen steckte, als ob er sich auf eine gemütliche Expedition durch den urbanen Dschungel Hamburgs vorbereitete.

Alex nickte, obwohl ihre Füße sich so anfühlten, als wären sie mit Betonblöcken beschwert. Ein schneller Blick durchs Fenster verriet ihr, dass Kim wie eine stolze Mama dastand, die bereit war, bei der kleinsten Gefahr in Superheldenmanier zu ihrer Rettung zu eilen. Oder zumindest bereit, alles für die Nachwelt festzuhalten.

»Bereit?«, fragte er und bot ihr seinen Arm an, als wäre er ein Ritter in glänzender Rüstung, bereit, sie durch den stürmischen Abend zu geleiten.

»Geboren bereit«, hauchte sie, obwohl ihre Stimme eher klang, als wäre sie gerade aus einem drei Stunden langen Coldplay-Konzert gekommen. Zusammen traten sie in die Nacht, begleitet von Kims enthusiastischen Daumen-hoch-Gesten durch das Fenster, die mehr Motivation boten als jeder Motivationsposter jemals könnte.

Nachdem Alexandra eine beeindruckende Sammlung an Blödsinn zusammengestammelt hatte, um ihre offensichtliche Unsicherheit zu kaschieren, fragte ihre Begleitung mit einem Amüsement in der Stimme, das sie erröten ließ: »Möchtest du vielleicht meinen Namen wissen?«

»Ja, sorry«, antwortete Alex, während sie mit einer Hand versuchte, ihre vom Wind malträtierte Frisur zu bändigen. Der Wind schien eine persönliche Vendetta gegen sie und ihre sturmfeste Frisur zu haben, die Kim mit so viel Hingabe kreiert hatte. Jetzt fühlte sie sich ein wenig wie eine dieser Wetterreporterinnen, die live aus dem Auge eines Hurrikans berichten.

Der junge Mann lachte leise, ein Klang so warm und einladend, dass Alexandra für einen Moment das Hamburger Schmuddelwetter vergaß.

»Ich heiße Daniel«, sagte er schließlich, und mit diesen Worten schien der Wind ein wenig nachzulassen, als würde selbst das Hamburger Wettergeschehen innehalten, um diesen Moment zu würdigen.

»Daniel«, wiederholte Alex und kostete den Namen aus, als wäre er ein neues, exotisches Gericht, das sie gerade probierte. »Ein schöner Name.«

Er lächelte breit. »Und du bist Alexandra, richtig? Ich muss sagen, du machst selbst mit zerzauster Frisur eine gute Figur.«

Die Geschmeichelte spürte, wie ihre Wangen eine Schattierung von Kirschblütenrosa annahmen. »Danke, das Kompliment gebe ich gerne zurück. Auch wenn dein Haar vom Wind verschont bleibt.«

Mit der Offenlegung seiner Identität begann ihr gemeinsamer Spaziergang entlang der Elbe nicht nur mit einem Namen, den

Alex anhimmeln konnte, sondern auch mit einem Gefühl der Vertrautheit, das sich in den Wirbelwind aus Nervosität und Aufregung mischte. Der Abend, der so stürmisch begonnen hatte, versprach in jeder Hinsicht unvergesslich zu werden.

Als der Himmel beschloss, seine Schleusen zu öffnen und ein Regenguss Hamburg in eine glitzernde, nasse Welt verwandelte, schlug Daniel vor, Schutz in einem nahegelegenen Lokal zu suchen. Was Alexandra nicht wusste, war, dass dieses Lokal sich als ein echter Schicki-Micki-Schuppen entpuppen würde, in dem die Gläser kleiner und die Preise größer waren als irgendwo sonst in der Stadt.

Bis zu diesem Punkt hatte Alex einiges über Daniel erfahren. Er arbeitete in der Firma seines Vaters, einer Tatsache, die er mit einer Mischung aus Stolz und einer leichten Resignation erwähnte. Außerdem hatte er keine Geschwister, was Alexandra sofort als eine Gemeinsamkeit verbuchte. »Zwei Einzelkinder«, dachte sie, »die sich nicht mit Geschwistern rumplagen müssen.«

Während sie durch den Regen hasteten und schließlich in dem Lokal ankamen, das mit seiner schummrigen Beleuchtung und den überteuerten Getränken eher an einen Club aus einem James-Bond-Film erinnerte, konnte Alex nicht umhin, sich ein wenig fehl am Platz zu fühlen. Ihre Schuhe tropften auf den makellos glänzenden Boden, und ihr Schal fühlte sich an, als hätte er ein kleines Schwimmbecken absorbiert.

Daniel schien von der Atmosphäre unbeeindruckt und führte Alexandra an einen abgelegenen Tisch, wo sie sich gegenübersetzten.

»Ich hoffe, der Ort ist okay für dich. Ich komme hier manchmal her, um nach der Arbeit abzuschalten«, erklärte Daniel, während er die Speisekarte studierte, als wäre sie ein faszinierendes historisches Dokument.

»Ganz sicher ein toller Ort, um ... sich wie James Bond zu fühlen«, erwiderte Alexandra, bemüht, ihre Stimme nicht zu sehr zittern zu lassen.

Daniel lachte, ein Geräusch, das in dem gedämpften Summen des Lokals überraschend heimelig klang.

Das Eis war gebrochen, und obwohl Alexandra sich immer noch wie ein nasser Pudel fühlte, begann sie, sich in Daniels Gesellschaft zu entspannen. Vielleicht war es die Absurdität der Situation oder die Tatsache, dass Daniel es schaffte, selbst einen Schicki-Micki-Schuppen wie diesen irgendwie charmant wirken zu lassen. Was auch immer es war, sie fühlte, dass dieser regnerische Abend noch einige Überraschungen für sie bereithalten könnte.

Da Alexandra sich in der exotischen Welt der Cocktails nicht auskannte, überließ sie Daniel die Bestellung und beobachtete fasziniert, wie er mit der Souveränität eines erfahrenen Bar-Gängers eine Auswahl traf, die sowohl abenteuerlich als auch geschmackvoll klang. Nach drei Cocktails – deren Namen sie nach dem ersten Schluck vergessen hatte – und einer beachtlichen Menge an Nüssen, fühlte Alex sich mehr als nur leicht beschwipst. Sie war in eine fröhliche, alberne Stimmung gefallen, die sie schon lange nicht mehr erlebt hatte.

Alex war es nicht gewohnt, viel Alkohol zu trinken. Vor einem Jahr hatte sie einen Bericht über Alkohol gesehen, der sie so beeindruckt hatte, dass sie beschlossen hatte, fortan einen großen Bogen um jede Art von alkoholischen Getränken zu machen. Doch hier, in diesem schummrigen, überteuerten Lokal, unter der charmanten Begleitung von Daniel, schien diese Entscheidung weit entfernt und nahezu irrelevant.

»Weißt du«, begann sie, während sie versuchte, einen besonders widerspenstigen Cocktail-Strohhalm zu bezwingen, »ich habe eigentlich eine Regel für Alkohol. Aber irgendwie... irgendwie macht es mit dir mehr Spaß, als ich dachte.«

Daniel lächelte, ein Lächeln, das Alex selbst in ihrem beschwipsten Zustand als aufrichtig und warm empfand.

»Ich fühle mich geehrt, deine Ausnahme zu sein«, erwiderte Daniel. »Aber keine Sorge, wir belassen es bei den drei Cocktails. Ich möchte nicht Schuld daran sein, dass du morgen früh deinen Entschluss bereust.«

Alexandra lachte, ein freies, unbeschwertes Lachen, das sich anfühlte, als würde es alle Sorgen und den Stress der letzten

Monate wegspülen. Sie erzählte Daniel von dem Bericht über Alkohol, den sie gesehen hatte, und wie sie danach beschlossen hatte, nüchtern zu leben. Ihre Erzählung war gespickt mit albernen Anekdoten und wilden Gesten, die Daniel sichtlich amüsierten.

»Und jetzt sitze ich hier, in einem Schicki-Micki-Lokal, trinke Cocktails, als gäbe es kein Morgen und fühle mich ... irgendwie frei«, schloss sie, während sie versuchte, einen ernsthaften Gesichtsausdruck zu bewahren, was ihr kläglich misslang.

Daniel hörte ihr aufmerksam zu, nickte zwischendurch und lachte an den richtigen Stellen. Es war offensichtlich, dass er ihre Gesellschaft genoss, genauso wie sie seine. In diesem Moment, zwischen den Lachern, den albernen Geschichten und den leuchtenden Cocktailgläsern, fand sie etwas, das sie schon lange nicht mehr gespürt hatte: eine unbeschwerte Freude.

Das Date mit Daniel entwickelte sich zu einer unerwartet wundervollen Erfahrung, die Alex daran erinnerte, dass manchmal die spontanen, unerwarteten Momente im Leben diejenigen sind, die am längsten in Erinnerung bleiben.

»Ich glaube, ich muss dich nach Hause bringen«, sagte Daniel, während er Alexandra mit einem Blick ansah, der tiefgründiger war als der Ozean bei Nacht. In diesem Moment, durchdrungen von der Wärme seines Blickes, war sie weit davon entfernt, Herr ihrer Sinne zu sein. Ihr Kopf drehte sich leicht, vielleicht wegen der Cocktails, vielleicht wegen der Intensität des Moments – oder eine berauschende Mischung aus beidem.

Sie nahm sein Angebot an, mehr aus Notwendigkeit denn als bewusste Entscheidung. Beim Aufstehen musste sie sich bei Daniel einhaken, um die Welt um sich herum wieder einigermaßen gerade zu rücken und nicht im nächsten Moment den Boden aus nächster Nähe zu betrachten. Gemeinsam torkelten sie aus dem Lokal, wobei Alexandra sich fragte, wie sie jemals ohne Daniels stützenden Arm überleben konnte.

Daniel bestellte ein Taxi, denn der Regen hatte nicht nachgelassen. Er war immer noch so intensiv, als würde der Himmel selbst ihre Verbindung feiern – oder vielleicht versuchen, sie auf die Probe zu stellen. Im schummrigen Licht des Taxis, während die Stadt an ihnen vorbeizog, lehnte Alexandra ihren Kopf gegen Daniels Schulter. Die Welt draußen verschwamm zu einem Wirbel aus Lichtern und Farben, der merkwürdig beruhigend wirkte.

Während der Fahrt hielt er ihre Hand. Es war eine Geste, die gleichzeitig schlicht und unendlich bedeutungsvoll war. In diesem kleinen, bewegten Raum zwischen hier und dort, zwischen Beginn und Ende des Abends, fühlte Alex etwas, das sie lange nicht gefühlt hatte: ein Gefühl von Zugehörigkeit und vielleicht sogar von einem wundervollen Neubeginn.

Als sie an ihrer Wohnung ankamen, war der Regen zu einem sanften Nieseln geworden, als hätte das Wetter ein Einsehen mit ihnen. Daniel half ihr aus dem Taxi und begleitete sie bis zu ihrer Tür. Dort, unter dem schützenden Vordach, drehte Alexandra sich zu ihrer Begleitung um, unsicher, was sie sagen oder tun sollte.

»Danke, dass du mich nach Hause gebracht hast«, flüsterte sie, ihre Stimme ebenso unsicher wie ihr Herzschlag.

»Immer wieder gerne«, erwiderte Daniel, und in seiner Stimme schwang ein Versprechen mit, das mehr als nur die Fahrt nach Hause umfasste. Ein Versprechen für vielleicht mehr gemeinsame Tage, geteilt zwischen dem Rauschen des Regens und der Stille der Zusammengehörigkeit.

Im schummrigen Licht standen sie eine Weile stumm einander gegenüber. Es war einer dieser Momente, in denen die Zeit stillzustehen scheint, in denen jedes Wort überflüssig wirkt. Dann, mit einer Sanftheit, die Alex überraschte, nahm Daniel ihr Gesicht in seine Hände und küsste sie. In diesem Augenblick schien es Ale, als würde sie träumen. Die Welt um sie herum begann zu verschwimmen, alles drehte sich, und für einen flüchtigen Moment fühlte Alex sich unendlich leicht.

Doch als Daniel den Kuss vertiefte, wurde das leichte Gefühl jäh von einer Welle der Übelkeit abgelöst. Mit einem hastigen Schritt zur Seite entkam sie Daniels Umarmung und übergab sich in das Beet, das ihre Nachbarin mit so viel Liebe pflegte. Von allen möglichen Szenarien, die sie sich für den Abschluss dieses Abends ausgemalt hatte, war dies sicher das letzte, das ihr in den Sinn gekommen wäre.

Daniel, der wie angewurzelt hinter ihr stand, war sichtlich überfordert mit der Situation. Er wusste nicht, ob er helfen, trösten oder lieber Abstand halten sollte. Nach einem Moment der Unsicherheit legte er ihr vorsichtig eine Hand auf die Schulter. »Geht's dir gut?«, fragte er, seine Stimme voller Sorge.

Alexandra, immer noch gebeugt und zutiefst beschämt, nickte nur, unfähig, Worte zu finden. Wie erklärte man so eine peinliche Reaktion? Wie machte man deutlich, dass dies nichts mit ihm persönlich zu tun hatte, sondern eher mit einer unglücklichen Mischung aus Nervosität, Alkohol und vielleicht dem ein oder anderen Nuss-Snack zu viel?

»Es tut mir leid«, brachte sie schließlich hervor, ihre Stimme kaum mehr als ein Flüstern. »Das war ... das war nicht so geplant. Ich bin einfach nicht mehr gewohnt, Alkohol zu trinken.«

Daniel gab ein leises, verständnisvolles Lachen von sich. »Keine Sorge. Solche Dinge passieren. Wichtig ist nur, dass es dir jetzt besser geht. Kann ich noch etwas für dich tun?«

In diesem Moment, da Daniel trotz der unangenehmen Wendung so fürsorglich reagierte, fühlte Alexandra eine tiefe Dankbarkeit. Vielleicht war dieser Abend nicht ganz so verlaufen, wie sie es sich erhofft hatte, aber er hatte ihr gezeigt, dass Daniel nicht nur charmant und interessant, sondern auch verständnisvoll und geduldig war – Qualitäten, die weit über die erste Verliebtheit hinaus Bestand haben würden.

Nachdem Daniel sich ein Taxi gerufen hatte, strich er Alex zum Abschied kurz über den Arm – eine Geste, die sanft und doch voller unausgesprochener Fragen war. Er fragte nicht, ob sie sich wiedersehen würden, ein Auslassen, das in ihr ein Wirrwarr aus Gedanken und Emotionen auslöste. Hatte sie es vermasselt?

Mit schweren Schritten torkelte sie die Treppen hinauf zu ihrer Wohnung, jeder Schritt ein Echo der Zweifel, die in ihrem Kopf widerhallten. Als sie endlich ihr Sofa erreichte, ließ sie sich mit einem Seufzer fallen, der sowohl Erschöpfung als auch Frustration ausdrückte. Die Stille ihrer Wohnung umhüllte sie wie eine Decke, unter der sie sich verstecken wollte.

Inmitten der turbulenten Gefühle, die durch sie hindurchwogten, gab es eine Gewissheit: Sie war verliebt. Daniel hatte in der kurzen Zeit, die sie zusammen verbracht hatten, etwas in ihr berührt, das sie nicht ignorieren konnte. Doch gleichzeitig ärgerte sie sich über sich selbst – über ihre Unfähigkeit, den Abend zu einem besseren Ende zu bringen, über ihre körperliche Reaktion, die so unzeitgemäß gekommen war.

Die Nacht zog sich dahin, während Alexandra wach auf ihrem Sofa lag, die Decke bis zum Kinn gezogen, und über die Ereignisse des Abends nachdachte. Der Regen klopfte sanft gegen die Fensterscheiben, als wollte er ihr eine Melodie der Beruhigung spielen. Doch der Trost, den die Nacht normalerweise mit sich brachte, blieb aus. Stattdessen fühlte sie sich leer und unvollständig, als hätte sie eine seltene Gelegenheit durch ihre Finger rinnen lassen.

Während sie dort lag, in der Dunkelheit, umgeben von den Schatten ihrer Entscheidungen, beschloss sie, dass sie nicht einfach aufgeben würde. Ein Missgeschick, so peinlich es auch sein mochte, sollte nicht das Ende ihrer Geschichte mit Daniel bedeuten. Sie musste einen Weg finden, die Dinge wieder ins Reine zu bringen, zu beweisen, dass ein unglücklicher Abend nicht definieren würde, was zwischen ihnen sein könnte.

Mit diesem Gedanken fest im Herzen schlief Alexandra schließlich ein, die Entschlossenheit, die Situation zu verbessern, ein leuchtender Funke in der Dunkelheit ihrer Enttäuschung.

ZWEI

Am nächsten Morgen, mit dem Gewicht des vergangenen Abends noch auf ihren Schultern, schleppte Alexandra sich ins Büro. Trotz der Hoffnung, die sie in der Nacht gehegt hatte, gab es keine Nachricht von Daniel auf ihrem Handy – ein Umstand, der ihr Herz schwerer machte als die bleiernen Wolken über der Stadt. Sie hatte ihm ihre Handynummer gegeben, in einem Moment des Optimismus, doch das Schweigen auf der anderen Seite war ohrenbetäubend.

Ihr Tag wurde nicht besser, als sie feststellte, dass ihr Chef wieder einmal in schlechter Laune war. Seine Stimmungsschwankungen waren legendär, und heute schien er entschlossen zu sein, jedes noch so kleine Problem in ein dramatisches Ereignis zu verwandeln. Alex versuchte, sich klein zu machen und nicht aufzufallen, ein Balanceakt, der zunehmend schwerer fiel, je mehr der Tag voranschritt.

Als ob das nicht schon genug wäre, rief ihre Mutter während der Mittagspause an. Das Gespräch drehte sich, wie so oft, um die Probleme mit ihrem Vater. Alexandra fühlte sich in solchen Momenten wie eine Seelsorgerin, gefangen zwischen dem Wunsch zu helfen und dem Gefühl, dass ihre eigenen Sorgen und Bedürfnisse immer an letzter Stelle standen.

Manchmal, in den stillen Momenten zwischen einem Anruf und dem nächsten Problem, das ihre Aufmerksamkeit forderte, träumte Alexandra davon, alles hinter sich zu lassen. Ein neues

Leben irgendwo zu beginnen, wo niemand sie kannte und sie frei sein konnte von den Erwartungen und Enttäuschungen, die ihr aktuelles Leben zu definieren schienen. Doch im nächsten Moment erinnerte sie sich daran, dass sie nicht den Mut hatte, einen solchen Schritt wirklich zu wagen. Die Sicherheit, unglücklich aber vorhersehbar, wog schwerer als das ungewisse Versprechen eines Neuanfangs.

So verbrachte sie ihren Tag, gefangen in einem Wirbel aus Arbeit, familiären Verpflichtungen und dem stetigen Blick auf ihr Handy, in der Hoffnung auf eine Nachricht, die nicht kam. Mit jedem vergehenden Moment schrumpfte die Hoffnung ein wenig mehr, bis sie kaum mehr war als ein Flüstern in einer Welt voller Lärm.

Am Abend suchte Alexandra Zuflucht bei Kim, ihrer Freundin und verlässlichen Vertrauten, die gespannt darauf wartete zu hören, wie das Date mit Daniel verlaufen war. Während Kim ihr süßes Baby stillte, ein Bild der mütterlichen Zufriedenheit, entlud sich Alexandra in einer Flut aus Worten über den missglückten Kuss, ihre Übelkeit und die peinliche Flucht in das Beet ihrer Nachbarin.

Kim konnte nicht anders, als bei der Erzählung zu lachen – nicht aus Schadenfreude, sondern weil sie in der ganzen Katastrophe auch etwas Positives sah. »Aber das ist doch super, dass er dich küssen wollte. Und ich finde ihn auch total süß«, versuchte die junge Mutter ihre Freundin zu trösten, während sie sanft über den Rücken ihres Babys strich.

Alex jedoch konnte Kims Optimismus nicht teilen. »Aber er hat sich nicht mehr gemeldet. Er hätte ja mal fragen können, wie es mir geht«, sagte sie etwas verzweifelt, die Enttäuschung über das Schweigen schwer in ihrer Stimme.

Kim blickte nachdenklich auf, ihr Blick wechselte zwischen ihrem Baby und Alexandra hin und her, als würde sie die richtigen Worte abwägen. »Vielleicht braucht er einfach ein bisschen Zeit, um das Ganze zu verarbeiten. Oder er ist unsicher, wie er mit der Situation umgehen soll. Männer sind manchmal komplizierter, als sie zugeben wollen.«

»Aber was, wenn das alles war? Was, wenn dieser Moment alles ruiniert hat?«, gab Alex ihre größte Sorge preis, die Angst, dass ein einziger unglücklicher Augenblick das zarte Band zwischen ihr und Daniel für immer zerschnitten hatte.

Kim legte ihre freie Hand auf Alexandras Arm, ein fester, beruhigender Druck. »Alex, wenn er wirklich der Richtige für dich ist, dann wird dieser Moment nichts ruinieren. Kommunikation ist der Schlüssel. Vielleicht solltest du ihm schreiben? Sei ehrlich, erkläre, wie du dich fühlst. Das Schlimmste, was passieren kann, ist, dass er nicht antwortet. Und dann weißt du, woran du bist und kannst weitermachen. Aber gib ihm – und euch – zumindest die Chance.«

Diese Worte, so einfach und doch so schwer umzusetzen, gaben Alexandra zu denken. Vielleicht hatte Kim recht. Vielleicht war es an der Zeit, den ersten Schritt zu machen, anstatt darauf zu warten, dass Daniel ihn tat. Mit einem tiefen Seufzer, aber auch mit einem Funken Hoffnung, die soeben wieder entfacht worden war, beschloss sie, dass sie Kim's Rat folgen würde. Ein Versuch war es wert – für die Chance auf etwas, das trotz aller Unwahrscheinlichkeiten und Missgeschicke sein könnte.

*

Unter ihrer dicken Decke, im warmen Schutz ihres Bettes, hielt Alexandra ihr Handy fest in der Hand und starrte auf den leeren Bildschirm. Die Worte, die sie Daniel schreiben wollte, wirbelten wie Schneeflocken in ihrem Kopf umher, sich niederlassend, nur um im nächsten Moment wieder davonzuschweben. Gerade als sie den Mut zusammengefasst hatte und die ersten Worte tippte, vibrierte ihr Handy.

Ihr Herz machte einen Sprung, als sie Daniels Worte las: »Hi, war heute so busy. Hast du dich gut erholt? Hast du morgen Abend Zeit? Lg Daniel.«

In diesem Moment fiel jegliche Unsicherheit von ihr ab, als wäre sie nie da gewesen. Alex warf die Decke zur Seite, sprang aus dem Bett und tanzte durchs Zimmer, ein Strahlen auf ihrem Gesicht, das heller leuchtete als jede Lampe es je könnte. Vor dem Spiegel stehend, blickte sie ihrem Spiegelbild in die Augen und sagte mit einer Stimme, die vor Freude und Erleichterung bebte: »Danke!«

Die Erleichterung, die sie fühlte, war unbeschreiblich. Daniel hatte sich gemeldet, und nicht nur das – er wollte sie wiedersehen. All die Sorgen und Ängste schienen wie durch Zauberhand verschwunden. Sie tanzte weiter durch ihr Zimmer, unfähig, das Lächeln von ihren Lippen zu wischen, während sie überlegte, was sie anziehen und wie sie den Abend gestalten sollten.

Schließlich hielt sie inne, atmete tief durch und griff wieder nach ihrem Handy, um zu antworten. Ihre Finger flogen über die Tastatur, diesmal ohne Zögern, voller Vorfreude auf das, was kommen würde. »Hi Daniel, freut mich von dir zu hören. Ja, ich habe mich erholt. Und ja, ich habe Zeit. Freue mich. Lg Alex.«

Sie legte sich zurück ins Bett, die Decke bis zum Kinn gezogen, doch dieses Mal fühlte sich alles anders an. Die Nacht war nicht mehr kalt und dunkel, sondern warm und erfüllt von der süßen Vorfreude auf das Wiedersehen mit Daniel. Sie schlief ein mit einem Lächeln auf den Lippen, träumend von den Möglichkeiten, die der nächste Abend bringen würde.

DREI

Am nächsten Morgen erwachte Alexandra als wohl die glücklichste Frau auf Erden. Sie sprang förmlich aus dem Bett, eine Energie in sich, die selbst den trübsten Morgen in pures Gold verwandeln konnte. Sie sang lautstark beim Anziehen und beim Frühstückmachen, obwohl sie wusste, dass ihre gesanglichen Talente eher bescheiden waren. Doch nichts konnte ihre Freude trüben, denn der Gedanke an den bevorstehenden Abend mit Daniel ließ ihr Herz höherschlagen.

In ihrem Kopf malte sie sich bereits ein Bild ihrer gemeinsamen Zukunft aus – Heirat, Kinder, ein kleines Haus mit Garten. Die Vorstellung war so lebendig, so erfüllt von Wärme und Liebe, dass sie beinahe zu spüren war. Sie hatte ein gutes Gefühl bei Daniel; er war alles, was sie sich von einem Mann wünschen konnte: gebildet, charmant und unverschämt gutaussehend. Es erschien ihr fast wie ein Wunder, dass jemand wie er keine Freundin hatte. Doch statt lange darüber nachzudenken, entschied sie sich, einfach dankbar für das Schicksal zu sein, das sie zusammengeführt hatte.

Während Alex sich auf den Tag vorbereitete, konnte sie ein Lächeln nicht unterdrücken. Jeder, der ihr an diesem Tag begegnete, bemerkte ihre Ausgelassenheit und konnte nicht umhin, sich von ihrer guten Laune anstecken zu lassen. Sie zählte die Stunden bis zum Abend, jede Minute ein kleiner Schritt näher an das Wiedersehen mit Daniel.

Alex wusste, dass es noch viel zu früh war, um von Heirat und Kindern zu träumen, doch in ihrem Herzen fühlte es sich einfach richtig an. Sie vertraute darauf, dass das Leben manchmal die schönsten Geschichten schreibt – Geschichten, die mit einem einfachen »Hi« beginnen und mit einem »Für immer« enden. Mit diesem Gedanken im Kopf und einem unerschütterlichen Glauben an die Zukunft ließ sie den Tag an sich vorbeiziehen, jeder Moment ein süßes Versprechen auf das, was noch kommen mag.

In der Mittagspause, getrieben von einer Euphorie, die nur eine bevorstehende Verabredung mit einem potenziellen Mr. Right hervorrufen kann, entschied sich Alex, endlich das Kleid zu kaufen, das sie schon seit Wochen aus dem Schaufenster anhimmelte. Es war, als hätte das Kleid nur auf diesen Moment gewartet, um von ihr getragen zu werden – oder vielleicht wartete es auch darauf, aus dem Schaufenster-Dasein erlöst zu werden.

Daniel hatte vorgeschlagen, sich vor dem Alsterhaus zu treffen, da er noch ein Geschenk für seine Mutter besorgen musste. Alex konnte sich ein Grinsen nicht verkneifen bei dem Gedanken, dass Daniel möglicherweise genauso nervös war wie sie und nach einer unauffälligen Ausrede suchte, um ihr Treffen zu »rechtfertigen«.

Nach einem Arbeitstag, der sich anzufühlen schien, als hätte jemand die Zeitlupe-Taste gedrückt, hetzte Alexandra nach der Arbeit nach Hause, um sich umzuziehen. Das Anziehen des neuen Kleides war ein Akt der Akrobatik, bei dem sie sich fragte, ob sie im Vorfeld ein Stretching hätte machen sollen.

Als sie schließlich zum Alsterhaus eilte, war der Mai in voller Pracht – die Luft ungewöhnlich mild, was ihr erlaubte, auf eine Jacke zu verzichten. Sie war dankbar für dieses kleine Wunder, denn eine Jacke hätte nur ihre sorgfältig geplante Erscheinung gestört. Sie stellte sich vor, wie sie in einem Film mitspielte, der »Frühling in Hamburg – Die Jackenlose« hieß.

Während Alex sich ihrem Treffpunkt näherte, konnte sie ein nervöses Kribbeln nicht unterdrücken. »Hoffentlich sieht Daniel mich und denkt sich nicht, dass er versehentlich ein Date mit einem Pfau hat«, dachte sie mit einem Blick auf ihr farbenfrohes Kleid. Aber tief in ihrem Herzen wusste sie, dass es perfekt war – zumindest hoffte sie das.

Mit jedem Schritt, den sie dem Alsterhaus näherkam, stieg ihre Vorfreude. »Dies könnte der Beginn von etwas Wunderbarem sein«, dachte sie und malte sich aus, wie sie und Daniel Hand in Hand die Alster entlangschlendern würden, während im Hintergrund eine perfekt getimte Playlist romantischer Lieder lief. »Oder der Beginn eines sehr stilvollen Spaziergangs zum nächsten Kleidergeschäft, falls das Kleid doch zu viel des Guten ist«, fügte sie in Gedanken mit einem Schmunzeln hinzu.

Als Alex das prächtige Gebäude des Alsterhauses erreichte, erblickte sie Daniel, der da stand, als hätte er gerade eine Audition für das Cover eines Mode-Magazins gewonnen. Er trug ein weißes Hemd, das so makellos war, dass es neben ihm fast ein Eigenleben zu führen schien, und eine dunkelblaue Jeans, die offenbar genau wusste, wie man lässige Eleganz definiert. Sein dichtes Haar saß so perfekt auf seinem Kopf, als hätte es einen eigenen Stylisten – Alexandra überlegte kurz, ob es unhöflich wäre, nach dessen Nummer zu fragen.

Erst jetzt, unter dem klaren Himmelslicht, bemerkte sie, wie gebräunt seine Haut war – als hätte er die letzten drei Wochen auf den Malediven verbracht, anstatt in der nüchternen Hamburger Realität.

Alex zupfte an ihrem Pferdeschwanz, ein nervöser Tick, der ihr in diesem Moment bewusst wurde, und atmete tief durch. Es war fast unvorstellbar, dass dieser Adonis von einem Mann sich für sie interessierte – für die unscheinbare Alex, die sich mit Pölsterchen herumschlug und deren Definition von »sich aufbrezeln« darin bestand, mal einen neuen Lippenbalsam auszuprobieren.

Mit jedem Schritt, den sie auf ihn zumachte, wuchs ihre Nervosität. »Hallo, ich bin Alexandra, und ich könnte spontan einen Crashkurs in «Wie verhalte ich mich in der Nähe von übermenschlich gutaussehenden Männern gebrauchen«, dachte sie und übte in Gedanken ihr charmantestes Lächeln.

Als sie Daniel erreichte, der sie mit einem Lächeln begrüßte, das ihr prompt die Sprache verschlug, versuchte sie, sich an ihren Plan zu erinnern, lässig und souverän zu wirken. »Hallo, Daniel, schön, dich zu sehen. Entschuldige, falls ich gleich in Ohnmacht falle – das ist nur meine übliche Reaktion auf überwältigende männliche Schönheit«, wollte sie sagen, doch stattdessen kam ein schüchternes »Hi« über ihre Lippen.

Daniel, offenbar amüsiert über ihr sichtbares Unbehagen, gab ihr einen sanften, beruhigenden Händedruck. »Schön, dass du da bist, Alex. Bereit für unser Abenteuer?«

»Abenteuer«, dachte Alex, »klingt nach einer guten Beschreibung für das, was mich erwartet. Hoffentlich beinhaltet es nicht, dass ich vor Verlegenheit im Boden versinke.« Doch trotz ihrer inneren Turbulenzen fühlte sie sich irgendwie richtig an seiner Seite – vielleicht war es ja gerade ihre Unvollkommenheit, die das Ganze so perfekt machte.

«Hast du Lust, mich bei einem Geschenk für meine Mutter zu beraten?«, fragte er, als wäre es das Normalste der Welt, ein Date in eine Mission zur Rettung des perfekten Mutter-Geschenks zu verwandeln. Alex, die sich kurz fragte, ob sie sich jetzt als Geschenke-Expertin beweisen müsse, nickte begeistert. Innerlich hoffte sie nur, dass Daniels Muttergeschmack nicht allzu exzentrisch war. Die Vorstellung, eine lebensgroße Skulptur eines Gartenzwergs zu begutachten, ließ sie innerlich schaudern.

»Danach könnten wir entweder ins Kino gehen oder eine Hafenrundfahrt bei Nacht machen«, fuhr Daniel fort, als würde er aus einem Katalog von romantischen Date-Ideen vorlesen.

Alex, deren Beziehung zum Wasser ungefähr so herzlich war wie die einer Katze zu einer Badewanne, entschied sich blitzschnell für das Kino. »Kino klingt großartig«, sagte sie, und ein Teil von ihr atmete erleichtert auf. Die Vorstellung, in der Dunkelheit auf einem Boot zu sitzen und krampfhaft zu versuchen, nicht über Bord zu gehen, war nicht gerade ihre Definition von Romantik.

Während sie gemeinsam durch die Hallen des glamourösen Alsterhauses schlenderten, auf der Suche nach dem perfekten Geschenk, fühlte sich Alex, als wäre sie Teil eines romantischen Films – nur ohne das Budget für extravagante Gesten. Daniel schien jede ihrer Meinungen ernst zu nehmen, auch wenn sie sich fragte, wie hilfreich ihr Rat bei der Auswahl eines Küchengeräts wirklich war.

»Wie wäre es mit einem schönen Kochbuch?«, schlug sie vor, ein wenig unsicher, ob das nicht zu klischeehaft war. Daniel blickte sie an, als hätte sie gerade den heiligen Gral der Muttergeschenke vorgeschlagen, und nickte begeistert.

Nachdem das Geschenk sicher verstaut war, machten sie sich auf den Weg zum Kino. Alex konnte ihr Glück kaum fassen. Nicht nur hatte sie ein potenziell katastrophales Boot-Date vermieden, sondern sie würde auch noch einen Abend mit Daniel im Dunkeln verbringen, begleitet vom Duft von Popcorn und der Aufregung, die ein guter Film mit sich bringt.

In dem Moment, als sie sich in die weichen Kinositze sinken ließ, neben Daniel, der leise ihre Hand nahm, wusste Alex, dass sie die richtige Wahl getroffen hatte.

Der Film entpuppte sich als cineastische Enttäuschung der Sonderklasse. Alex, die sich anfänglich noch über die romantische Dunkelheit des Kinos gefreut hatte, war nun kurz davor, in einen unruhigen Schlaf zu verfallen. Die Geschichte, die auf der Leinwand ablief, war so vorhersehbar und überladen mit Action, dass sie sich fragte, ob das Drehbuch vielleicht von einem Zwölfjährigen geschrieben worden war.

Daniel hingegen schien sich von der mangelnden Qualität des Films nicht beeindrucken zu lassen. Er hatte sich von Alexandras Hand gelöst und lehnte sich gebannt nach vorne, mit einer Begeisterung, die Alex fast rührend fand – wäre sie nicht so gelangweilt gewesen. Er fieberte mit jeder Explosion, jeder Verfolgungsjagd mit, als hinge das Schicksal der Welt davon ab, während Alex sich gelangweilt die letzten Popcorn in den Mund warf, in der Hoffnung, dass der Salzgeschmack sie wach halten würde.

In einem verzweifelten Versuch, dem Abend doch noch etwas Positives abzugewinnen, begann sie, eine mentale Liste der lustigsten Momente zu erstellen – nicht des Films, sondern ihrer Reaktionen darauf. Wie sie beinahe laut aufgelacht hätte, als der Bösewicht seinen «teuflischen» Plan enthüllte, der so einfallsreich war wie das Menü einer Fast-Food-Kette. Oder wie sie fast aus Versehen ein Nickerchen gemacht hätte während einer «spannenden» Szene, in der die Helden durch eine scheinbar endlose Wüste hetzten – so endlos wie dieser Film selbst zu sein schien.

Als schließlich die Credits über die Leinwand rollten, war Alex fast dankbar. Sie blickte zu Daniel, der immer noch begeistert wirkte, und musste lächeln. Es war irgendwie süß, wie er sich von solchen simplen Freuden mitreißen ließ. Vielleicht, dachte sie, war es genau das, was sie an diesem Abend retten konnte – nicht der Film, sondern die Freude, die er bei Daniel auslöste.

»Na, wie fandest du den Film?«, fragte sie, während sie sich aus den Kinositzen erhoben.

»Unglaublich! War das nicht episch?«, kam Daniels begeisterte Antwort.

Alexandra, die sich ein Schmunzeln nicht verkneifen konnte, nickte zustimmend, während sie innerlich hinzufügte: »Epic-ly schlecht.« Doch sie beschloss, diesen Gedanken für sich zu behalten. Schließlich waren es die kleinen Dinge – wie Daniels kindliche Begeisterung –, die einen Abend unvergesslich machten, selbst wenn der Film selbst am liebsten vergessen werden wollte.

Nachdem sie das Kino verlassen hatten, standen die beiden einen Moment unschlüssig auf dem Bürgersteig. Bisher wusste Alex nicht viel über Daniel, außer dass er offensichtlich ein Fan von Actionfilmen war und eben Daniel hieß. Ihre Kenntnisse über ihn beschränkten sich auf diese recht oberflächlichen Informationen, was ihr klar machte, dass sie noch viel zu entdecken hatte.

»Wollen wir zu dir gehen?«, fragte Daniel dann, mit einer Nonchalance, die Alex leicht aus dem Konzept brachte. Sie war etwas irritiert über die Direktheit der Frage, doch im Geiste der Spontaneität und des Abenteuers, das der Abend bisher dargestellt hatte, willigte sie ein.

Während sie gemeinsam durch die nächtlichen Straßen Hamburgs schlenderten, begann in Alexandras Kopf ein Film abzulaufen, der weitaus beunruhigender war als der, den sie gerade im Kino gesehen hatten: die Vorstellung von ihrer Wohnung in ihrem aktuellen, chaotischen Zustand. Bilder von ungewaschenem Geschirr, überquellenden Wäschekörben und diversen Kleidungsstücken, die strategisch auf dem Fußboden verteilt waren, um mögliche Einbrecher zu verwirren, blitzten vor ihrem inneren Auge auf.

»Oh je«, dachte sie, »ich hoffe, Daniel ist nicht der ordentliche Typ. Oder zumindest einer, der über ein kleines bisschen Wohnungskatastrophe hinwegsehen kann.« Die Idee, dass Daniel einen Fuß in ihre unvorbereitete kleine Chaoswelt setzen würde, ließ sie innerlich zusammenzucken.

Als sie vor ihrer Wohnungstür standen, zögerte sie einen Moment. Alex drehte sich zu Daniel um, ein entschuldigendes Lächeln auf den Lippen. »Ähm, ich muss dich vorwarnen, es sieht ein bisschen aus wie nach einem kleinen, äh, Tornado.«

Daniels Lächeln war unbeschwert, als er antwortete: »Keine Sorge, ich bin hier, um Zeit mit dir zu verbringen, nicht um deine Ordnung zu beurteilen.«

Mit diesen Worten öffnete Alex die Tür, ihr Herz schlug ein wenig schneller, nicht nur wegen des drohenden Unordnungsdebakels, sondern auch wegen der Aufregung, Daniel in ihre ganz persönliche Welt einzuladen.

Als sie ihn in ihre Wohnung führte, konnte sie sofort an seinem Gesichtsausdruck ablesen, dass er von der herrschenden Unordnung mindestens genauso überrascht war wie ein Archäologe, der unerwartet auf die verlorene Stadt Atlantis stößt. Doch anstatt einen Kommentar abzugeben, nahm er einfach auf dem Sofa Platz, auf dem eine gehäkelte Decke lag –

ein Meisterwerk ihrer Oma, das so farbenfroh war, dass es fast als moderne Kunst durchgegangen wäre.

Während Daniel versuchte, sich inmitten des kreativen Chaos bequem zu machen, begann Alex hektisch, den Tisch von den Überresten ihres letzten DIY-Projekts zu befreien.

»Soll ich uns etwas zu trinken holen?«, fragte sie, in der Hoffnung, ein wenig Zeit zu gewinnen, um über ihre nächsten Schritte nachzudenken.

In der Küche angekommen, öffnete sie den Kühlschrank und wurde von der traurigen Realität begrüßt: Ein einsamer Möhrensaft starrte sie an, als wäre er der letzte Überlebende einer großen Schlacht. »Na super, Möhrensaft statt Champagner. Das wird ihn sicher beeindrucken«, murmelte sie ironisch vor sich hin.

Mit einem Seufzer nahm sie den Möhrensaft heraus und entschied, die Situation mit Humor zu nehmen. Zurück im Wohnzimmer, präsentierte sie den Saft mit einer theatralischen Geste. »Heute Abend im Angebot: Ein exklusiver Vintage-Möhrensaft. Jahrgang... nun, ziemlich aktuell, würde ich sagen. Direkt aus den tiefen Kellern meines Kühlschranks«, verkündete sie und versuchte, Daniels offensichtliche Verwirrung über die Situation mit einem charmanten Lächeln zu überspielen.

Er lachte, sichtlich amüsiert über ihre unkonventionelle Art, die Dinge zu präsentieren. »Ich wusste gar nicht, dass Möhrensaft so ein exquisites Getränk ist. Ich fühle mich geehrt«, erwiderte er, spielte mit und nahm das Glas, das sie ihm reichte.

Als er Alexandra den Saft aus der Hand nahm und sie sanft auf das Sofa zog, begann er spielerisch mit ihrem langen Pferdeschwanz zu spielen und sie zu streicheln. In diesem Moment der Nähe wurden die Erinnerungen an den letzten Abend wach, und mit ihnen kehrte eine leichte Übelkeit zurück. Alles schien sich so schnell zu entwickeln, zu schnell für Alexandras Geschmack. Sie kam mit dem rasanten Tempo ihrer sich entfaltenden Beziehung nicht mit. Schließlich kannte sie nicht einmal seinen Nachnamen!

Trotz des Unbehagens, das sich in ihrem Magen breitmachte, ließ sie Daniel gewähren. Ein Teil von ihr sehnte sich nach dieser Art von Zuneigung und Intimität, doch ein anderer Teil schrie förmlich nach einer Pause, nach Raum zum Atmen und Nachdenken. Alex war hin- und hergerissen zwischen dem Wunsch, sich fallen zu lassen, und der Angst, zu schnell zu tief in etwas hineingezogen zu werden, das sie noch nicht ganz verstand.

In einem stillen Moment, in dem Daniel sanft über ihren Rücken strich, fragte sich Alexandra, wie sie die Situation elegant entschärfen könnte, ohne ihn vor den Kopf zu stoßen. Sie wusste, dass Kommunikation der Schlüssel war, doch wie brachte man jemandem bei, dass man mehr Zeit brauchte, ohne ihn zu verletzen oder zu verlieren?

Schließlich fasste sie all ihren Mut zusammen und unterbrach die Stille. »Daniel, ich... ich fühle mich wirklich geschmeichelt und ich mag dich sehr, aber ich glaube, wir sollten es vielleicht ein bisschen langsamer angehen«, sagte sie vorsichtig, ihr Herz klopfte dabei wie wild. »Ich brauche etwas mehr Zeit.«

Daniel hielt inne, seine Hand immer noch auf ihrem Rücken, und sah sie irritiert an. Sein Blick war schwer zu deuten, aber Alex hoffte, Verständnis darin zu finden. Es war ein Sprung ins kalte Wasser, ein Risiko, das sie eingehen musste – für ihr eigenes Wohlbefinden und um einer möglichen Zukunft mit Daniel eine echte Chance zu geben.

Während sie dort saß, Daniel ihr die Aufmerksamkeit schenkte, die jede Frau sich wünschte, bemerkte sie, dass er bisher keine einzige Frage gestellt hatte. Nicht nach ihrem Beruf, ihren Hobbys oder danach, was sie im Leben bewegte. Dieses Fehlen jeglichen Interesses an ihrem eigentlichen Ich ließ Alex innehalten. Dann, als hätte jemand einen Schalter umgelegt, erkannte sie plötzlich die mögliche Wahrheit hinter Daniels Verhalten. War es möglich, dass er nur auf »das Eine« aus war?

Diese Erkenntnis traf Alexandra wie ein Schlag. Sie fühlte sich naiv und zugleich enttäuscht. Wie hatte sie die Zeichen übersehen können? Das Blut schoss ihr in den Kopf, während sich ihre Gedanken überschlugen. In einem Impuls der Selbstbehauptung zog sie sich sanft von Daniel zurück und schaffte es irgendwie, ein Lächeln aufzusetzen, das mehr Fassade als Ausdruck ihrer wahren Gefühle war.

Daniels Reaktion darauf war entscheidend. Würde er Verständnis zeigen, sich entschuldigen und ihr den Raum geben, den sie brauchte? Oder würde er enttäuscht reagieren, ein Zeichen dafür, dass ihre Befürchtungen vielleicht nicht ganz unbegründet waren?

»Ich dachte, dass du... Ich muss jetzt gehen. Morgen hat meine Mutter Geburtstag und ich wollte ihr noch einen Kuchen backen«, stammelte Daniel, während er hastig aufsprang. Seine plötzliche Eile und der abrupte Themenwechsel ließen Alexandra verdutzt zurück. Die Enttäuschung über seinen unerwarteten Aufbruch legte sich wie ein schwerer Schleier über den Raum. Sie hatte gehofft, dass ihr Abend anders enden würde, doch nun stand sie da, allein, inmitten des Chaos ihrer Gefühle und des Durcheinanders ihrer Wohnung.

Sie hatte es gründlich vermasselt, dachte sie. Ihre Versuche, die Situation zu retten und gleichzeitig ihre eigenen Grenzen zu wahren, hatten offenbar zu einer unüberwindbaren Kluft zwischen ihnen geführt. Während Daniel sich beeilte, seine Sachen zusammenzusuchen, fühlte sich Alexandra, als hätte sie nicht nur den Abend ruiniert, sondern vielleicht auch die Chance auf etwas Größeres mit Daniel.

»Tut mir leid, dass ich gehen muss. Aber danke für den... äh... Möhrensaft«, sagte er und versuchte, ein Lächeln aufzusetzen, das eher gezwungen wirkte. Sein Blick war ausweichend, als könne er Alexandra nicht direkt ansehen.

Als die Tür hinter ihm ins Schloss fiel, ließ Alex sich auf das Sofa sinken, die gehäkelte Decke ihrer Oma als einzigen Trost. Die Stille ihrer Wohnung fühlte sich erdrückend an, ein krasser Gegensatz zu der lebendigen Atmosphäre, die noch vor wenigen Minuten geherrscht hatte.

In diesem Moment wünschte sie sich nichts sehnlicher, als die Uhr zurückdrehen und die Dinge anders anzugehen. Vielleicht hätte sie offener sein sollen, ihre Bedenken früher ansprechen sollen. Doch das Leben bot keine Wiederholungen, und sie musste sich mit den Konsequenzen ihrer Entscheidungen auseinandersetzen.

Trotz der Enttäuschung und der Vorwürfe, die Alex sich machte, spürte sie tief in sich auch ein Gefühl der Erleichterung. Sie hatte ihre Grenzen aufgezeigt und war sich selbst treu geblieben, auch wenn es bedeutete, alleine zu sein. Vielleicht, dachte sie, war das der wahre Test – nicht wie gut man die Erwartungen anderer erfüllte, sondern wie treu man sich selbst blieb, selbst wenn es schwerfiel.

Alex hielt ihr Handy in der Hand, den Blick starr auf den leeren Bildschirm gerichtet, als könnte dieser ihr die Worte einflüstern, die sie Daniel schreiben wollte. Ihre Gedanken überschlugen sich in einem Wirbel aus Emotionen und Zweifeln. Sie hatte sich Hals über Kopf verliebt, ja, aber die Erkenntnis, dass sie Daniel eigentlich kaum kannte, legte sich wie ein kalter Schatten über ihre Gefühle. Die Möglichkeit, dass alles bereits vorbei sein könnte, bevor es wirklich begonnen hatte, schmeckte bitter auf ihrer Zunge.

Nach einigen Momenten des Zögerns begannen ihre Finger schließlich, über die Tastatur zu fliegen, getrieben von dem Bedürfnis, ihr Herz zu öffnen und gleichzeitig ihre Unsicherheit zu teilen:

»Lieber Daniel, ich hoffe, du bist gut nach Hause gekommen. Ich sitze hier und denke über uns nach... Über diesen Abend und wie schnell alles ging. Ich glaube, ich habe mich ein bisschen in dich verliebt, was verrückt ist, weil wir uns kaum kennen. Aber gleichzeitig fühle ich, dass da etwas zwischen uns ist... oder zumindest sein könnte. Ich weiß nicht, ob es für dich genauso überraschend oder überwältigend war, aber ich wollte ehrlich zu dir sein. Vielleicht war es auch zu früh für solche Gefühle, und wenn das der Fall ist, verstehe ich das. Ich hoffe nur, dass wir vielleicht herausfinden können, was das hier zwischen uns ist – mit ein bisschen mehr Zeit und ohne Druck. Was denkst du? Lg Alex«

Nachdem sie die Nachricht abgeschickt hatte, legte sie ihr Handy beiseite, ein Gewicht auf ihrem Herzen. Sie fühlte sich verletzlich, aber auch erleichtert, ihre Gedanken und Gefühle offenbart zu haben. Jetzt lag der Ball bei Daniel. Würde er ihre Offenheit zu schätzen wissen und ebenso ehrlich zu ihr sein? Oder hatte sie mit ihrer Nachricht eine Tür geschlossen, die vielleicht nie wirklich offen gewesen war?

In dieser Nacht fand sie nur schwer in den Schlaf. Die Ungewissheit, wie Daniel reagieren würde, hielt sie wach. Doch trotz der Angst vor Zurückweisung war da auch ein Funken Hoffnung – die Hoffnung, dass Daniel ihre Gefühle erwiderte und bereit war, gemeinsam zu entdecken, was das Leben für sie bereithalten könnte. Eine Zukunft, die vielleicht genauso unvorhersehbar und aufregend war wie die Gefühle, die sie in dieser einen, verwirrenden Nacht empfunden hatte.

VIER

Am nächsten Morgen fand Alexandra sich in einem emotionalen Limbo wieder. Die rosarote Brille vom Vorabend war verschwunden, vermutlich zusammen mit ihrem Enthusiasmus und einer Socke in der Waschmaschine. Während sie hoffte, dass Daniel immer noch ein Fünkchen Interesse für sie übrighatte, klingelte das Telefon.

Es war ihre Mutter, die königliche Hoheit der Dramatik, die erneut damit drohte, ihren Mann zu verlassen – eine Ankündigung, die Alex mittlerweile so vertraut war wie das Jingle ihrer Lieblingsserie.

»Ich werde ihn verlassen!«, verkündete ihre Mutter zum x-ten Mal, mit der Entschlossenheit einer Frau, die sich vorgenommen hat, endlich ihre Diät durchzuhalten – morgen.

Alex war genervt. Nicht nur, dass sie ihre eigenen turbulenten Gefühlswelten zu navigieren hatte, nein, sie musste auch noch den emotionalen Beistand für ihre Mutter spielen, deren Beziehungsdrama mehr Wendungen hatte als eine Seifenoper.

»Mama, wir können uns in der Mittagspause treffen, wenn du reden willst«, bot Alex ihr an, während sie überlegte, ob sie für solche Gespräche ein Honorar verlangen sollte. Beratung ist schließlich auch eine Dienstleistung.

Das Gespräch mit ihrer Mutter setzte ihr mehr zu, als sie zugeben wollte. Alex hatte gehofft, den Tag mit dem Gedanken an Daniel und mögliche zukünftige Dates zu beginnen, aber stattdessen fühlte sie sich nun, als wäre sie Teil eines schlechten Reality-TV-Formats, in dem es keine Gewinner gibt, nur viel zu viel Kaffee und verwirrte Gefühle.

Mit einem Seufzer legte sie auf, warf einen letzten Blick auf ihr Handy – immer noch keine Nachricht von Daniel – und machte sich auf den Weg zur Arbeit. Der Tag versprach, so ereignisreich zu werden wie eine Telenovela, nur ohne die dramatische Hintergrundmusik und die Möglichkeit, bei Unzufriedenheit den Kanal zu wechseln.

Als Alex das plüschige Café betrat, fand sie ihre Mutter vor, wie sie auf einem roten, abgewetzten Samtsofa thronte – einer Mischung aus Königin Victoria und einer verzweifelten Teilnehmerin an einem Smartphone-Einsteigerkurs. Mit konzentrierter Miene und zwei Fingern tippte Beate auf dem Display ihres neuen Handys herum, als würde sie versuchen, Morsezeichen an eine ferne Zivilisation zu senden.

»Hallo Mama!«, begrüßte Alex sie, während sie sich gestresst von der Arbeit ihr gegenüber niederließ. Beate sah auf, ein Lächeln umspielte ihre Lippen, während in ihrer Hand ein Glas Wein schaukelte – offenbar ihr Versuch, die moderne Technik mit einem Schluck Antike zu bekämpfen.

»Ach, Alexandra, da bist du ja endlich! Ich habe versucht, dich anzurufen, aber dieses Ding«, sie wedelte mit dem Handy in der Luft, als wäre es ein unartiger Welpe, »will einfach nicht so, wie ich will.«

Alex konnte ein Lächeln nicht unterdrücken. Das Bild ihrer Mutter, wie sie mit der Technik des 21. Jahrhunderts rang, war ein Anblick, der jeden Anflug von Stress kurzzeitig vergessen ließ.

»Mama, du musst nur üben. Das Handy und du, ihr werdet schon noch Freunde werden«, versicherte sie, während sie einen Kellner heranwinkte, um auch etwas zu trinken zu bestellen.

»Ich bezweifle es«, murmelte Beate, bevor sie einen Schluck Wein nahm.

Alex lehnte sich zurück und bereitete sich innerlich auf das nächste Kapitel in der endlosen Saga ihrer elterlichen

Beziehungsdramen vor. Sie war froh, für einen Moment dem Büro und den Gedanken an Daniel entkommen zu sein. Vielleicht, dachte sie, könnte sie ihrer Mutter bei einem Glas Wein und einer Portion mütterlicher Weisheit sogar von ihren eigenen Liebeswirren erzählen.

Als Beate plötzlich begann, aus dem Nichts zu weinen, erschrak Alex. Die Tränen liefen ihr über die Wangen, während sie verzweifelt versuchte, sie mit der Serviette abzutupfen – eine Szene, die Alex tief berührte und ihr gleichzeitig unglaublich peinlich war. Sie sah sich um, halb erwartend, dass das gesamte Café ihre Tischgespräche belauschte.

Mit einem Seufzer der Entschlossenheit setzte sie sich zu ihrer Mutter und legte tröstend einen Arm um sie. »Mama, ihr müsst mehr reden. Du darfst auch nicht immer nur auf Papa rumhacken«, sagte sie sanft, aber bestimmt. »Er hat sein Leben lang so hart gearbeitet und hat das Recht, nun mal zu entspannen.«

Ihre Worte waren wohlüberlegt, ein Versuch, ihrer Mutter eine andere Perspektive aufzuzeigen, ohne sie zu kränken. Alex verstand die Frustration ihrer Mutter, aber sie sah auch, wie ihr Vater sich nach Jahren der Anstrengung nach etwas Ruhe sehnte. Es war ein Balanceakt, den ihre Eltern nach all den Jahren zu meistern versuchten.

»Ich weiß, dass es nicht einfach ist, Mama«, fuhr sie fort, »aber vielleicht könntet ihr gemeinsame Interessen finden oder neue Aktivitäten ausprobieren. Etwas, das euch beiden Spaß macht und euch wieder näherbringt.«

Beate schniefte und blickte zu ihrer Tochter auf. In ihren Augen lag eine Mischung aus Dankbarkeit und einer Spur von Hoffnung. Vielleicht war es genau das, was sie gebraucht hatte: Eine Erinnerung daran, dass ihre Ehe auch aus gemeinsamen Freuden und nicht nur aus Pflichten bestehen konnte.

Das Gespräch nahm eine Wendung zum Besseren, und während sie weiterredeten, fühlte Alexandra, wie die anfängliche Peinlichkeit des Moments von einem Gefühl der Verbundenheit abgelöst wurde. Es war ein seltener, kostbarer

Augenblick zwischen Mutter und Tochter, der zeigte, dass Liebe, Verständnis und ein offenes Ohr oft die besten Heilmittel gegen Herzschmerz und Missverständnisse sind.

»Danke, mein Liebling. Es tat gut, mit dir zu reden. Was macht dein Liebesleben? Du hast so einen Glanz in deinen Augen«, stellte Beate fest, während sie ihren Wein mit einer Entschlossenheit hinunterstürzte, als gäbe es keinen Morgen. Die Frage traf Alex unvorbereitet, und für einen Moment zögerte sie, als wäre die Antwort darauf ein wohlgehütetes Geheimnis, das sie noch nicht bereit war zu teilen.

»Ich habe einen Mann in Kims Café kennengelernt, und er...«, begann sie, ihre Stimme zögerlich. Ein Teil von ihr wollte diese aufkeimenden Gefühle und die Wirrungen der letzten Tage für sich behalten, doch ein anderer Teil sehnte sich danach, ihre Mutter an ihrem emotionalen Leben teilhaben zu lassen.

Mit einem tiefen Atemzug entschied sie sich schließlich dafür, das Eis zu brechen. »Er ist so süß, Mama. Charmant, lustig und irgendwie... faszinierend.« Während sie sprach, konnte sie nicht umhin, ein kleines Lächeln auf ihren Lippen zu spüren. Die Erinnerung an Daniel, an ihre gemeinsamen Momente und die Achterbahn der Gefühle, die sie durchlebt hatte, brachte eine Wärme in ihr Herz, die sie nicht leugnen konnte.

Beate beobachtete sie mit einem Mix aus Neugier und mütterlicher Fürsorge. »Das klingt ja wunderbar, Liebling. Aber sei vorsichtig. Die Liebe kann manchmal kompliziert sein.«

Alexandra nickte. Sie wusste, dass ihre Mutter Recht hatte. Die Liebe war ein komplexes Geflecht aus Emotionen, Hoffnungen und Ängsten. Doch in diesem Moment, geteilt mit ihrer Mutter in einem gemütlichen Café, fühlte sie sich stark und bereit, den Herausforderungen, die vielleicht auf sie warteten, entgegenzutreten.

»Ich weiß, Mama. Ich werde vorsichtig sein«, versprach sie, obwohl ein Teil von ihr insgeheim hoffte, dass diese neue Verbindung zu Daniel sich zu etwas Echtem und Beständigem entwickeln würde. Etwas, das den Glanz in ihren Augen nicht nur reflektierte, sondern ihn noch heller leuchten ließ.

Mit einem Gefühl der Verbundenheit beendeten sie ihre Unterhaltung und verließen gemeinsam das Café. Alexandra fühlte sich erleichtert, ihre Gedanken und Gefühle geteilt zu haben. Und obwohl die Zukunft ungewiss war, wusste sie, dass sie mit der Unterstützung ihrer Mutter und der Hoffnung in ihrem Herzen jeder Herausforderung begegnen konnte.

In einem Zustand ständiger Verzweiflung warf Alex alle paar Minuten einen Blick auf ihr Handy, getrieben von der Hoffnung auf eine Nachricht von Daniel. Ihre Sehnsucht nach ihm war mit jedem tickenden Sekundenzeiger gewachsen, und die Vorstellung, ihn am Abend wiederzusehen, ließ ihr Herz schneller schlagen. Doch ihr Handybildschirm blieb erbarmungslos leer; keine Nachricht, kein Lebenszeichen von Daniel.

Mit jedem verstrichenen Moment schwand ihre Hoffnung ein wenig mehr, und die Gewissheit, dass ihre Nachricht im digitalen Nirwana verschwunden war, wurde immer drückender. Die Arbeit bot keine Ablenkung, nur eine Bühne für ihre Gedanken, die unablässig um Daniel kreisten.

Nach einem Tag, der sich anfühlte, als hätte er mehr Stunden als üblich, machte Alexandra sich auf den Weg zu Kim. Kim, die mit einer beneidenswerten Leichtigkeit durchs Leben tanzte und deren glückliche Beziehung wie ein ewig währendes Honigmond-Phänomen wirkte. Kim, die immer wusste, was zu sagen war, wenn das Chaos des Lebens zu überwältigend wurde.

Als Alex in Kims gemütliche Wohnung trat, fühlte sie sofort eine gewisse Erleichterung. Ihre Freundin empfing sie mit offenen Armen und einem Lächeln, das mehr wärmte als jede Heizung. »Was gibt's Neues bei dir und Daniel?«, fragte sie, kaum dass sie es sich auf dem Sofa bequem gemacht hatten.

Alexandra seufzte tief, bevor sie sich in die Erzählung ihrer jüngsten emotionalen Turbulenzen stürzte. Während sie sprach, bemerkte sie, wie die Last ein wenig leichter wurde, geteilt mit jemandem, der ihr bedingungslos zur Seite stand.

Kim hörte geduldig zu, ihr Gesicht eine Mischung aus Mitgefühl und Entschlossenheit. Als Alex geendet hatte, lehnte Kim sich nach vorne, ihre Augen funkelten vor Entschiedenheit.

»Alex, manchmal ist das Leben wie eine verwirrende Episode einer Seifenoper. Aber denk dran, nach jedem Drama folgt auch wieder eine glückliche Wendung. Gib ihm ein wenig Zeit. Und wenn er sich nicht meldet, dann weißt du auch, woran du bist. Du bist eine starke, unabhängige Frau – vergiss das nicht.«

Kims Worte waren Balsam für Alexandras Seele. Vielleicht hatte Kim recht; vielleicht brauchte sie einfach ein wenig Geduld. Oder vielleicht war es an der Zeit zu akzeptieren, dass nicht jede Geschichte so endet, wie man es sich wünscht. Doch in diesem Moment, umgeben von Kims Optimismus und unerschütterlichem Glauben an das Gute, fühlte sie sich ein wenig leichter. Mit einem Lächeln, das langsam ihre Zweifel verdrängte, verbrachte sie den Rest des Abends bei Kim, fest entschlossen, das Leben zu nehmen, wie es kam – mit oder ohne Daniel.

Als Alex sich im Supermarkt eine Tiefkühlpizza aussuchte, mit der sie den Abend alleine vor dem Fernseher verbringen wollte, vibrierte ihr Handy in der Tasche. Ein leiser Nachrichtenton durchbrach die monotonen Supermarktgeräusche und ließ ihr Herz einen Moment aussetzen. Mit zittrigen Händen ließ sie den Einkaufswagen stehen und zog das Handy hervor. Es war eine Nachricht von Daniel.

Sie las mit klopfendem Herzen seine Worte: »Sorry, habe bis eben gearbeitet und nun Geburtstagsfeier meiner Mom. Muss dich morgen unbedingt sehen. Daniel.« Ein Wirbelwind aus Emotionen erfasste sie. Erleichterung, Freude, ein Hauch von Ungeduld – all das vermischte sich zu einem Cocktail der Gefühle, der so süß war, dass er jeden Kummer augenblicklich verscheuchte.

Ohne sich weiter um den verlassenen Einkaufswagen zu kümmern, juchzte sie leise vor Glück. Daniel wollte sie sehen, und zwar dringend. Das war alles, was zählte. Mit einem Lächeln, das sich nicht mehr von ihrem Gesicht wischen ließ, steuerte sie wieder zurück zum Einkaufswagen. Um ihren plötzlichen Stimmungsumschwung gebührend zu feiern, lud sie sich kurzerhand zwei Packungen ihrer Lieblingspralinen in den Wagen – heute Abend gab es etwas zu feiern.

Während Alex durch die Gänge des Supermarkts schlenderte, fühlte sie sich auf einmal leicht und unbeschwert. Die Nachricht hatte nicht nur ihren Abend gerettet, sondern auch die quälende Unsicherheit vertrieben. Mit einem Korb voller Leckereien und einem Herzen voller Hoffnung machte sie sich auf den Weg zur Kasse.

In der Nacht fand Alexandra kaum Schlaf. Ihr Geist war erfüllt von dem süßen Wirrwarr des Verliebtseins, einer Empfindung, die sie schon fast vergessen hatte. Trotz der wenigen Informationen, die sie über Daniel hatte, umhüllte sie ein warmes, gutes Gefühl, wenn sie an ihn dachte. Jedes Mal, wenn sie die Augen schloss, sah sie sein Lächeln vor sich, hörte seine Stimme, die sanft und doch so sicher klang.

Sie überlegte, dass Daniel offenbar aus einem guten Elternhaus stammen musste, denn seine Manieren waren tadellos. Nicht aufgesetzt oder übertrieben, sondern natürlich und aufrichtig. Das beeindruckte Alexandra besonders. In einer Welt, in der gute Umgangsformen oft in den Hintergrund rückten, schienen sie bei Daniel tief verwurzelt zu sein.

Zudem arbeitete er in der Firma seines Vaters, was sie als Indiz dafür wertete, dass er ein gutes Verhältnis zu seinen Eltern haben musste. Es war leicht, sich vorzustellen, wie er am Wochenende seine Eltern besuchte, mit seiner Familie zusammensaß, wie sie gemeinsam aßen und über alles Mögliche sprachen. Diese Vorstellung gab ihr ein Gefühl von Geborgenheit und ließ sie hoffen, dass sie eines Tages Teil dieser familiären Wärme sein könnte.

Während Alex im Bett lag und die Stunden bis zum Morgengrauen zählte, ließ sie ihre Gedanken frei schweifen. Was würde der morgige Tag bringen? Wie würde ihr Wiedersehen mit Daniel sein? Die Aufregung kribbelte in ihrem Bauch, gemischt mit einer Prise Nervosität. Doch über allem stand die süße Vorfreude darauf, wieder in seiner Nähe zu sein.

Trotz der schlaflosen Nacht fühlte sich Alex am nächsten Morgen erfrischt – erfrischt durch die Aussicht auf ein neues Kapitel in ihrem Leben, das sie vielleicht zusammen mit Daniel schreiben würde. Mit einem Lächeln, das selbst die Morgensonne überstrahlte, machte sie sich bereit für den Tag, bereit, herauszufinden, wohin diese neue Verbindung sie führen würde.

Selbst die miese Laune ihres Chefs, der an diesem Tag offensichtlich beschlossen hatte, den inoffiziellen Wettbewerb für den grummeligsten Bürotyrannen zu gewinnen, und die Berge an Arbeit, die auf ihrem Schreibtisch eher an einen schlecht geplanten Papierstapel-Wettbewerb erinnerten, konnten Alex nicht die Stimmung verderben. Denn in ihrem Kopf kreisten alle Gedanken um Daniel – diesen unglaublichen Traummann, der so plötzlich in ihr Leben gepurzelt war, als hätte jemand ihre geheimsten Wünsche erhört und gedacht: »Ach, warum nicht? Lass uns ihr einen Gefallen tun!«

Während sie durch E-Mails navigierte, die sich anscheinend schneller vermehrten als Gänseblümchen im Frühjahr, und Berichte tippte, die etwa so spannend waren wie die Rückseite einer Cornflakes-Packung, konnte sie ein glückseliges Grinsen nicht unterdrücken. Daniel, mit seinem zauberhaften Lächeln und den Manieren, die aus einem Ritterroman zu stammen schienen, hatte ihre graue Bürowelt in einen Ort voller Farbe und Freude verwandelt.

Ihr Chef, der normalerweise mit seiner schlechten Laune jegliches Glück im Keim zu ersticken schien, erschien ihr heute nicht bedrohlicher als ein leicht säuerliches Gummibärchen. »Was ist los, Alexandra? Warum dieses Grinsen?«, fragte er mit einer Miene, die vermuten ließ, er habe in eine Zitrone gebissen.

»Nichts, nichts«, antwortete sie, während in ihrem Kopf der Gedanke herumschwirrte: »Wenn Sie nur wüssten, Herr

Grummelkönig, dass Ihre Stimmungsschwankungen gegen die Magie der frischen Verliebtheit absolut chancenlos sind!«

Jedes Mal, wenn ihr Blick auf ihr Handy fiel, in der Hoffnung, eine Nachricht von Daniel zu entdecken, spürte sie die Aufregung eines Teenagers, der zum ersten Mal die Schmetterlinge der Liebe fühlt. Die Arbeit? Sicherlich wichtig, aber momentan nur eine Nebenrolle spielend. In ihrer Vorstellung waren sie und Daniel längst in einem Café, umgeben von Lachen und leichtem Geplänkel – eine Szene so zuckersüß, dass sie direkt einem Liebesfilm entsprungen sein könnte.

So verbrachte Alex ihren Arbeitstag, umgeben von Aktenschränken und dem monotonen Klang der Tastatur, doch in Gedanken war sie weit weg, in einer kleinen, perfekten Blase, in der nur sie und Daniel existierten. Hätte man ihr früher gesagt, dass sie wegen eines Mannes, den sie kaum kannte, mit einem dauerhaften Lächeln durchs Büro schweben würde, hätte sie es wohl selbst kaum geglaubt. Doch hier war sie, unfähig, ihre Freude zu verbergen – und ganz ehrlich, sie hatte auch gar nicht vor, es zu versuchen.

Als Alex die Nachricht von Daniel las, in der stand, dass er mit Sushi und einer Flasche Wein um acht Uhr zu ihr kommen würde, spürte sie, wie ihr Herz einen Freudensprung machte. Kurzerhand beschloss sie, ihre Arbeit früher zu beenden und eilte nach Hause – eine Mission im Kopf: ihre Wohnung in einen Zustand zu verwandeln, der zumindest entfernt an Ordnung erinnerte, ein entspannendes Bad zu nehmen und sich so zu stylen, dass selbst die Modezeitschriften neidisch werden würden.

Die Minuten flogen dahin, während sie in einem Wirbel aus Aufräumaktionen, Schaumbad-Orgien und Styling-Experimenten verschwand. Jedes Kissen wurde akkurat positioniert, jedes Staubkorn bekämpft und jedes Haar sorgfältig in Form gebracht. Als sie schließlich einen letzten prüfenden Blick in den Spiegel warf, kurz bevor Daniel erwartet wurde, fühlte sie sich bereit – und wunderschön.

Die Aufregung in ihr wuchs ins Unermessliche. Sie freute sich nicht nur darauf, Daniel wiederzusehen, sondern auch darauf, ihm ihre Welt zu zeigen, ihm die Frau hinter den kurzen Begegnungen und Nachrichten näherzubringen. Sie nahm sich fest vor, ihn nicht zu enttäuschen, wollte ihn mit ihrer Persönlichkeit, ihrem Charme und vielleicht auch ein wenig mit ihrem neu entdeckten Kochtalent beeindrucken – wobei letzteres angesichts des bestellten Sushis wohl eher eine untergeordnete Rolle spielen würde.

Als es schließlich an der Tür klingelte, fühlte Alexandra ein Kribbeln im ganzen Körper. Sie atmete tief durch, warf einen letzten Blick auf die perfekt arrangierte Wohnung und öffnete dann die Tür. Daniel stand da, genauso gutaussehend wie in ihrer Erinnerung, mit einem Lächeln, das ihr sofort alle Nervosität nahm.

»Hallo, wunderschön«, begrüßte er sie, und in diesem Moment wusste Alexandra, dass dieser Abend etwas ganz Besonderes werden würde. Mit einem Lächeln, das von Ohr zu Ohr reichte, ließ sie Daniel herein und schloss die Tür hinter ihm. Was auch immer der Abend bringen mochte, sie war bereit – bereit, sich zu öffnen, bereit für neue Erinnerungen und bereit, sich vielleicht ein kleines bisschen mehr zu verlieben.

Als Daniel sich mit einer Eile über das Sushi hermachte, die man eher von jemandem erwarten würde, der seit Tagen nichts gegessen hat, und dabei auffällig wenig redete, war Alex erneut in einer Zwickmühle gefangen. Sie hatte einen ganzen Katalog an Fragen für ihn vorbereitet, wollte mehr über den mysteriösen Mann erfahren, der so unverhofft in ihr Leben getreten war. Doch kaum war die letzte Sushi-Rolle verschwunden, fand sie sich auf Daniels Schoß wieder, eingehüllt in zärtliche Küsse, die zwar wunderbar, aber auch verwirrend waren.

Ihr Herz schlug wild, während ihr Verstand versuchte, das rasante Tempo, mit dem sich die Dinge entwickelten, zu verarbeiten. War das nicht zu schnell? Sie wollte ihn wirklich nicht vor den Kopf stoßen oder eine Mauer zwischen ihnen bauen, aber gleichzeitig fühlte sie sich, als würde sie in einem Schnellzug sitzen, ohne zu wissen, wo die Reise hingeht.

In einem Moment der Klarheit, während Daniels Lippen sanft die ihren berührten, beschloss sie, eine Balance zu finden. Eine Balance zwischen dem Wunsch, sich fallen zu lassen, und dem Bedürfnis, die Kontrolle über das Tempo ihrer Annäherung zu behalten. Mit sanfter Entschlossenheit löste sie sich ein wenig von ihm und lächelte ihn an.

»Daniel, ich... ich genieße wirklich jeden Moment mit dir, aber ich denke, ... Es gibt so viel, was ich über dich erfahren möchte, so viele Geschichten, die du mir noch nicht erzählt hast.« Ihre Stimme war weich, aber bestimmt, ein leises Bitten um Verständnis ohne die Absicht, ihn zu verletzen.

Er schaute sie einen Moment lang nachdenklich an, bevor ein Lächeln seine Züge erhellte. »Du hast recht«, sagte er schließlich. »Ich glaube, ich habe mich einfach von dem Moment mitreißen lassen.«

Gerade als Alex ansetzte, etwas über sich zu erzählen, in der Hoffnung, Daniel ein bisschen mehr von ihrem Innersten preiszugeben, wurde die intime Atmosphäre jäh durch das Schrillen der Türklingel unterbrochen. Ihr erster Gedanke galt ihrem neuen Nachbarn – jenem enthusiastischen Heimwerker, der es für nötig befand, sie regelmäßig vor seinen lautstarken Renovierungsprojekten zu warnen.

Mit einem Seufzer der Resignation stand sie auf und schlich zum Türspion, bereit, sich erneut über die Ankündigung eines bevorstehenden Bohr- oder Hämmereinsatzes zu »freuen«. Doch was sie durch den Spion sah, war nicht der DIY-begeisterte Nachbar, sondern das verheulte Gesicht ihrer Mutter. Instinktiv wollte Alex die Tür gar nicht erst öffnen; sie hatte an diesem Abend genug auf dem Teller und sehnte sich nicht nach weiterem Drama.

Aber dann donnerte Beate mit der Faust gegen die Tür und rief laut Alex' Namen – ein Geräusch, das so durchdringend war, dass es Alexandra keine andere Wahl ließ, als genervt zu reagieren. Mit einem tiefen Atemzug öffnete sie die Tür und wurde sofort von der vollen Wucht mütterlicher Verzweiflung getroffen.

»Alexandra, ich muss mit dir reden. Es ist alles so schrecklich«, schluchzte Beate, während sie sich fast schon in die Wohnung drängte, ohne auf eine Einladung zu warten. Alex warf einen entschuldigenden Blick zu Daniel, der unsicher im Wohnzimmer stand, offensichtlich unschlüssig, wie er sich in dieser unerwarteten Situation verhalten sollte.

Die ruhigen, intimen Gespräche, die sie sich erhofft hatte, würde es jetzt nicht mehr geben.

»Mama, das ist Daniel, er ist ...«, begann Alex nervös, während sie zwischen ihrer Mutter und Daniel hin- und hergerissen war. Ihre Stimme trug einen Hauch von Verlegenheit, als wollte sie zwei Welten vorstellen, die unter normalen Umständen nie aufeinandergetroffen wären.

»Hallo Daniel, entschuldigen Sie, dass ich störe«, sagte Beate, während sie sich mit einer dramatischen Geste aufs Sofa warf, als wäre sie die Hauptdarstellerin in einem Theaterstück über verlorene Liebe und familiäres Drama. Ihr Tonfall schwankte irgendwo zwischen aufrichtiger Entschuldigung und dem Bedürfnis, sofort alle Aufmerksamkeit auf sich zu ziehen.

Daniel, der bis zu diesem Moment eine Mischung aus Verwunderung und leichter Panik zu verbergen versuchte, stand auf, sein Weinglas in der Hand. »Ich werde dann mal gehen«, sagte er und trank seinen Wein in einem Zug aus, als wäre es der letzte Schluck Mut, den er für den heutigen Abend aufbringen konnte. Seine Stimme trug einen Unterton von Enttäuschung, doch gleichzeitig schien er zu verstehen, dass die Situation eine gewisse Dringlichkeit erforderte – und dass diese Dringlichkeit nichts mit ihm zu tun hatte.

Alexandra, die einen Sturm der Emotionen durchlebte – von Peinlichkeit über Enttäuschung bis hin zu einem Gefühl der Dankbarkeit Daniel gegenüber, der so verständnisvoll reagierte –, begleitete ihn zur Tür.

»Es tut mir wirklich leid, Daniel. Ich hatte mir den Abend anders vorgestellt«, flüsterte sie, während ein Gefühl der Zerknirschung sie ergriff.

Daniel lächelte schwach, legte beruhigend eine Hand auf ihre Schulter. »Mach dir keine Sorgen. Wir finden einen anderen Zeitpunkt. Kümmere dich um deine Mutter.« Und mit diesen Worten verließ er die Wohnung, ließ Alex zurück in einem Wirrwarr aus Gefühlen, begleitet von der melodramatischen Kulisse ihrer Mutter, die bereits damit begonnen hatte, die Geschichte ihres jüngsten Ehedramas auszubreiten.

In diesem Moment fühlte sich Alex zerrissen zwischen der Pflicht, für ihre Mutter da zu sein, und dem Wunsch, dem gerade entfliehenden Moment mit Daniel nachzutrauern. Doch tief in ihrem Inneren wusste sie, dass es das Richtige war – eine Familie steht immer an erster Stelle, selbst wenn das Herz gerade ganz woanders sein möchte.

»Ich werde ihn verlassen«, drohte Beate unter Tränen, als hätte sie gerade beschlossen, aus einem Flugzeug zu springen, aber vergessen, einen Fallschirm anzulegen. Die Worte waren nicht neu, hatten aber in diesem Moment eine Dringlichkeit, die Alexandra aufhorchen ließ.

»Was ist denn nun wieder passiert?«, wollte Alex wissen, während sie sich neben ihre Mutter setzte. Mit sanften Bewegungen streichelte sie Beates Rücken, der vor Kummer und Verzweiflung krumm geworden war, als versuchte sie, den Schmerz mit jeder Berührung ein wenig zu lindern.

Beate schniefte, wischte sich die Tränen mit einem bereits zerknüllten Taschentuch weg und begann zu erzählen. Die Geschichte, die folgte, war eine Mischung aus enttäuschten Erwartungen und jenem alltäglichen Wahnsinn, der sich so oft in langjährigen Beziehungen einschleicht. »Er versteht mich einfach nicht», schluchzte sie, »und dann hat er gestern... «

Während Alexandra zuhörte, fühlte sie eine Mischung aus Mitgefühl und Frustration. Es war nicht das erste Mal, dass ihre Mutter von Trennung sprach, und doch schien es diesmal ernster zu sein. Gleichzeitig war Alex sich bewusst, dass ihre Mutter oft zu überstürzten Schlüssen neigte.

»Mama, habt ihr versucht, darüber zu reden? Richtig zu reden, meine ich. Nicht nur Vorwürfe und Verteidigung, sondern zu verstehen, was der andere fühlt?«, fragte Alex, in der Hoffnung, einen Weg aufzuzeigen, der nicht direkt zur Anwaltskanzlei führte.

Ihre Mutter sah sie einen Moment lang an, als wäre dies eine völlig neue Idee. »Ich... ich weiß nicht. Manchmal glaube ich, es ist einfacher, alles hinter sich zu lassen, als zu versuchen, die Dinge zu reparieren.«

Alex seufzte leise. Sie wusste, dass wahre Kommunikation in einer Ehe harte Arbeit bedeutete, Arbeit, die ihre Eltern vielleicht seit Jahren vermieden hatten. Doch sie glaubte auch, dass es nie zu spät war, einen neuen Anfang zu wagen.

»Vielleicht könntet ihr eine Paarberatung versuchen? Manchmal hilft es, einen neutralen Dritten dazuzuholen«, schlug Alexandra vor, während sie weiterhin den Rücken ihrer Mutter streichelte, in der Hoffnung, nicht nur den physischen, sondern auch den emotionalen Schmerz ein wenig zu lindern.

In diesem Moment war Alex nicht nur die Tochter, die versuchte, den familiären Frieden zu wahren, sondern auch eine junge Frau, die erkannte, wie komplex und zerbrechlich zwischenmenschliche Beziehungen sein konnten. Und während sie dort saß, ihre Mutter im Arm, fühlte sie eine tiefe Dankbarkeit für die Lektionen in Liebe und Geduld, die das Leben ihr auf unerwartete Weise erteilte.

»Jetzt habe ich dir deinen Abend vermasselt. Ich wusste ja nicht, dass du Besuch hast. Ist es ein Kollege oder etwas Ernstes?«, fragte Beate schließlich, nachdem sie sich ein wenig beruhigt und ihre Tränen getrocknet hatte. Ihre Neugierde schien nun, nach dem emotionalen Ausbruch, wieder Platz zu finden, ein Hauch von Mutterinstinkt gemischt mit dem unvermeidlichen Klatschbedürfnis.

»Daniel ist ... ich weiß es noch nicht genau«, antwortete Alexandra und ging in die Küche, um ihrer Mutter ein Glas des

Weins einzuschenken, den Daniel mitgebracht hatte. Sie spürte, wie ihre Wangen bei der Erwähnung seines Namens leicht erröteten, ein stilles Eingeständnis, dass ihr Daniel mehr bedeutete, als sie zugeben wollte.

»Oh, das ist ein sehr teurer Wein«, stellte Beate fest. Sie betrachtete die Flasche, als würde sie gleich eine Schatzkarte ausrollen, die sie zu versteckten Reichtümern führt. Ihre Augen leuchteten auf, ein Zeichen dafür, dass das Thema Wein zumindest vorübergehend ihre Gedanken von den Eheproblemen ablenken konnte.

Alexandra musste schmunzeln. Trotz der angespannten Situation und dem abrupten Ende ihres Dates mit Daniel fand sie Trost in der Tatsache, dass ihre Mutter immer noch in der Lage war, sich über die kleinen Dinge des Lebens zu freuen – selbst wenn es nur eine Flasche Wein war.

»Ja, Daniel hat Geschmack«, flüsterte Alex, mehr zu sich selbst als zu ihrer Mutter. Sie setzte sich zu ihr, bereit, den Abend nicht als verloren zu betrachten, sondern als eine Gelegenheit, Zeit mit ihrer Mutter zu verbringen und vielleicht auch ein wenig über die mysteriösen Wege der Liebe zu lernen – oder zumindest darüber, wie man einen guten Wein erkennt.

»Kann ich bei dir schlafen? Ich brauche einfach etwas Abstand von deinem Vater«, fragte Beate, während sie nach ihrem Handy griff, das sich immer noch wie ein rätselhafter Fremdkörper in ihrer Hand anfühlte. Sie tippte auf dem Bildschirm herum, in der Hoffnung, vielleicht doch eine Nachricht von ihrem Mann zu finden. Doch wie erwartet, blieb ihr Posteingang leer. Er war bekannt dafür, in seiner Sturheit fast schon ein Monument zu sein, und eine Entschuldigung kam in seinem Vokabular so selten vor wie ein Lottogewinn.

Alexandra sah ihre Mutter an, die Enttäuschung und die stille Hoffnung in ihren Augen, und ihr Herz wurde weich.

»Natürlich kannst du hier schlafen, Mama. Das Sofa ist bequem, und ich kann dir Bettzeug bringen«, sagte sie und versuchte, ihrer Stimme einen fröhlichen Klang zu verleihen. In diesem Moment war sie mehr denn je die Stütze, die ihre Mutter brauchte, ein sicherer Hafen in dem emotionalen Sturm, der ihre Ehe zu sein schien.

Während Alex das Bettzeug brachte und das Sofa für die Nacht herrichtete, dachte sie darüber nach, wie kompliziert Beziehungen sein konnten. Hier war sie, verstrickt in die Anfänge einer möglichen Romanze mit Daniel, voller Unsicherheiten und Hoffnungen, und dort war ihre Mutter, nach Jahrzehnten der Ehe noch immer auf der Suche nach Anerkennung und Verständnis.

»Danke, Liebling. Du bist immer für mich da«, sagte Beate mit einem müden Lächeln, als sie sich auf das Sofa legte. Alexandra deckte sie zu und schaltete das Licht aus, bevor sie sich zurückzog, um ihr eigenes Bett aufzusuchen.

Kurz bevor sich Alex in ihr Bett fallen ließ, entschied sie sich, Daniel eine Nachricht zu schicken.

»Es tut mir wirklich leid, dass unser Abend so verlaufen musste. Mein Wohnzimmer wurde unerwartet zum Schauplatz eines Melodrams, inklusive Tränen und deiner Flasche Wein. Wie wäre es, wenn ich morgen als Wiedergutmachung Sushi besorge und bei dir vorbeikomme? Ich verspreche auch, dass das einzige Drama, das ich mitbringe, die Auswahl der Sushi-Rollen sein wird. Gute Nacht. Alex«

Nachdem die Nachricht abgeschickt war, legte sie das Handy beiseite und versuchte, Schlaf zu finden.

Die Nacht war still, doch in Alexandras Kopf rauschten die Gedanken wie ein stürmischer Fluss. Sie konnte nur schwer in den Schlaf finden, immer wieder griff sie nach ihrem Handy, in der Hoffnung auf eine sofortige Antwort von Daniel. Doch die Nacht verstrich ohne eine Nachricht, und Alex fühlte sich hin- und hergerissen zwischen Hoffnung und Enttäuschung.

Trotz der Unruhe, die in ihr brodelte, klammerte sie sich an den Gedanken, dass Daniel ihre Geste zu schätzen wüsste und verstand, dass die unerwarteten Ereignisse des Abends außerhalb ihrer Kontrolle lagen. Vielleicht, so hoffte sie, könnte ein gemeinsames Essen bei ihm zu Hause eine Chance sein, das Missverständnis auszuräumen und dort weiterzumachen, wo sie aufgehört hatten – bevor die unerwartete Unterbrechung ihren Abend jäh beendet hatte.

FÜNF

Am nächsten Morgen wurde Alexandra unsanft aus einem seltsamen Traum gerissen, in dem ihr Nachbar, der Heimwerkerkönig, beschlossen hatte, eine Achterbahn in seinem Wohnzimmer zu bauen. Das Geklapper aus der Küche rief sie zurück in die Realität und erinnerte sie daran, dass sie nicht allein in der Wohnung war.

Mit einem leisen Seufzer schwang sie die Beine aus dem Bett. So sehr sie ihre Mutter auch liebte, hegte Alex die stille Hoffnung, dass dies kein Dauergastspiel werden würde. Sie schätzte ihre Unabhängigkeit und die ruhigen Morgenstunden, die sie normalerweise allein in ihrer Küche verbrachte, mit nichts als einer Tasse Kaffee und ihren Gedanken.

Als Alex in die Küche trat, fand sie ihre Mutter vor, die mit einem Eifer, der fast schon bewundernswert war, das Frühstück zubereitete. Töpfe und Pfannen tanzten unter ihren Händen, als würde sie ein Fünf-Sterne-Menü vorbereiten und nicht einfach nur Rührei.

»Guten Morgen, mein Schatz. Ich dachte, wir könnten gemeinsam frühstücken, bevor ich...«, ihre Stimme driftete ab, und Alexandra wusste, dass der Satz vermutlich mit einer weiteren Runde Eheprobleme enden würde.

»Bevor du was? Deinen Auftritt im Zirkus probst?«, entgegnete Alex mit einem gequälten Lächeln, während sie sich einen Kaffee einschenkte. Beate lachte, ein Zeichen, dass die Stimmung zumindest für den Moment noch leicht war.

»Ich werde deinem Vater vorschlagen, eine Paartherapie zu machen. Ich bin mir sicher, dass er das ablehnen wird, aber dann werde ich ihm drohen, ihn zu verlassen, und ich schwöre dir, dass er dann zustimmt. Er ist ja nicht in der Lage, den Haushalt zu führen und ist auf mich angewiesen«, erklärte Beate mit einer Entschlossenheit in der Stimme, die darauf hindeutete, dass sie diesen Plan bereits bis ins kleinste Detail durchdacht hatte.

Alex stimmte müde zu, während sie das versalzene Rührei aß, das mehr an eine kulinarische Mutprobe erinnerte als an ein liebevoll zubereitetes Frühstück. »Mhm, klingt nach einem soliden Plan, Mama. Vielleicht überrascht er dich ja und stimmt sofort zu«, sagte sie, wenn auch ohne große Überzeugung in der Stimme. Ihr war klar, dass die Chancen dafür ungefähr so hoch standen wie die, einen Lottogewinn zu erzielen, ohne überhaupt ein Los gekauft zu haben.

Alex' Mutter nickte, während sie mit einem Löffel im Kaffee rührte, der mittlerweile kalt geworden war.

»Ja, mein Kind, in der Liebe und im Krieg ist alles erlaubt. Und wenn das bedeutet, dass ich mit Scheidung drohen muss, um uns beide in Therapie zu bekommen, dann sei es so.«

Alexandra konnte sich ein Lächeln nicht verkneifen, trotz der Schwere des Themas. Ihre Mutter, die Kriegerin der Liebe, bereit, für ihre Ehe zu kämpfen, auch wenn das bedeutete, den gegnerischen General – sprich: ihren Vater – mit unkonventionellen Methoden in die Knie zu zwingen.

Während sie das Frühstück beendeten und Beate anfing, von den potenziellen Therapeuten zu erzählen, als wäre es das neueste Klatschthema, dachte Alexandra darüber nach, wie komplex Beziehungen doch sein konnten. Vielleicht, überlegte sie, wäre es eine gute Idee, Daniel gegenüber von Anfang an offen und ehrlich zu sein, um solche Eskalationen zu vermeiden.

Nachdem Daniel nicht auf Alex Nachricht reagiert hatte, war sie ein Bündel aus Sorgen und Nervosität. Mit jeder stummen

Minute wuchs die Angst in ihr, dass er vielleicht genug von ihr hatte. Das Warten auf eine Antwort fühlte sich an wie eine Ewigkeit in der digitalen Warteschleife. Sie mochte es überhaupt nicht, wenn Leute nicht sofort auf ihre Nachrichten reagierten – jedes Mal, wenn sie das blaue Häkchen sah, ohne eine Antwort zu erhalten, fühlte sie sich, als würde ihr Herz einen kleinen Sprung machen, nur um dann in einen Abgrund der Ungewissheit zu fallen.

Hatte sie Daniel schon verloren, bevor sich überhaupt etwas Ernstes zwischen ihnen entwickeln konnte? Die Frage nagte an ihr, während sie zur Arbeit hetzte, ihren Kaffee unterwegs verschüttete und versuchte, die wachsende Unruhe in ihrem Inneren zu beruhigen.

Zu ihrer Erleichterung war ihr Chef krankgemeldet, was bedeutete, dass sie zumindest für heute einen Gang zurückschalten konnte. Die Aussicht, ein wenig durchatmen zu können, war wie eine kleine Oase in der Wüste ihrer aktuellen emotionalen Verfassung. Doch selbst die Ruhe des Büros, konnte ihre Gedanken nicht von Daniel ablenken.

Während sie sich durch die Arbeit kämpfte, fiel ihr Blick immer wieder auf ihr Handy, in der Hoffnung, endlich die ersehnte Nachricht zu entdecken. Die Ironie, dass sie sich so sehr nach einer Nachricht sehnte, während sie gleichzeitig von der digitalen Kommunikation genervt war, entging ihr nicht. Doch was sollte sie tun? In einer Welt, in der Textnachrichten und Emojis oft mehr aussagten als tausend Worte, fühlte sich die Stille umso lauter an.

Kurz bevor der Arbeitstag zu Ende ging und Alex sich mental bereits auf einen entspannten Feierabend eingestellt hatte, vibrierte ihr Handy. Mit einem schnellen Griff holte sie es hervor, ihr Herz machte einen kleinen Sprung – eine Nachricht von Daniel. Doch die Freude wich schnell einer enttäuschten Schwere, als sie las: »Kann heute leider nicht. Daniel.« Keine Erklärung, keine Entschuldigung, nur diese knappe Absage. Das hörte sich überhaupt nicht gut an. Ihr Herz zog sich zusammen, ein unangenehmes Gefühl breitete sich in ihrer Brust aus. Die

Enttäuschung schlich sich leise ein und ließ sie niedergeschlagen zurück.

Als Alex nach Hause kam, fand sie zu ihrer Verwunderung ihre Mutter immer noch dort vor. Eigentlich hatte sie erwartet, dass Beate längst wieder zu Hause bei ihrem Vater wäre, um ihre neuesten Pläne einer Ehe-Rettungsmission in die Tat umzusetzen. Doch irgendwie kam ihr die Anwesenheit ihrer Mutter in diesem Moment ganz gelegen. Sie brauchte jetzt selbst Trost, jemanden, der ihr zuhörte und vielleicht ein wenig Ablenkung bot.

»Mama, du bist noch hier?«, fragte Alex, während sie ihre Tasche abstellte und sich neben ihre Mutter auf das Sofa setzte. Beate blickte auf, legte das Strickzeug, das sie in der Hand hielt, zur Seite und musterte Alexandra besorgt.

»Ja, mein Kind. Ich dachte, ich bleibe noch ein wenig und lasse deinen Vater etwas zappeln. Du siehst so traurig aus. Was ist los?«, erkundigte sie sich sanft. Alex seufzte tief. Die Worte strömten aus ihr heraus, während sie von der knappen Nachricht Daniels erzählte und wie sehr sie sich darauf gefreut hatte, ihn zu sehen. Wie sie gehofft hatte, dass dieser Abend anders verlaufen würde als der letzte und wie enttäuscht sie jetzt war.

Ihre Mutter hörte geduldig zu, nickte hier und da und strich ihrer Tochter tröstend über den Rücken.

»Ach, mein Schatz, manchmal laufen die Dinge nicht so, wie wir es uns wünschen. Aber das bedeutet nicht, dass alles verloren ist.«

Alexandra lehnte sich an ihre Mutter und fühlte, wie ein wenig von der Schwere von ihr abfiel. Vielleicht hatte ihre Mutter recht. Vielleicht war es zu früh, um aufzugeben. In diesem Moment war sie einfach nur dankbar, ihre Mutter bei sich zu haben – jemanden, der sie auffing, wenn es ihr schlecht ging. Gemeinsam verbrachten sie den Abend mit Gesprächen, Tee und dem ein oder anderen Stück Schokolade, eine kleine Insel der Geborgenheit in einem Meer aus Unsicherheiten und Enttäuschungen.

SECHS

Am nächsten Morgen hoffte Alex auf ein Lebenszeichen von Daniel, eine Nachricht, ein Rauchsignal, irgendetwas, das darauf hindeutete, dass er an ein Wiedersehen dachte. Aber – Fehlanzeige. Ihr Handy blieb stumm wie ein Maulwurf im Zeugenschutzprogramm. Sie überlegte, ihm zu schreiben, entschied sich aber dagegen. Schließlich hatte sie gehört, dass einige Männer die charmante Eigenschaft besitzen, spontane Allergien gegen zu viel Nähe zu entwickeln – »Klette» war ein Begriff, den sie in ihrer Beziehungsakte definitiv nicht vermerkt haben wollte.

Während Alex also in einem Meer aus Ungewissheit schwamm, verwöhnte ihre Mutter sie mit einem deftigen Frühstück.

«Ich werde noch zwei Tage bei dir bleiben«, erklärte Beate, während sie entschlossen den Staubwedel schwang, als wäre es ein Zepter. Ihre Augen funkelten mit einer Mischung aus Entschlossenheit und der heimlichen Freude, ihrer Tochter unter die Arme greifen zu können. Die Pause von ihrem Mann schien ihr tatsächlich gut zu tun – vielleicht ein wenig zu gut, dachte Alex, als sie sah, wie ihre Mutter liebevoll den Toaster polierte.

»Zwei Tage, hm?«, entgegnete Alexandra, während sie versuchte, ihr Bestürzen hinter einem Löffel Müsli zu verbergen. »Soll ich noch jemanden einladen? Vielleicht das Ordnungsamt oder eine TV-Crew für eine Sendung über das Leben in Wohngemeinschaften?«

Beate lachte, anscheinend amüsiert über die Vorstellung. »Ach, sei nicht albern. Ich helfe dir nur ein wenig. Du wirst sehen, wenn du von der Arbeit kommst, wird deine Wohnung aussehen wie neu.«

Mit diesem Versprechen und einem Kuss auf die Stirn machte sich Alexandra auf den Weg zur Arbeit, ein wenig besorgt darüber, was sie wohl erwarten würde, wenn sie zurückkam. Eine blitzblanke Wohnung? Eine improvisierte Rumpelkammer? Oder vielleicht ein neues, von ihrer Mutter kuratiertes Wohnkonzept, das »Gemütlichkeit trifft auf Putzfimmel« hieß? Eines war sicher: Die nächsten zwei Tage würden alles andere als langweilig werden.

Alex konnte einfach nicht anders, als alle paar Minuten ihr Handy hervorzuzaubern – ein Ritual, das sie zunehmend frustrierte. Jedes Mal, wenn der Bildschirm aufleuchtete, ohne dass eine Nachricht von Daniel erschien, malte sie sich aus, wie er wohl gerade sein Interesse an ihr verlor, Stück für Stück, wie ein Eis, das in der Sonne schmilzt. Ihr Herz fühlte sich an, als würde es in einer Zitronenpresse sitzen, und sie konnte nichts anderes tun, als abzuwarten und zu hoffen, dass er sich endlich meldete.

Als wäre das nicht schon genug emotionales Chaos, erfuhr sie von einer Kollegin, dass ihr Chef im Krankenhaus lag. Normalerweise wäre sie besorgt gewesen, doch angesichts ihrer letzten Auseinandersetzung, bei der sie Herrn Müller in einem Moment höchster Frustration eine schlimme Krankheit an den Hals gewünscht hatte, war ihre Sorge nun mit einem Hauch von Schuldgefühl vermischt.

»Hoffentlich hat das Universum meinen Wunsch nicht zu wörtlich genommen«, dachte sie und stellte sich vor, wie sie versehentlich übersinnliche Kräfte aktiviert hatte.

Mit einem mulmigen Gefühl im Magen und einem Handy, das beharrlich schwieg, navigierte Alex durch ihren Arbeitstag. Sie stellte sich vor, wie ihr Chef im Krankenhausbett lag, umgeben von Ärzten, die ratlos seine Symptome diskutierten, während er mürrisch darauf bestand, dass es nur eine vorübergehende Unpässlichkeit sei – schließlich hatte er noch einen Berg unerledigter Arbeit, der auf ihn wartete.

»Vielleicht sollte ich ihm eine Genesungskarte schicken«, überlegte Alexandra. »Mit einer Entschuldigung für alle schlimmen Krankheiten, die ich ihm in Gedanken an den Kopf geworfen habe.« Sie malte sich aus, wie die Karte aussehen könnte: »Gute Besserung! PS: Ich ziehe alle Flüche zurück, die ich möglicherweise ausgesprochen habe.«

In der Mittagspause, als Alexandra gerade mit einem halben Auge ihre Salatgabel und mit dem anderen ihr hartnäckig schweigsames Handy beobachtete, vibrierte es endlich. Die erlösende Nachricht von Daniel ließ ihr Herz einen freudigen Salto machen: »Komme heute Abend mit Erdbeeren und Champagner zu dir oder hast du was Besseres vor?« Im Nu war Alex' Stimmung nicht nur aufgehellt, sondern strahlte heller als die Neonreklame des örtlichen Diners.

Doch dann erinnerte sie sich schlagartig an ihre Mutter, die aktuell mehr oder weniger Teil ihrer Einrichtung war. »Oh nein, Mama!«, entfuhr es ihr leise. Sie musste einen Weg finden, ihre Mutter sanft aber bestimmt aus der Wohnung zu komplimentieren, ohne dass es wirkte, als würde sie sie auf die Straße setzen.

Während Alex ihren Salat weiterhin nur mechanisch kaute, schmiedete sie Pläne. »Beate könnte ins Kino gehen... oder in ein schickes Lokal. Ja, das wäre etwas für sie. Ein bisschen Luxus tut immer gut«, dachte sie und malte sich aus, wie ihre Mutter in einem der feinen Restaurants der Stadt saß, umgeben von adretten Kellnern, die ihr jeden Wunsch von den Lippen ablasen. Vielleicht würde sie dort sogar den Abend so sehr genießen, dass sie vergaß, warum sie überhaupt dort war.

Mit neuer Entschlossenheit beendete sie ihre Mittagspause und machte sich auf den Weg zurück ins Büro. Der Plan für den Abend musste sorgfältig vorbereitet werden.

Als der Feierabend näher rückte, wuchs ihre Aufregung. Nicht nur wegen Daniels Besuch, sondern auch wegen der kleinen «Mission», ihre Mutter aus der Wohnung zu bekommen. Das Leben hatte definitiv seine komischen Momente, dachte sie und konnte ein Schmunzeln nicht unterdrücken. «Erdbeeren und Champagner», wiederholte Alex leise und fühlte sich wie die Protagonistin in einem romantischen Film – nur dass ihre Nebenrolle, ihre Mutter, noch eine unerwartete Wendung benötigte.

»Mama, ich muss dich leider bitten... heute Abend... Daniel hat sich angekündigt«, stammelte Alex und fühlte sich, als würde sie gerade den ersten Preis im Wettbewerb «Unbequemste Konversation des Jahres» gewinnen. Ihre Mutter hatte es sich in den letzten Tagen so gemütlich gemacht, dass Alex fast ein schlechtes Gewissen hatte, sie nun quasi vor die Tür zu setzen.

»Hat er sich doch noch gemeldet! Hat er denn keine Wohnung? Ihr könntet doch auch zu ihm?«, erwiderte Beate, während sie neugierig eine Augenbraue hochzog. Ihre Frage war nicht ohne eine Spur von mütterlichem Misstrauen, gemischt mit dem unvermeidlichen Interesse an dem Mann, der ihrer Tochter den Kopf verdrehte.

Alexandra überlegte kurz. Tatsächlich hatte Daniel sie bisher noch nicht zu sich eingeladen. »Vielleicht ist er gerade am Renovieren... oder lebt in einer WG?«, mutmaßte sie laut. Ihre Gedanken überschlugen sich. War Daniels Zuhause vielleicht eine chaotische Baustelle, bevölkert von halbfertigen Möbelstücken und Farbeimern? Oder teilte er sich eine Wohnung mit einer Horde von WG-Genossen, deren Lebensstil irgendwo zwischen «Studentenchaos» und «kreativem Freigeist» angesiedelt war?

»Mama, ich dachte, du könntest vielleicht ins Kino gehen oder dich in einem schicken Lokal verwöhnen lassen. Ich lade dich auch ein. Du hast dir doch eine Auszeit verdient«, schlug Alexandra vor, in der Hoffnung, ihre Mutter würde den Wink mit dem Zaunpfahl verstehen und ihr für den Abend etwas Freiraum gewähren.

Beate schaute sie einen Moment lang nachdenklich an, dann breitete sich ein verständnisvolles Lächeln auf ihrem Gesicht aus. »Na gut, mein Schatz. Ich werde mir einen schönen Abend machen. Aber du erzählst mir dann alles, ja? Ich will jedes Detail wissen!«, forderte sie, halb scherzend, halb ernst.

Mit einem Seufzer der Erleichterung und einem Herzen voller Vorfreude machte sich Alex daran, den Abend vorzubereiten. Erdbeeren und Champagner mit Daniel klangen nach einem perfekten Abend.

Nachdem Alex mit einem diplomatischen Geschick, das selbst die UN neidisch gemacht hätte, ihre Mutter dazu überredet hatte, das heimische Nest für den Abend zu verlassen, fiel die Tür mit einem leisen Klicken ins Schloss. Sie atmete tief durch, bevor sie sich in einen Wirbelwind der Vorbereitungen stürzte. Zuerst musste die olfaktorische Erinnerung an die Räucherstäbchen-Orgie ihrer Mutter beseitigt werden. Mit geöffneten Fenstern und flinken Bewegungen fächelte sie den Duft der 70er Jahre hinaus in die Freiheit.

Kaum war die Wohnung gelüftet, schlüpfte sie in ihr Outfit für den Abend. In einem Rennen gegen die Zeit, das selbst den besten Sprinter ins Schwitzen gebracht hätte, machte sie sich fertig. Daniel, der Mann, der anscheinend nicht nur mit Charme, sondern auch mit Pünktlichkeit geizte, stand schließlich vor ihrer Tür – zwanzig Minuten zu spät, aber ausgerüstet mit Erdbeeren und echtem Champagner, als wolle er für jede verstrichene Minute ein Stück Luxus nachreichen.

Er sah umwerfend aus, als wäre er direkt aus einem Modemagazin für besonders gutaussehende und leicht verspätete Menschen entsprungen. Er trug ein Parfum, so herb, dass es Alex beinahe die Sinne raubte – eine Duftwolke, die halb Verführung, halb Narkosemittel zu sein schien. Sie kämpfte mit dem plötzlichen Verlangen, ihn zu küssen, ein Verlangen, das so stark war, dass es sie fast überwältigte. Doch sie hielt sich zurück, entschlossen, nicht ihre Selbstbeherrschung zu verlieren.

Mit einem Lächeln, das vermutlich sämtliche Eisberge zum Schmelzen gebracht hätte, bat sie Daniel herein. Während sie die Erdbeeren und den Champagner entgegennahm, dachte sie bei sich: »Wer braucht schon Pünktlichkeit, wenn man stattdessen mit Erdbeeren und Champagner entschädigt wird?«

Als er sich daranmachte, die Buchrücken in Alexandras Regal zu studieren – eine Tätigkeit, die scheinbar eine Mischung aus Neugier und dem stillen Wunsch war, nicht als kulturloser Banause dazustehen –, war Alex auf der verzweifelten Suche nach ihren Sektgläsern. Diese waren seit dem Putzmarathon ihrer Mutter auf mysteriöse Weise verschwunden, als hätten sie sich in Luft aufgelöst.

Während sie schließlich in der hintersten Ecke eines bisher unentdeckten Schrankes fündig wurde, wusch Alex die Erdbeeren unter heißem Wasser und konnte nicht widerstehen, eine der süßen Früchte zu naschen. Das sorgte für einen kurzen Moment der Glückseligkeit inmitten des leichten Chaos.

Daniel, derweil auf Entdeckungstour auf Alexandras kleiner, aber charmanter Dachterrasse, schien von dem Ausblick, der sich ihm bot, begeistert zu sein. »Du hast einen tollen Blick«, meinte er, während er sich auf einer der Liegen niederließ, mit der Zufriedenheit eines Königs, der sein Reich betrachtet.

Alex, bewaffnet mit den endlich aufgetauchten Sektgläsern und einer Schale voller gewaschener Erdbeeren, trat zu ihm auf die Terrasse. Das leichte Chaos der vergangenen Minuten verblasste beim Anblick von Daniels entspanntem Lächeln und dem friedlichen Ambiente, das sie umgab.

»Warte nur, bis du den Sonnenuntergang gesehen hast. Dann wird dir klar, warum ich nie umziehen könnte«, sagte sie, während sie ihm ein Glas Champagner einschenkte. Für einen Moment vergaß Alex die Wirren und Sorgen der letzten Tage. Alles, was zählte, war dieser Augenblick, das sanfte Prickeln des Champagners und die Aussicht auf einen Abend, der in jeder Hinsicht vielversprechend zu sein schien.

Als sie sich zu Daniel auf die Liege setzte, ein wenig unsicher, wie viel Nähe gerade angemessen war, begann er, sie mit

Erdbeeren zu füttern. Es war ein Akt der Zärtlichkeit, der so unerwartet wie charmant war. Daniels Interesse an ihrem Wohlergehen und das seiner Familie erwärmte ihr Herz.

»Geht es deiner Mutter besser?«, erkundigte er sich, während er ihr eine besonders große Erdbeere reichte. Seine Stimme trug einen Hauch von Sorge und Interesse, der Alexandra zeigte, dass er nicht nur aus Höflichkeit fragte.

»Ja, es gibt kleine Eheprobleme nach 30 Jahren, aber ich denke, dass sie sich beheben lassen«, antwortete sie, während sie vorsichtig in die Erdbeere biss. Alex war dankbar für seine Nachfrage, auch wenn sie das Thema ihrer elterlichen Konflikte lieber schnell hinter sich lassen wollte.

»Es ist wie bei einem alten Auto – manchmal braucht es einfach ein bisschen mehr Pflege und Zuwendung, um wieder rund zu laufen.«

Daniel lachte leise bei dem Vergleich. »Das klingt nach einer sehr pragmatischen Sichtweise. Ich bin sicher, deine Mutter ist froh, dich zu haben.«

Während sie dort so saßen, die kühle Abendluft genießend und zwischen den Worten eine wachsende Vertrautheit spürend, fühlte Alex, wie sich die Anspannung der letzten Tage langsam löste. Die Sorge um ihre Mutter, die Unsicherheit wegen Daniels Schweigen und die Angst vor Zurückweisung – all das schien in diesem Moment weit entfernt.

Die beiden teilten den Champagner, aßen Erdbeeren und ließen sich von der Stimmung der Dachterrasse einfangen. Alexandra spürte, wie sich eine Verbindung aufbaute, die über die flüchtigen Begegnungen und Nachrichten hinausging, eine Verbindung, die vielleicht der Beginn von etwas Besonderem sein könnte.

Nachdem die letzte Erdbeere liebevoll von Daniel serviert und genüsslich von Alexandra verzehrt wurde, entschied sie, dass es an der Zeit war, tiefer in die Welt des Mannes einzutauchen, der ihr Herz im Sturm erobert hatte. Sie lehnte sich ein wenig zurück, ihr Blick fest auf Daniel gerichtet, der in dem sanften Licht der Dämmerung fast mystisch wirkte.

»Erzähl mal, was dein Vater für eine Firma hat?«, begann sie, ihre Neugierde nicht länger hinter einem lächelnden Gesicht versteckend. Sie wollte alles über Daniel wissen, seine Welt, seine Familie, seine Träume – jedes kleine Detail, das ihm Tiefe und Konturen verlieh.

Daniel schien kurz zu zögern, dann aber entspannte sich sein Gesichtsausdruck, und er begann zu erzählen. »Mein Vater hat …«

Als er gerade ansetzen wollte, über die Firma seines Vaters zu erzählen, durchbrach das schrille Geräusch der Türklingel die angenehme Stimmung. Alexandra rollte innerlich mit den Augen.

»Entschuldige«, sagte sie, während sie sich, sichtlich genervt, von der Liege erhob. Sie konnte nicht fassen, dass just in diesem Moment, in dem sie endlich mehr über Daniel erfahren wollte, jemand an ihrer Tür klingelte. In ihrem Kopf schwirrten Gedanken umher, die sich alle um das unwillkommene Timing drehten. Es schien fast, als hätte das Universum sich verschworen, um jeden Moment, den sie mit Daniel allein verbringen konnte, zu unterbrechen. Mit einem Seufzer näherte sie sich der Tür, halb erwartend, ihre Mutter mit einem weiteren emotionalen Notfall vorzufinden, oder ihren Nachbarn, der möglicherweise eine neue Runde im «Wer stört Alexandra am effektivsten?»-Wettbewerb einläuten wollte.

Als sie durch den Türspion schaute, traf sie fast der Schlag. Nicht ihre Mutter, nicht der Nachbar, sondern ihr Vater stand da, die Verkörperung von Bedröppeltheit, auf ihrer Fußmatte. Sein Anblick war ein Schock – seine sonst so gepflegte Erscheinung schien einer gewissen Verwahrlosung gewichen zu sein.

»Ist deine Mutter bei dir?«, fragte er mit einer Stimme, die Alexandra bis ins Mark traf.

Für einen Moment war Alex wie gelähmt, unfähig zu reagieren. Ihr Herz tat ihr weh bei dem Anblick ihres Vaters, der so verloren und hilflos wirkte. Mit zitternden Händen öffnete sie die Tür ganz, ihre Augen weit aufgerissen vor Überraschung und Mitleid.

»Papa, was ist passiert? Komm rein«, sagte sie, ihre Irritation über den unerwünschten Besuch vergessend.

Während sie ihren Vater ins Wohnzimmer führte, fühlte sie sich plötzlich in einem Drama gefangen, das sie weder gewünscht noch erwartet hatte. Ihr Abend mit Daniel, der so vielversprechend begonnen hatte, drohte unter der Last familiärer Verwicklungen zu zerbrechen.

Das Gefühl, dass das Universum sich gegen sie und ihre Chance auf einen romantischen Abend verschworen hatte, war überwältigend.

Mit einem Blick über die Schulter zu Daniel, der unsicher im Wohnzimmer stand und sich fragte, ob er jetzt gehen sollte, wusste Alex, dass dieser Abend ganz anders verlaufen würde, als sie es sich erhofft hatte. Doch trotz der unerwarteten Wendung und dem emotionalen Wirrwarr, in dem sie sich befand, war ihr klar, dass sie jetzt für ihren Vater da sein musste. Die Liebe und das Verlangen, das sie für Daniel empfand, mussten warten. Jetzt war es an der Zeit, ihre Familie zu unterstützen, so verworren die Situation auch sein mochte.

»Daniel, das ist mein Vater«, stellte sie die beiden Männer einander vor, ihre Stimme ein Mix aus Verlegenheit und Besorgnis.

»Ich geh dann mal«, sagte Daniel mit einer Stimme, die leicht enttäuscht klang, und Alex' Herz sank. In diesem Moment schien es ihr, als hätte Daniel endgültig die Nase voll von ihr, von den ständigen Unterbrechungen und dem familiären Chaos, das sie scheinbar umgab. Als sie ihn an der Tür verabschiedete, konnte sie die Entschuldigung kaum über die Lippen bringen, so sehr fürchtete sie, dass dies das letzte Mal sein könnte, dass sie ihn sah.

»Es tut mir wirklich leid«, sagte sie, während sie ihm in die Augen blickte, hoffend, dass er die Aufrichtigkeit in ihrer Stimme hören konnte. »Vielleicht können wir uns morgen bei dir treffen?«, schlug sie vor, klammernd an der Hoffnung, dass es noch eine Chance für sie beide gab.

»Morgen kann ich nicht. Ich melde mich!«, antwortete Daniel und obwohl seine Worte freundlich klangen, hinterließen sie ein Echo der Unsicherheit in Alexandra. Sein Lächeln war tröstend, doch die Worte »Ich melde mich« hallten in Alex Kopf nach wie ein unsicheres Versprechen in einer Welt voller Vielleichts.

Nachdem die Tür ins Schloss gefallen war, lehnte Alex sich für einen Moment dagegen, ihr Geist ein Wirbelwind aus Gedanken und Gefühlen. Sie konnte sich des nagenden Gefühls nicht erwehren, dass sie Daniel vielleicht wirklich verloren hatte, nicht wegen irgendetwas, das sie gesagt oder getan hatte, sondern einfach, weil das Leben manchmal unvorhersehbar und unerbittlich kompliziert war.

Sie drehte sich um und sah ihren Vater an, ein Bild der Verzweiflung. In diesem Moment wurde ihr klar, dass sie nicht die Einzige war, deren Herz schwer war. Mit einem tiefen Seufzer ging sie zu ihm, bereit, sich den familiären Problemen zu stellen, auch wenn ein Teil ihres Herzens bei Daniel und den Möglichkeiten blieb, die der Abend hätte bringen können.

»Papa, ich hole dir erstmal was zu trinken und dann reden wir«, sagte Alex und klang wie eine professionelle Krisenmanagerin. Mit einem dramatischen Abgang, der fast so wirkte, als würde sie im nächsten Moment eine Schürze umlegen und einen Kuchen aus dem Nichts zaubern, verschwand sie in der Küche. Dort nahm sie sich einen Moment, um tief durchzuatmen, und überlegte, ob es für solche Situationen vielleicht einen speziellen Drink gibt – etwas in der Art von »Familienchaos-Cocktail« mit einem Schuss »Alles wird gut«.

Als sie mit einem Glas Wasser zu ihrem Vater zurückkehrte, fand sie ihn in einer Pose, die man durchaus als »denkerisch« bezeichnen könnte, wäre da nicht das Bild seiner Frau in seinen Händen gewesen. Er betrachtete es mit einer Miene, die irgendwo zwischen sehnsüchtiger Erinnerung und dem Versuch, sich zu erinnern, wo genau im Haus der Staubsauger steht, schwebte.

»Papa, du weißt schon, dass Mama nicht in dem Bild verschwinden wird, egal wie intensiv du es anstarrst, oder?«, versuchte Alex die Situation mit einem Schuss Humor aufzulockern, während sie ihm das Glas reichte. »Es sei denn, du hast vor, mit Hogwarts in Verbindung zu treten und uns alle nachträglich einzuschreiben. Ich hätte nichts dagegen, ein paar Zaubersprüche zu lernen.«

Ihr Vater blickte auf, ein Lächeln umspielte seine Lippen, als er das Bild zurück auf das Sideboard stellte.

»Vielleicht wäre das gar keine so schlechte Idee«, erwiderte er scherzhaft, bevor er einen Schluck Wasser nahm. »Aber ich glaube, für unsere Probleme gibt es keine magischen Lösungen. Zumindest keine, die in einem Zaubertrankbuch stehen.«

»Mama ist ausgegangen, weil ich ... Besuch von Daniel hatte«, erklärte Alex ihrem Vater, während sie versuchte, das Thema so beiläufig wie möglich klingen zu lassen, als wäre es völlig normal, dass ihr Liebesleben die familiäre Abendplanung beeinflusste. Ihr Vater hob eine Augenbraue, ein Zeichen dafür, dass er zwar aus dem neuesten Klatsch und Tratsch heraus war, aber durchaus noch Interesse an den romantischen Verwicklungen seiner Tochter hatte.

»Ist er dein Freund? Er sieht nett aus«, meinte er und Alex konnte nicht anders, als zu bemerken, wie er versuchte, modern und aufgeschlossen zu klingen, dabei aber klang, als hätte er gerade einen Ratgeber für besorgte Väter der 90er Jahre gelesen.

»Ist deine Mutter alleine ausgegangen?«, fragte er dann, offensichtlich besorgt um das Wohlbefinden seiner Frau.

»Ja, meinst du, sie hat einen neuen Mann?«, scherzte Alex und konnte sich ein Grinsen nicht verkneifen. »Sie liebt dich, Papa, aber du musst auch etwas dafür tun, damit sie glücklich ist und ... darfst dich nicht gehenlassen«, riet sie ihrem Vater. Ihr Rat klang fast so, als würde sie ihm ein Rezept ausstellen – zwei Teile Aufmerksamkeit, ein Teil Romantik, gut umrühren, täglich anwenden.

Tobias schaute sie einen Moment lang an, offensichtlich am Überlegen, ob er sich nun beleidigt fühlen oder sich den Rat seiner Tochter zu Herzen nehmen sollte. Schließlich seufzte er. »Ich dachte immer, nach dreißig Jahren Ehe wäre es okay, wenn man sich ein bisschen gehenlässt. Aber vielleicht hast du recht. Vielleicht sollte ich öfter mal den Staubsauger schwingen oder ihr Blumen mitbringen.«

Alexandra lachte. »Genau, Papa. Und vielleicht startest du nicht direkt mit einem Staubsauger. Ein nettes Abendessen könnte ein guter Anfang sein.«

Er seufzte tief, als wäre ihm gerade bewusst geworden, dass Beziehungen tatsächlich Arbeit erfordern könnten – eine Erkenntnis, die scheinbar genauso überraschend kam wie die Entdeckung, dass Wasser nass ist.

Tobias nickte, ein entschlossener Ausdruck auf seinem Gesicht. »Ein Abendessen ... und Blumen. Ich glaube, ich habe das noch drauf.«

In diesem Moment fühlte Alex eine Mischung aus Stolz und Belustigung. Ihr Vater, der alte Haudegen, war bereit, für die Liebe zu kämpfen – bewaffnet mit einem Strauß Blumen und vielleicht einem Gutschein für das Lieblingsrestaurant. Das Leben war manchmal wirklich wie eine Sitcom, dachte sie, während sie ihrem Vater beim Planen seiner Charmeoffensive zusah.

Während Alex ihrem Vater liebevoll einen Salat zubereitete, in der Hoffnung, dass er seit Tagen endlich mal wieder etwas Vernünftiges zu sich nahm, vibrierte ihr Handy. Ihr Herz machte einen Sprung – könnte es Daniel sein, der ihr schrieb, dass er sich nach ihr sehnte? Schnell griff sie zum Handy, nur um festzustellen, dass es ihre Mutter war, die wissen wollte, ob Daniel schon fort war. »Ich bin müde und langweile mich alleine«, lautete die Nachricht.

»Mama, Daniel musste gehen, weil ... Papa gekommen ist«, tippte Alex leicht gereizt in ihr Handy. Es klang fast wie der Anfang eines schlechten Witzes: Ein Date, ein verlorener Ehemann und eine Tochter, die sich plötzlich in der Rolle einer unfreiwilligen Beziehungstherapeutin wiederfand. »Papa sitzt wie ein Häufchen Elend auf meinem Sofa und ich bereite ihm gerade etwas zu Essen zu. Du kannst jetzt kommen, denn Papa möchte dir was sagen.«

Während sie die Nachricht abschickte, schob sie sich eine Käsescheibe in den Mund, ein kleiner Trost inmitten des familiären Trubels. Sie war sich ziemlich sicher, dass sie morgen ihre Wohnung wieder für sich haben würde, um ungestört mit Daniel zu reden. Vielleicht würde sie dann endlich herausfinden, wer er wirklich war, ohne dass ein Elternteil plötzlich auftauchte und die romantische Stimmung ruinierte.

In Gedanken stellte sie sich vor, wie das Gespräch zwischen ihren Eltern verlaufen würde. Vermutlich würde es mit einem klassischen »Wir müssen reden« beginnen, gefolgt von langen Schweigemomenten, in denen beide versuchten, den anderen telepathisch zur Vernunft zu bringen. Alexandra konnte nicht anders, als bei dem Gedanken zu schmunzeln.

Mit einem letzten Blick auf ihr Handy machte sie sich daran, das Essen für ihren Vater fertigzustellen.

Der restliche Abend entwickelte sich allerdings zu einer Art improvisiertem Familiendrama, das selbst das Drehbuchteam einer Telenovela nicht besser hätte inszenieren können. Alexandras Eltern vertrugen sich nicht, Vorwürfe flogen durch die Luft wie schlecht gezielte Frisbees, und das Ganze endete in einem Crescendo aus Geheul und Türknallen. Tobias verließ aufgebracht die Wohnung, während Beate heulend auf dem Sofa saß und durch Tränen hindurch verkündete, dass sie sich trennen würde.

Alex, die sich inmitten dieses emotionalen Chaos wiederfand, war schwer genervt und wusste nicht mehr, welche Ratschläge sie noch erteilen sollte. Sie fühlte sich wie eine unfreiwillige Schiedsrichterin in einem Spiel, dessen Regeln sich ständig änderten.

»Ich hätte vielleicht doch Zaubersprüche lernen sollen«, murmelte sie zu sich selbst, während sie versuchte, ihrer Mutter mit Taschentüchern und tröstenden Worten beizustehen.

»Mama, ich muss jetzt ins Bett. Morgen sieht die Welt anders aus«, verkündete sie mit der Entschlossenheit einer Frau, die beschlossen hatte, dem Familiendrama für heute den Rücken zu kehren. Mit einem theatralischen Seufzer, der ihre gespielte

Fassung unterstrich, verzog sie sich in ihr Schlafzimmer, ließ die Tür hinter sich ins Schloss fallen und lehnte sich einen Moment dagegen. Ja, sie war wütend auf ihre Eltern – wütend, weil sie es nicht schafften, in Frieden die restlichen Jahre zu leben, und doppelt wütend, weil sie ihre raren und kostbaren Treffen mit Daniel ruiniert hatten.

Im Schutz ihres Schlafzimmers ließ sie sich aufs Bett fallen und starrte an die Decke. »Großartig«, murmelte sie zu sich selbst, »ich bin plötzlich die Hauptdarstellerin in einer Seifenoper geworden, ohne dass ich je vorgesprochen habe.«

Die Gedanken an Daniel und die Möglichkeit, dass er nach diesem Abend das Interesse an ihr verlieren könnte, ließen ihr Herz schneller schlagen. Sie hoffte so sehr, dass er ihr eine Chance geben und sie weiterhin treffen würde, trotz des chaotischen Beigeschmacks, den ihre Familie dem Ganzen verliehen hatte.

Mit einem entschlossenen Nicken zu sich selbst fasste sie einen Plan. Sie würde Daniel eine Nachricht schreiben, sich für den Abend entschuldigen und ihn um ein weiteres Treffen bitten – diesmal an einem neutralen Ort, fernab von familiären Überraschungsbesuchen. Vielleicht in einem Café oder im Park, wo das schlimmste Drama die Entscheidung zwischen Latte Macchiato und Cappuccino wäre.

»Morgen sieht die Welt anders aus«, wiederholte sie ihre eigenen Worte, bevor sie das Licht löschte. Mit einem Mix aus Entschlossenheit und einer Prise Hoffnung schlief sie schließlich ein, träumend von einem ungestörten Date mit Daniel, bei dem die einzige Unterbrechung ein Kellner wäre, der fragt, ob sie noch etwas trinken möchten.

SIEBEN

Am nächsten Morgen, entgegen Alexandras optimistischer Prognose, sah die Welt nicht besser aus. Der Himmel hatte sich entschieden, in einen Melancholie-Wettbewerb mit ihr zu treten und weinte dicke, graue Tränen. Als ob das nicht genug wäre, fand sie ihre Mutter in der Küche vor, die scheinbar über Nacht in die Rolle der tragischen Heldin aus einem Schwarz-Weiß-Film geschlüpft war und deutlich gealtert aussah. Vielleicht hatte sie versucht, durch Weinen Falten zu glätten, dachte Alex ironisch.

Und als wäre das Bühnenbild für »Alexandras miserabler Start in den Tag« noch nicht komplett, hatte sich Daniel nicht gemeldet. Das war in etwa so ermutigend wie die Entdeckung, dass die Milch sauer ist, nachdem man sie bereits in den Kaffee gegossen hat.

Doch da war noch der Kaffee – Alexandras flüssiger Retter in der Not. Während sie den ersten Schluck des schwarzen Goldes nahm, spürte sie, wie ein Funken Leben in ihre Adern zurückkehrte. Der Kaffee wirkte wie ein Zaubertrank, der zumindest einen Teil der Welt wieder ins Lot brachte. »Wenn Kaffee meine Stimmung aufhellen kann, dann kann ich auch den Rest meines Tages retten«, murmelte sie, bewaffnet mit neuem Mut und einer Tasse, die stärker war als jedes Schwert.

Mit einem entschlossenen Schluck stellte sie die Tasse ab und beschloss, sich der Herausforderung zu stellen. Sie würde ihrer

Mutter Trost spenden, den Himmel dazu bringen, seine Tränen zurückzuhalten, und vielleicht, nur vielleicht, würde sich Daniel doch noch melden.

Die Tage ohne ihren Chef mutierten für Alex zu einer Art Mini-Urlaub direkt am Arbeitsplatz. Statt Berge von Papierkram und endlosen Meetings konnte sie sich den wirklich wichtigen Dingen des Lebens widmen: zum Beispiel ihren Nägeln, die dank der unerwarteten Freizeit eine Maniküre der Extraklasse erfuhren, und dem tiefgründigen Studium von Internetartikeln über die Rettung alter Ehen. Wer hätte gedacht, dass »Ehe-Rettung für Dummies« tatsächlich eine Google-Suchanfrage sein könnte.

Zwischen dem Feilen ihrer Nägel und dem Lesen von Tipps, die von romantischen Abendessen bis hin zu Paartherapie reichten, war Alexandra kurz davor, Daniel zu schreiben. Doch jedes Mal, wenn sie das Handy in die Hand nahm, legte sie es mit einem Seufzer wieder weg. Irgendwie sah die ganze Angelegenheit nicht rosig aus, und vermutlich hatte sie sich zu viel Hoffnung gemacht. Wer weiß, wer dieser Daniel wirklich war? Außer einem netten Abend und einer Vorliebe für Erdbeeren und Champagner wusste sie eigentlich nichts über ihn. Vielleicht war er insgeheim ein international gesuchter Spion oder schlimmer noch, ein Mann, der im Sommer Socken in Sandalen trug.

Kurz bevor sie ihren Laptop mit der feierlichen Geste eines Zauberers, der einen besonders hartnäckigen Kobold in die Schranken weist, ausschalten wollte, vibrierte ihr Handy. Eine Nachricht von Kim tauchte auf dem Bildschirm auf: »Muss dir was Wichtiges erzählen. Kannst du nach der Arbeit vorbeikommen?«

Alex' Neugier war sofort geweckt. Was hatte Kim, ihre Freundin und gelegentliche Informantin in allen Lebenslagen, das so dringend war? Hatte sie vielleicht das Geheimnis des ewigen Lebens entdeckt? Oder schlimmer noch, hatte sie herausgefunden, dass der lokale Bäcker heimlich die Preise für Schokocroissants erhöht hatte?

Mit der Vorfreude eines Detektivs, der kurz davorsteht, einen kniffligen Fall zu lösen, rief Alex ihre Mutter an, um ihr mitzuteilen, dass sie später nach Hause kommen würde. »Mama, ich geh zu Kim. Sie hat wohl das Geheimrezept für schmackhafte Beziehungen gefunden. Oder vielleicht auch nur einen neuen Klatsch. Ich halte dich auf dem Laufenden!«

Bewaffnet mit einem Schirm, der mehr einem löchrigen Sieb glich, lief Alex durch den Regen zu Kim. Als sie schließlich, halb durchnässt und mit der Frisur im Kampfmodus, bei Kim ankam, war sie mehr als bereit, die neuesten Enthüllungen zu erfahren.

Kaum hatte sie einen Fuß in Kims Wohnung gesetzt, wurde sie auch schon mit dem süßesten Baby der Welt konfrontiert, das ihr prompt auf den Arm gedrückt wurde, während die Mutter sich daranmachte, Tee zu kochen. Kims Gesichtsausdruck verhieß jedoch nichts Gutes, und Alex konnte nicht anders, als das Schlimmste zu befürchten. War Kim etwa in einen Babyboom geraten und hatte bereits Nachwuchs Nummer zwei in Planung?

Sie nahmen auf dem Sofa Platz, das Baby gurgelte vergnügt in Alexandras Armen, offensichtlich ahnungslos von den bevorstehenden Enthüllungen.

»Alex, es tut mir so leid ...«, begann Kim zögerlich und griff nach ihrem Laptop. Sie öffnete eine Facebook-Seite, und da war er: Daniel, der Mann des Rätsels, der mit seinem charmanten Lächeln direkt aus dem Bildschirm zu strahlen schien.

»Ja und? Daniel ist auf Facebook. Ich ja auch«, entgegnete Alex, noch immer ahnungslos, worauf Kim hinauswollte. »Ja, aber sieh dir seinen Status an. Er ist verlobt, und seine hübsche Verlobte kannst du auch sehen. Scroll mal runter.«

In dem Moment, als Alex den Bildschirm nach unten zog und die glücklichen Gesichter von Daniel und seiner Verlobten sah, begann ihr Herz zu schmerzen, als hätte es sich in einen Eisklumpen verwandelt. Da war es, das perfekte Bild des Glücks – nur ohne sie.

»Wow, das ist ja wie bei ‚Versteckte Kamera', nur dass der Witz irgendwie ... nicht lustig ist«, meinte Alex und versuchte, ihre Enttäuschung hinter einem gezwungenen Lächeln zu verbergen. »Ich meine, wer postet heutzutage noch seinen Beziehungsstatus auf Facebook? Was kommt als Nächstes?«

Kim legte tröstend ihre Hand auf Alexandras Schulter. »Ich weiß, das ist hart.«

»Vielleicht sind das alte Bilder? Vielleicht war er mal verlobt ...«, versuchte sich Alex krampfhaft die Lage schönzureden, während sie mit einem Finger hoffnungsvoll den Bildschirm nach weiteren Hinweisen absuchte. Doch dann entdeckte sie das Datum der Posts – frisch aus dem sozialen Netzwerk-Ofen, vor nicht einmal zwei Tagen gepostet.

»Sieh dir das Reel an. Hier zeigen die beiden ihre Hochzeitslocation«, sagte Kim und klickte auf das nächste digitale Minenfeld. Die Betroffenheit in ihrer Stimme war so dick, dass man sie mit einem Messer hätte schneiden können. Alex spürte, wie sehr ihre Freundin mit ihr litt, während sie zusahen, wie Daniel und seine Verlobte durch eine Location tänzelten, die so malerisch war, dass sie direkt aus einem Hochglanz-Magazin für Überflieger-Hochzeiten entsprungen sein könnte.

»Verdammt! Was will er dann von mir?«, entfuhr es Alexandra, während der Schock langsam einer wütenden Verwirrung wich. Ihre Tränen waren nicht mehr zu halten, sie fühlten sich an wie salzige Beweise ihrer Naivität.

Am liebsten hätte sie Daniel sofort zur Rede gestellt, ihn angerufen und gefragt, ob er zufällig seine moralische Kompass-App gelöscht hatte. Doch da sie keine direkte Leitung zu seinem Gewissen besaß, blieb ihr nur die Vorstellung, wie sie ihm virtuell die Leviten las.

»Vielleicht wollte er mich als Hochzeitsplanerin engagieren?«, versuchte sie einen Scherz, um die schwere Stimmung etwas zu lockern, während sie gleichzeitig nach Taschentüchern griff. »Oder als Testperson für Hochzeitstorten.«

Kim konnte nicht anders, als bei Alexandras Versuch, Humor in die Situation zu bringen, zu schmunzeln. »Genau, und ich bin sicher, du hättest den Kuchen vor Wut in sein Gesicht geschmiert. Das wäre ein Reel wert gewesen.«

Trotz der Tränen und des Herzschmerzes fand Alex Trost in Kims Worten und der absurden Vorstellung, als Tortenwerferin Rache zu nehmen. Vielleicht, dachte sie, war es an der Zeit, ihren Fokus von verlorener Liebesmüh' auf süße Rache zu verlegen.

Alexandra versuchte, ihre Fassung zu bewahren, besonders als Kims Mann nach Hause kam – der Inbegriff des perfekten Ehemanns und Vaters, zumindest in Alex frustriert-verklärter Vorstellung. »Warum kann nicht jeder Mann so sein?«, dachte sie sich, während sie ein imaginäres Tränenmeer mit einem ebenso imaginären Paddel durchquerte.

»Ich muss jetzt zu meiner Mutter. Nun haben wir beide Liebeskummer«, scherzte Alex, während sie sich zum Gehen bereit machte. Ihr Versuch, Leichtigkeit in die Situation zu bringen, klang in ihren Ohren fast so überzeugend wie die Ankündigung eines Politikers, diesmal wirklich die Wahrheit zu sagen.

Auf dem Heimweg, begleitet von dem leisen Plätschern des Regens, überlegte sie, was sie Daniel schreiben sollte. Vielleicht gab es ja eine plausible Erklärung für das ganze Drama. Vielleicht liebte er sie ja wirklich und würde die Verlobung in einem heroischen Akt der Liebe aufheben, begleitet von dramatischer Musik und dem wohlwollenden Nicken eines imaginären Publikums. Doch so sehr sie auch versuchte, an diese Hollywood-reife Wendung zu glauben, die Zweifel nagten an ihr wie hungrige Mäuse an einem Stück Käse.

»Vielleicht sollte ich ihm schreiben: ‚Hey Daniel, kleine Frage: Planst du, deine Verlobung wegen mir aufzuheben, oder soll ich schon mal anfangen, Katzenvideos zu sammeln, um mein gebrochenes Herz zu heilen?'«, überlegte sie halb im Scherz, halb in der Hoffnung, dass Humor vielleicht doch der Schlüssel war.

Als Alexandra ihre Wohnung betrat, musste sie nicht einmal etwas sagen – Beate erkannte sofort, dass es ihrer Tochter nicht gut ging. Mit der Präzision einer erfahrenen Mutter, die schon viele Tränenausbrüche ihres Kindes miterlebt hatte, nahm sie das heulende Mädchen stumm in die Arme. Der Schoko-Kirsch-Kuchen, den Beate in weiser Voraussicht gebacken hatte, war wie ein süßer Trostspender in dieser Stunde der Not.

Mit vollem Mund – denn Trauer macht hungrig und Kuchen schmeckt auch mit Tränen in den Augen – erzählte Alex ihrer Mutter von Daniel und der ganzen Misere. »Und dann ... mampf ... plant er seine Hochzeit mit einer wunderschönen Frau, mampf ... als wäre ich nur eine Zwischenmahlzeit auf dem Weg zum Altar«, klagte sie, während Kirschstückchen und Schokokrümel um die Wette sprangen.

»Vielleicht dachte er, du bist ein Dessertbuffet auf seinem Weg zum Eheglück«, versuchte ihre Mutter zu scherzen, um die Stimmung etwas aufzulockern. »Oder er hat gedacht, eine kleine Verkostung schadet nicht.«

Alex musste trotz ihrer Tränen schmunzeln. »Ja, genau. Und jetzt sitze ich hier, als wäre ich das letzte Stück Kuchen, das keiner mehr will, weil alle schon satt sind.«

Beate strich ihr liebevoll über den Rücken. »Ach, mein Schatz, manchmal ist das letzte Stück Kuchen das Beste. Es wartet nur auf jemanden, der weiß, wie besonders es ist. Und bis dahin – mehr Kuchen für uns.«

So saßen sie da, Mutter und Tochter, vereint im Kampf gegen Liebeskummer und unerwartete Wendungen, bewaffnet mit Kuchen und dem unerschütterlichen Glauben, dass am Ende alles gut werden würde.

»Morgen werde ich Daniel zur Rede stellen«, verkündete Alexandra mit der Entschlossenheit einer Frau, die bereit war, ins Zentrum eines Liebes-Tornados zu marschieren. Bewaffnet mit nichts weiter als ihrem Mut und vielleicht einem Rest Kuchen für die Nerven, sah sie sich im Bett liegend noch einmal die Facebook-Seite von Daniel an. Ein Fehler, wie sich herausstellen sollte.

Auch die älteren Posts zeigten das hübsche Paar in diversen Traumurlauben – beim Sonnenuntergangskuscheln auf Bali, beim Lächeln unter den Nordlichtern Norwegens und beim gemeinsamen Sprung in einen karibischen Blauwasserfall. Jedes

Bild schien zu schreien: «Schau her, Alexandra! Das ist echtes Glück – und du bist nicht eingeladen!»

In einem Anfall von Wut und Enttäuschung knallte sie den Laptop zu, als wäre es ein Buch, das sie entschieden hatte, nie wieder zu öffnen. Das Geräusch des zuklappenden Laptops war der Startschuss für einen Marathon aus Tränen, der sie in den Schlaf weinte.

Doch in der Dunkelheit ihres Zimmers, umgeben von den stummen Zeugen ihres emotionalen Zusammenbruchs – dem zugeklappten Laptop, einem verlassenen Kuchenstück und einem Berg Taschentücher –, schwor sie sich, am nächsten Tag die Antworten zu bekommen, die sie verdiente. Selbst wenn sie dafür Daniel in einem Verhör à la «Guter Cop, böser Cop» gegenüberstehen müsste, wobei sie vermutlich beide Rollen selbst übernehmen würde.

Mit diesen Gedanken fand sie schließlich in einen unruhigen Schlaf, in dem sie sich vorstellte, wie sie Daniel mit einer Mischung aus James Bond-Coolness und der schlagfertigen Rhetorik einer Anwältin aus «How to Get Away with Murder» konfrontierte. In ihren Träumen gewann sie jedes Wortgefecht – ein kleiner Trost, der ihr zumindest für einen Moment das Gefühl gab, nicht völlig machtlos zu sein.

ACHT

Am nächsten Morgen, als wäre über Nacht ein neuer Entschluss in ihr gereift, saß Beate in der Küche, die Aura einer Frau ausstrahlend, die beschlossen hatte, sich von den Männern ihres Lebens nicht länger das Glück diktieren zu lassen. Mit der Entschiedenheit einer Feldmarschallin im Shoppingrausch verkündete sie: »Wir lassen uns von den Männern nicht unglücklich machen. Was hältst du davon, wenn wir eine Woche verreisen? Du hast doch so viele Überstunden angesammelt.«

»Ja, das wäre ... vielleicht ganz nett«, meinte Alex, während in ihrem Kopf bereits Bilder von sich selbst am Strand von Mallorca erschienen, wie sie lässig in einem Liegestuhl saß, einen Cocktail in der Hand, die Sonne ihre Haut kitzelte und der einzige Mann in Sichtweite der Kellner war, der ihr gerade einen Nachschub an Getränken brachte. Ihr letzter Urlaub fühlte sich an wie eine Szene aus einem vergilbten Fotoalbum – lange her und in sepiafarbenen Erinnerungen gefangen.

»Stell dir das vor: Wir zwei, Sonne, Strand und kein Daniel oder Papa, um uns den Tag zu verderben. Wir könnten sogar Wassergymnastik mit den Rentnern machen oder einen Cocktail-Workshop besuchen. Wer weiß, vielleicht werden wir zu professionellen Barkeeperinnen«, fuhr Beate fort, ihre Augen leuchtend vor Vorfreude auf das Abenteuer.

Alexandra konnte nicht anders, als bei dem Gedanken zu schmunzeln, ihre Mutter und sie beim Versuch zu sehen, in einem Meer aus rüstigen Rentnern Wassergymnastik zu betreiben oder hinter einer Bar zu stehen und Cocktails zu mischen, deren Namen sie kaum aussprechen konnte. Vielleicht war das genau die Ablenkung, die sie beide brauchten – ein Mutter-Tochter-Urlaub, der in die Annalen der Familienchronik eingehen würde.

»Okay, machen wir es. Und wer weiß, vielleicht vergesse ich bis dahin sogar, wer Daniel ist«, sagte Alex, ein Lächeln auf den Lippen. Die Vorstellung, dem Alltag zu entfliehen und sich einer Woche unbeschwerten Vergnügens hinzugeben, erschien ihr plötzlich als der perfekte Plan. Und wer konnte schon sagen, vielleicht würde dieser Urlaub der Beginn von etwas Neuem sein.

Während Alexandra im Büro saß und versuchte, sich durch einen Berg von E-Mails zu kämpfen, der scheinbar über Nacht gewachsen war wie Unkraut nach einem Regenschauer, wurde sie von einer Kollegin besucht. Alex hatte zuvor in einem Moment der Verzweiflung erwähnt, dass sie dringend Urlaub brauchte.

»Wie wäre es, wenn du nach Föhr fährst? Meine Mutter vermietet dort ein süßes Haus, das ganz dicht am Meer liegt. Es ist entzückend. Die Gäste haben gestern storniert und nun sucht meine Mutter neue Gäsle«, plauderte dic Kollegin munter drauflos.

Eigentlich hatte Alexandra an südlichere Gefilde gedacht, wo die Sonne ein Dauergast ist und die größte Sorge darin besteht, ob der Sonnenhut auch wirklich zum Bikini passt. Aber Föhr? Nun, Föhr war auch schön ... auf seine nordfriesische Art. Als Kind war sie fast jedes Jahr auf der kleinen Insel gewesen, aber nach ihrem zwölften Geburtstag nie wieder, was plötzlich eine ganze Reihe von Fragen in Alexandras Kopf aufwarf. »Habe ich nach meinem zwölften Geburtstag etwa eine mysteriöse Inselphobie entwickelt?», grübelte sie.

»Das klingt eigentlich ganz nett«, sagte Alex, während in ihrem Kopf Bilder von stürmischen Nordseewellen, Schafen, die entspannter wirkten als jeder Yoga-Lehrer, und von diesem süßen Haus, das so nah am Meer lag, dass man praktisch im Schlafzimmer angeln könnte, herumschwirrten. »Vielleicht ist es genau das, was ich brauche. Ein bisschen Wind um die Nase, um den Kopf frei zu bekommen. Und wer weiß, vielleicht entdecke ich ja meine verlorene Liebe zu Föhr wieder.«

»Weißt du was, sag deiner Mutter, dass ich das Haus miete. Das wird eine Überraschung für meine Mutter«, entschied Alexandra spontan, während sie die Vorstellung einer Reise nach Föhr in ihrem Kopf herumwirbeln ließ. Eigentlich hatte sie von sonnendurchfluteten Stränden irgendwo im Süden geträumt, wo die Sonnencreme nach Kokos duftet und die größte Sorge darin besteht, ob der nächste Cocktail mit oder ohne Schirmchen serviert wird. Doch die Idee, nach Föhr zu fahren, hatte plötzlich ihren ganz eigenen Charme.

Alex ließ sich Bilder von dem süßen Häuschen zeigen, die ihr Herz erwärmten und gleichzeitig ihre Vorfreude auf das Abenteuer steigerten. Die Fotos zeigten ein charmantes, reetgedecktes Haus, das so pittoresk war, dass es direkt aus einem Bilderbuch für »Die idyllischsten Urlaubsziele Norddeutschlands« hätte stammen können.

»Was für ein Zufall«, dachte sich Alex und sah sich bereits auf der beschaulichen Insel Föhr, wie sie durch die Dünen spazierte, den salzigen Wind in den Haaren und das ferne Rauschen der Nordsee im Ohr. Die Idee, statt in südlichere Gefilde zu reisen, auf eine kleine nordfriesische Insel zu fahren, auf der sie fast jedes Jahr ihrer Kindheit verbracht hatte, erschien ihr plötzlich nicht mehr so abwegig. »Und im Juni könnte man auch schon ins Meer steigen und sich von den Wellen massieren lassen«, überlegte sie optimistisch, während sie die Realität der norddeutschen Wassertemperaturen geflissentlich ignorierte. »Vielleicht wird es ja ein heißer Sommer, und das Meer fühlt sich an wie in der Karibik. Oder zumindest wie ein sehr erfrischendes Fußbad.«

Mit einem Lächeln auf den Lippen und einem Kopf voller Vorfreude auf das Abenteuer, das sie und ihre Mutter erwarten würde, begann Alex, ihre Pläne für die kleine Flucht nach Föhr zu schmieden.

Die Vorstellung, nach so vielen Jahren wieder nach Föhr zu fahren, weckte nostalgische Erinnerungen und ein paar ungeklärte Fragen: Warum hatten sie die Insel nie wieder besucht, nachdem sie fast jedes Jahr dort gewesen waren? Hatte es vielleicht etwas mit dem mysteriösen Verschwinden ihres aufblasbaren Schwimmreifens zu tun, der damals unter nie geklärten Umständen verloren gegangen war? Oder lag es an der Tatsache, dass ihre Mutter jedes Mal, wenn das Wort «Föhr» fiel, einen wehmütigen Blick bekam und leise von «dem einen Sommer» murmelte?

Beschwingt von der Aussicht auf ihren bevorstehenden Urlaub ging Alex nach Hause, wo Beate sie bereits mit einem deftigen Essen erwartete. Eigentlich hatte Alexandra sich vorgenommen, ihren Fleischkonsum zu reduzieren, aber das Gulasch, das auf dem Tisch dampfte, warf alle ihre guten Vorsätze über den Haufen. Es roch so verführerisch, dass sie befürchtete, ihr vegetarischer Ehrgeiz könnte direkt beim ersten Löffel kapitulieren.

Während des Essens tänzelte sie bereits gedanklich auf den Stränden von Föhr, und als das Dessert serviert wurde, konnte sie ihr Grinsen nicht mehr verbergen. Ihre Mutter, die Alexandras Gesichtsausdruck genau studierte, als wäre sie eine Teilnehmerin in einem Quizshow-Finale, fragte neugierig: »Was ist los? Hat Daniel sich etwa gemeldet?«

Alex schüttelte den Kopf, immer noch grinsend wie ein Honigkuchenpferd. »Nein, Mama, noch besser. Ich habe uns eine Reise gebucht. Wir fahren nach Föhr!«, platzte es aus ihr heraus, während sie versuchte, die Vorstellung von Daniel und seiner Verlobten aus ihrem Kopf zu verbannen und sich stattdessen auf die positiven Aussichten zu konzentrieren.

Beate, die einen Moment brauchte, um diese Neuigkeit zu verarbeiten, ließ die Gabel sinken. »Föhr?«

»Ja«, bestätigte Alexandra und nickte so energisch, dass ihre Serviette vom Schoß rutschte. »Es wird wie ein Abenteuer. Wir gegen den Rest der Welt. Oder zumindest wir gegen das nordfriesische Wetter.«

Als Alex das Wort »Föhr« ausgesprochen hatte, zuckte ihre Mutter zusammen, als hätte sie soeben erfahren, dass ihr Lottogewinn in Wahrheit eine Mitgliedschaft im Club der Zwiebelallergiker war. »Föhr? Ich dachte eher an Ibiza«, sagte Beate, ihr Gesichtsausdruck eine Mischung aus Entsetzen und der plötzlichen Sehnsucht nach einem Ort, wo die Sonne nicht nur eine Legende ist.

»Ja, wir sind doch früher immer dorthin gefahren und dann irgendwann nicht mehr. Warum eigentlich?«, wollte Alex wissen, während sie beobachtete, wie ihre Mutter plötzlich sehr nachdenklich wurde. Beate legte ihre Serviette neben den Teller, als wäre sie gerade dabei, sich auf eine Zeitreise in die Vergangenheit zu begeben, und schien gedanklich sehr weit weg zu sein.

Alex hatte das Gefühl, dass auf Föhr etwas geschehen sein musste, ein Familiengeheimnis, so gut gehütet wie das Rezept für den perfekten Schokokuchen ihrer Großmutter, das niemandem verraten wurde.

Beate versuchte so zu tun, als wäre alles in Ordnung, und wählte eine eher konventionelle Erklärung für das plötzliche Ende ihrer Familienausflüge nach Föhr.

»Das Wetter war uns zu schlecht. Als wir eine Woche nur Regen hatten, hatten wir beschlossen, nicht mehr nach Föhr zu reisen«, erzählte sie, als wäre schlechtes Wetter eine völlig legitime Begründung, eine ganze Insel auf die schwarze Liste zu setzen.

»OK! Dann hoffe ich, dass wir keinen Regen haben werden. Das Wetter soll nächste Woche schön werden. Freust du dich denn ein bisschen?«, fragte Alexandra, halb in Erwartung einer weiteren Anekdote über wetterbedingte Familientraumata.

»Oh, ja, sehr, mein Schatz«, antwortete Beate mit einem Lächeln, das ein wenig zu enthusiastisch wirkte, als wäre sie gerade dabei, sich auf die Vorstellung des Jahrhunderts vorzubereiten – die große Rückkehr nach Föhr.

Alex, entschlossen, die Stimmung zu heben, holte ihr Handy heraus und zeigte ihrer Mutter die Bilder von dem süßen Haus. Die Fotos zeigten ein gemütliches, reetgedecktes Ferienhaus, das so idyllisch wirkte, dass es selbst die hartnäckigsten Regenwolken hätte verscheuchen können.

»Siehst du, Mama. Wie schlecht kann das Wetter schon werden, wenn wir so einen gemütlichen Rückzugsort haben?«, erklärte Alex optimistisch, während sie durch die Bilder scrollte, die einen blühenden Garten, ein gemütliches Wohnzimmer und eine sonnendurchflutete Terrasse zeigten.

Beate betrachtete die Bilder mit einem Lächeln, das langsam auftaute. »Das sieht ja wirklich entzückend aus. Und wer weiß, vielleicht ist ja das Wetter in all den Jahren besser geworden. Vielleicht haben sie jetzt einen Deal mit Petrus.«

Alexandra lachte. »Ja, oder sie haben endlich die Cloud-Computing-Technologie gemeistert und die Wolken woandershin umgeleitet.«

»Und was machst du jetzt mit Daniel?«, wollte Beate wissen, nachdem sie die Urlaubspläne bis ins kleinste Detail besprochen hatten. Ihre Neugier war so offensichtlich, dass man meinen könnte, sie hätte gerade das letzte Stück eines Klatschmagazins aufgeschlagen.

»Ich weiß es noch nicht, aber er wird nicht ungeschoren davonkommen«, erwiderte Alex mit einer Mischung aus Kampfgeist und der theatralischen Dramatik einer Seifenoper-Heldin, die kurz vor dem großen Showdown steht. Insgeheim hatte sie noch immer die stille Hoffnung, dass Daniels Facebook-Seite gehackt worden war und die Bilder mit der schönen Frau nur das Werk eines gelangweilten Teenagers waren, der nichts Besseres zu tun hatte, als das Liebesleben anderer Leute zu sabotieren.

»Vielleicht sollte ich ihn einfach fragen, ob er plant, als nächstes den Mond zu kaufen. Oder ob er mir zumindest verrät, wer sein Hacker ist, damit ich auch so schicke Fake-Bilder von mir und Ryan Gosling bekomme«, überlegte Alexandra laut.

Beate lachte. »Das wäre doch mal eine Nachricht. Aber vielleicht solltest du dich erstmal darauf konzentrieren, auf Föhr Spaß zu haben. Wer weiß, vielleicht triffst du dort ja einen echten nordfriesischen Prinzen – einen, der weiß, wie man mit einer starken Frau umgeht und dessen größtes Geheimnis ist, dass er allergisch gegen Seetang ist.«

Alexandra musste grinsen. Die Vorstellung, auf Föhr ihrem Traumprinzen zu begegnen, war zwar so wahrscheinlich wie ein Schneesturm im Juli, aber warum nicht?

Während Alex in Gedanken diverse Rachepläne schmiedete, die von harmlosen Streichen bis hin zu ausgeklügelten Operationen reichten, bei denen Daniel am Ende versehentlich eine Tüte mit Konfetti statt seiner Geschäftsunterlagen öffnet, trudelte plötzlich eine Nachricht von ihm ein: »Hi, sorry, hatte viel zu tun. Wollen wir morgen einen Spaziergang um die Alster machen?«

Für einen Moment stand die Zeit still. Alexandra wollte glauben, dass er nicht verlobt war, denn trotz des Facebook-Dramas war sie in Daniel verliebt und hatte sich eine Zukunft mit ihm vorstellen können – eine Zukunft, die weniger kompliziert war als die Handlung einer spanischen Telenovela.

Alex musste endlich herausfinden, was er von ihr wollte. War er vielleicht ein Spion und wollte Daten aus ihrer Firma? Oder verwechselte er sie mit jemand anderem? Hatte er vielleicht gedacht, sie sei die Hüterin des geheimen Rezepts für ultrazartes Gulasch? Das ließ ihr keine Ruhe, und so schrieb sie zurück: »Ja, gerne. Bis morgen.«

In diesem Moment fühlte sie sich wie eine Detektivin kurz vor der Lösung eines großen Falls – oder wie jemand, der kurz davorsteht, herauszufinden, dass das «große Geheimnis» eigentlich nur ein vergessenes Passwort war. Mit einem Mix aus Vorfreude und Nervosität begann sie, sich auf ihr Treffen vorzubereiten. Alex überlegte sogar, ob sie nicht ein T-Shirt tragen sollte, auf dem steht: »Nicht verlobt – nur neugierig«, um die Dinge direkt zu klären.

NEUN

So stand Alex am nächsten Tag am vereinbarten Treffpunkt, bereit, Daniel zur Rede zu stellen und herauszufinden, ob ihre gemeinsame Zukunft eher in Richtung romantischer Spaziergänge oder spannender Spionageabwehr tendieren würde.

Es war ein schwüler Tag, der jede Art von Aktivität zu einer Herausforderung machte, die nur mit der richtigen Ausrüstung zu bewältigen war. Alex, bewaffnet mit einem leichten Sommerkleid, das als ihre persönliche Klimaanlage fungierte, und einer modischen Sonnenbrille, die nicht nur vor UV-Strahlen schützte, sondern auch ihre Nervosität und die potenziellen späteren Tränen verstecken sollte, war bereit für das Treffen mit Daniel.

Daniel, der mit federnden Schritten auf sie zukam, als wäre er der Hauptdarsteller in einem Musikvideo, in dem jeder Schritt perfekt choreografiert ist, hauchte ihr ein Küsschen auf die Wange. Alex schmolz dahin wie ein Eis am Stiel in der Mittagssonne und glaubte für einen Moment, dass er sie wirklich lieben würde. Vielleicht war er ja doch kein internationaler Spion oder ein Mann mit einer geheimen Verlobten, sondern einfach nur Daniel – charmant, umwerfend und mit einem Gespür für dramatische Auftritte.

»Hallo, wollen wir Richtung Eisdiele gehen?«, fragte er mit einer Stimme, die sanfter klang als das Summen eines

Bienenschwarms im Lavendelfeld. Seine Frage war so charmant und umwerfend, dass Alexandra für einen Moment alle ihre Zweifel vergaß. Wer braucht schon Antworten auf brennende Fragen, wenn stattdessen das Versprechen auf Eiscreme in der Luft liegt?

»Ja, das klingt perfekt«, erwiderte sie, während in ihrem Inneren ein kleiner Chor von Engeln das Halleluja anstimmte. Ein Spaziergang zur Eisdiele mit Daniel – das war fast so, als würde man im Lotto gewinnen, nur dass die Gewinnausschüttung in Form von gefrorenem Zuckerwasser kam.

Daniel, der Gentleman alter Schule, übernahm die Bestellung und Bezahlung des Eises, als wäre es eine Szene aus einem Film, in dem der Held immer weiß, wie er den Moment perfekt macht. Sie setzten sich auf eine Bank mit Blick auf die Alster, wo die Alsterdampfer so leise dahinglitten, als würden sie auf Zehenspitzen das Wasser überqueren, um niemanden zu wecken. Das Bild war so idyllisch, dass Alex für einen Moment vergaß, dass sie eigentlich gekommen war, um ein Rätsel zu lösen.

»Wie geht es deinen Eltern?«, brach Daniel das Eis – nicht das in ihren Händen, sondern das metaphorische zwischen ihnen. Die Frage war so harmlos und doch so voller unerwarteter Tiefen, wie ein Schwimmbecken, das in der Mitte plötzlich abfällt.

»Ach, sie stecken in einer Krise, aber ich denke, dass sie sie überwinden werden«, antwortete Alex, während sie versuchte, die richtige Balance zwischen Ehrlichkeit und dem Bedürfnis zu finden, nicht das gesamte Familiendrama auf den Tisch zu kippen. »Es ist wie bei einer Seifenoper, nur dass die Schauspieler meine Eltern sind und das Drehbuch anscheinend von meinem vierzehnjährigen Ich geschrieben wurde.«

Daniel lachte, ein warmes, ansteckendes Lachen, das Alexandra für einen Moment alles um sich herum vergessen ließ. »Na dann hoffe ich, dass es ein Happy End gibt, wie in den besten Seifenopern. Und wenn nicht, kannst du ja immer noch das Drehbuch umschreiben.«

»Nun erzähl mir aber mal was von dir. Ich denke, dass wir hier nicht gestört werden«, sagte Alexandra und sah Daniel erwartungsvoll an, bereit, endlich die Wahrheit hinter dem mysteriösen Facebook-Profil zu entdecken.

»Ladys first. Erzähl erst von dir«, bat Daniel, was Alex verdächtig vorkam. Als wäre es eine Taktik, um selbst nichts preisgeben zu müssen. Sie plapperte los, dachte sich dabei die wildesten Geschichten aus: dass sie bereits die Welt umreist, im Kunstturnen bei einer Europameisterschaft gewonnen hatte und dass ihre Eltern eine eigene Insel besaßen – eine kleine, unbekannte, aber äußerst exklusive in der Südsee, versteht sich. Alex war über sich selbst überrascht, aber wenn Daniel meinte, er könnte sie mit Halbwahrheiten abspeisen, dann konnte sie das auch – und wie!

»Und nun bist du dran«, forderte sie Daniel auf, der sichtlich rumdruckste, als wäre er gerade dabei, sich eine plausible Biografie aus den Fingern zu saugen. »Ich bin leider noch nicht um die ganze Welt gereist und habe nur Fußball gespielt. Leider besitzen meine Eltern auch keine Insel«, erzählte er, was im Vergleich zu Alexandras fabulösen Abenteuern eher unspektakulär klang.

»Und? Wie viele Freundinnen hattest du schon?«, fragte Alex frei heraus, entschlossen, zumindest in dieser Frage Klarheit zu schaffen.

»Oh, die habe ich nicht gezählt.« Daniels Antwort kam so schnell, dass es fast so wirkte, als hätte er sie einstudiert.

Alex stieß ihn spielerisch an und lachte, obwohl ihr eigentlich nicht zum Lachen zumute war. Tief in ihrem Inneren wusste sie, dass sie noch immer nicht wusste, welches Spiel Daniel spielte. War er der James Bond der Datingszene, ein Casanova, der seine Eroberungen nicht zählte, oder einfach nur ein Mann, der sich ungeschickt in den Wirren der Liebe verstrickt hatte?

»Nicht gezählt, hm? Klingt nach einem echten Don Juan. Soll ich vorsichtshalber einen Antrag auf Eintragung ins Guinness-

Buch der Rekorde stellen?«, neckte sie ihn, während sie versuchte, die Spannung mit Humor zu durchbrechen.

Nachdem sie ihre Waffel aufgegessen hatte, ein süßes Finale, das in krassem Gegensatz zu der bitteren Wahrheit stand, die sie gleich erfahren würde, wurde sie ernst. Die Leichtigkeit des Moments verschwand, als wäre sie nie da gewesen, und wurde ersetzt durch eine Mischung aus Wut und Neugier. Sie hatte nichts zu verlieren und war bereit, die Antworten zu bekommen, die sie verdiente.

»Daniel, ich habe keine Lust auf Spielchen. Du bist ein toller Mann und ich mag dich sehr, aber was willst du von mir?«, fragte sie schließlich, ihre Stimme fest, während es innerlich in ihr kochte wie ein unaufhaltsamer Vulkan kurz vor dem Ausbruch.

Er riss seine Augen auf, so überrascht von ihrer Direktheit, als hätte er einen Geist gesehen. Vielleicht dachte er tatsächlich daran, dass Alexandra seinen Facebook-Account gesehen hatte. In diesem Moment schien er wie entlarvt – ein Mann, der plötzlich im Scheinwerferlicht der Wahrheit stand, unvorbereitet und verwundbar.

Für einen Augenblick herrschte Stille zwischen ihnen, eine Spannung, die man fast hätte schneiden können. Daniel schluckte schwer, als müsste er die richtigen Worte aus einem tiefen Brunnen heraufziehen.

»Ich... ich dachte nicht, dass du...«, stammelte er, kämpfend mit den Worten, als wären sie zu groß für seinen Mund. »Die Sache ist die, ich...«

Alexandra sah ihm fest in die Augen, entschlossen, nicht nachzugeben, bis sie die ganze Wahrheit gehört hatte. Dies war der Moment der Wahrheit, der Augenblick, in dem alle Karten auf den Tisch gelegt werden mussten.

»Es tut mir so leid. Es war eine dumme Wette mit meinem Freund. Als wir in Kims Café saßen, da sagte mein Freund, wenn ich dich innerhalb einer Woche ... dann wird er mir seine Lego Burg, die es nicht mehr zu kaufen gibt, geben. Ich war so blöd und habe mich auf die Wette eingelassen. Ich finde dich wirklich toll, aber ich bin verlobt und ...«, stotterte Daniel, seine Worte fielen wie Schläge.

In Alexandra brach eine Welt zusammen. Die Enthüllung war so absurd, dass sie einen Moment lang nicht sicher war, ob sie lachen oder weinen sollte. Eine Wette? Für eine Lego Burg? Das war der Stoff, aus dem schlechte Teenie-Filme gemacht waren, nicht das Leben einer erwachsenen Frau, die dachte, sie hätte vielleicht die Liebe gefunden.

Alex schoss hoch, das Bedürfnis, ihn anzuschreien, brodelte in ihr wie ein unaufhaltsamer Sturm. Doch dann erinnerte sie sich an die Worte ihrer Mutter, die ihr beigebracht hatte, in solchen Situationen ruhig zu bleiben. «Atme tief durch, Alexandra», mahnte sie sich selbst innerlich.

»Also, du hast mit meinen Gefühlen gespielt ... für eine Lego Burg?«, ihre Stimme war ruhig, aber das Eis darin könnte einen Gletscher gefrieren lassen. »Weißt du, Daniel, ich dachte, du wärst ein Mann, aber offensichtlich bist du nur ein Junge, der nicht mal weiß, was er will – außer vielleicht eine Lego Burg. Glückwunsch, ich hoffe, sie macht dich sehr glücklich.«

Mit einer Würde, die sie selbst überraschte, drehte sie sich um und ging weg, ihr Kopf hoch erhoben, während sie sich innerlich fragte, ob irgendwo da draußen ein Mann existierte, dessen Reife über die eines Grundschülers hinausging.

Daniel rief ihr etwas nach, aber seine Worte verloren sich im Wind. Alexandra wusste, dass sie etwas Besseres verdiente als einen Mann, der Wettspiele über die Gefühle anderer stellte. Sie würde voranschreiten, stärker, weiser und mit der Gewissheit, dass kein Schloss aus Lego je einen Platz in ihrem Herzen einnehmen würde.

Nachdem sie einige Meter von Daniel, der nicht einmal den Anstand besaß, ihr hinterherzurennen, gegangen war, brach es aus ihr heraus. Die Tränen, die sie so tapfer vor Daniel zurückgehalten hatte, fanden nun ihren Weg und zeichneten glitzernde Pfade auf ihren Wangen. Sie spürte, wie die Tränen über ihre Lippen liefen, salziger als das Nordseewasser bei Ebbe.

Um sie herum bemerkte sie die besorgten Blicke der Passanten, die wahrscheinlich dachten, sie hätte gerade die Nachricht erhalten, dass die Eisdielen der Stadt ab sofort nur noch Lakritzgeschmack führen würden. Hätten diese Leute nur gewusst, was Daniel ihr angetan hatte, wären sie wahrscheinlich wie eine Armee wütender Pinguine auf ihn losgegangen – watschelnd, aber entschlossen.

Alex musste trotz ihrer Tränen schmunzeln bei dem Gedanken an eine Horde empörter Passanten, die Daniel mit aufgeblasenen Papiertüten und wütenden «Peng! Peng!»-Rufen jagten, weil er es gewagt hatte, ihr Herz für eine Lego Burg zu verraten. In diesem Moment realisierte sie, wie lächerlich die ganze Situation eigentlich war.

»Ach Daniel, du bist es nicht wert, dass ich meine Wimperntusche für dich ruiniere«, murmelte sie zwischen den Schluchzern. Mit neuer Entschlossenheit wischte sie sich die Tränen aus dem Gesicht, hob den Kopf und marschierte weiter, vorbei an den besorgten Passanten, die sich wahrscheinlich fragten, ob sie Zeugen eines neuen viralen Internetphänomens geworden waren.

Von nun an, so schwor sie sich, würde sie ihre Tränen für etwas Besseres aufsparen – wie die finale Folge ihrer Lieblingsserie oder das Zwiebelschneiden für das Sonntagsessen. Daniel und seine Lego Burg konnten in ihrer Welt keinen Platz mehr beanspruchen. Sie war bereit, nach vorne zu schauen, mit der Gewissheit, dass das nächste Mal, wenn sie jemandem ihr Herz schenkte, dieser es nicht für Spielzeug eintauschen würde.

Alexandra war unendlich dankbar, dass ihre Mutter noch bei ihr war, um sie aufzufangen – sowohl metaphorisch als auch physisch, denn nach der Enthüllung von Daniels wahrer Natur fühlte sie sich, als würde sie emotional in Ohnmacht fallen. Nachdem sie Beate unter Tränen und mit gelegentlichen Schluchzern die ganze Geschichte von Daniel, der Lego Burg und der verräterischen Wette erzählt hatte, stürzte sie sich mit der Entschlossenheit einer Hungrigen nach einer Fastenwoche auf das restliche Gulasch. Ihr Appetit auf Rache war zwar nicht gestillt, aber zumindest konnte das Gulasch ihren Hunger nach Trost stillen.

»Ich schwöre, beim nächsten Mann werde ich vorsichtiger sein«, verkündete sie zwischen zwei Gabeln des deftigen Gerichts, als würde sie einen feierlichen Eid leisten. »Ich werde eine Liste mit Fragen erstellen. ‚Bist du verlobt?', ‚Hast du jemals jemanden wegen einer Lego Burg betrogen?'.«

Beate, die versuchte, ihre Tochter zu trösten, während sie sich das Lachen verkneifen musste, nickte zustimmend. »Das klingt nach einem soliden Plan.«

Alexandra war tief verletzt. Sie hatte sich in Daniel blitzverliebt, schneller als eine Mikrowelle Popcorn macht, und nun stand ihr Herz vor der Herausforderung, sich umzustellen – eine Aufgabe, die deutlich komplizierter war als der Wechsel von Sommer- auf Winterreifen.

In einem letzten Akt der Verzweiflung - und vielleicht auch der Selbstquälerei - guckte sie sich ein letztes Mal die Facebookbilder von Daniel an. Dort war er: Daniel, strahlend wie ein frisch poliertes Parkett in der Morgensonne, neben seiner Verlobten, die aussah, als wäre sie direkt einem Hochglanzmagazin entstiegen. Alex seufzte. Es war Zeit, Abschied zu nehmen – nicht nur von Daniel, sondern auch von der Welt der sozialen Medien, die so verlockend wirkte wie eine Diät nur aus Zwieback und Wasser.

»Ich will das Leben der anderen Leute nicht mehr sehen. Das ist alles nur gestellt und unecht«, flüsterte sie, während sie ihren Facebook-Account löschte, mit der Entschlossenheit einer Heldin in einem Drama, die beschließt, fortan ein zurückgezogenes Leben in den Bergen zu führen. Nur ohne die Berge. Und ohne das Drama. Stattdessen mit einer starken Internetverbindung, um Kim anzurufen.

»Du glaubst nicht, was passiert ist«, begann Alex, sobald sie Kims Stimme hörte, und schüttete ihr Herz aus; erzählte von dem Treffen mit Daniel, seiner absurden Wette und wie sie am Ende beschlossen hatte, Facebook den Rücken zu kehren – ein Schritt, der irgendwie befreiend wirkte, als hätte sie beschlossen, von nun an nur noch Socken in unterschiedlichen Farben zu tragen.

Kim, die treue Freundin, die sie war, hörte geduldig zu, gab tröstende Worte und das eine oder andere empörte »Was für ein Idiot!« von sich.

Nachdem Alex sich ins Bett gelegt hatte, in der Hoffnung, das Drama des Tages hinter sich zu lassen und in das sanfte Land der Träume zu segeln, vibrierte ihr Handy mit der Dringlichkeit eines Verkäufers im Schlussverkauf. Es war Daniel, der offensichtlich beschlossen hatte, seine Rolle als ungeschickter Romeo bis zum bitteren Ende zu spielen. Er bat sie um Verzeihung und Wiedergutmachung und machte ein Angebot, das so absurd war, dass Alexandra für einen Moment dachte, ihr Handy sei von einer Comedy-App besessen.

Er wollte ihr eine Flatrate für Blumen und Torten schicken – ein Vorschlag, der so übertrieben war, dass sie sich fragte, ob Daniel vielleicht insgeheim für einen Blumen- und Konditorei-Imperium arbeitete. Und als ob das noch nicht genug wäre, fügte er hinzu: »Wenn ich nicht schon verlobt wäre, würde ich dich heiraten.«

Alexandra starrte auf die Nachricht, halb amüsiert, halb entsetzt über das Ausmaß von Daniels Verzweiflung. Es war, als würde ein Einbrecher, nachdem er beim Einbruch erwischt wurde, anbieten, die Fenster zu putzen und die Vorhänge zu bügeln. Sie ließ seine Nachricht unbeantwortet und schaltete ihr Handy aus, ein symbolischer Akt, der besagte: »Danke, aber nein danke. Ich bevorzuge mein Drama ohne Sahnehaube.«

Sie freute sich auf Föhr, auf eine Auszeit vom Job, von Daniel, und vor allem vom grauen Alltag. Föhr versprach Ruhe, Freiheit und die Möglichkeit, sich selbst wiederzufinden – oder zumindest genügend Abstand zu gewinnen, um über Daniels Angebot lachen zu können.

Mit dem Gedanken an die bevorstehende Reise schloss Alex die Augen. Vielleicht würde Föhr ihr nicht nur eine Pause vom Alltag bieten, sondern auch die Chance, jemanden zu treffen, der es ernst meinte – jemanden, dessen Vorstellung von Romantik über eine unendliche Lieferung von Backwaren hinausging. Doch selbst wenn nicht, hatte sie immer noch das Meer, den Wind und die Freiheit – und das war mehr als genug.

ZEHN

Beate saß am Küchentisch, vertieft in die digitale Welt ihres Handys, als wäre sie auf einer geheimen Mission, die besten Sommerkleider des Internets aufzuspüren.

»Guten Morgen mein Liebling«, begrüßte sie ihre Tochter, deren Herz zwar noch einen Verband trug, aber die sich tapfer ein Lächeln ins Gesicht zauberte. »Guten Morgen, Mama.«

Alex schaute ihrer Mutter über die Schulter und stellte fest, dass Beate tatsächlich auf der Jagd nach Sommerkleidern war. Ihre Suche war so intensiv, dass man meinen könnte, das Schicksal der freien Welt hinge von ihrer Wahl ab.

»Ich freue mich schon sehr. Das wird unser erster Urlaub nur zu zweit. Willst du Papa Bescheid geben? Hat er sich eigentlich gemeldet?«, wollte Alexandra wissen, halb hoffend, dass ihr Vater vielleicht ein Zeichen von Reue gezeigt hatte.

Ihre Mutter schüttelte den Kopf, ein wenig zu enthusiastisch, als ob sie damit alle Hoffnungen auf väterliche Einsichten wegwischen wollte.

Daniel, anscheinend entschlossen, den Rekord im Nachrichtenschreiben zu brechen, bombardierte Alex mit Entschuldigungen, als würde er für jedes gesendete «Es tut mir leid» Treuepunkte sammeln. Er ging sogar so weit zu fragen, ob sie nicht Freunde bleiben könnten, weil er sie ja sehr mag. Ein Angebot, das in etwa so verlockend war wie ein Gutschein für einen Gratis-Kaktus-Umarmungskurs.

Alexandra, die mittlerweile genug hatte von Daniels Versuchen, die Situation zu retten – oder zumindest seine eigene Haut –, beschloss, kurzerhand seinen Kontakt zu löschen. Sie war tief verletzt und glaubte Daniel kein Wort. Seine Nachrichten verschwanden aus ihrem Leben schneller als die Glaubwürdigkeit eines Politikers in der Wahlkampfzeit.

»Tschüss, Daniel, und adieu, Freundschaftsangebot«, murmelte sie, während sie den Löschvorgang bestätigte. In diesem Moment fühlte sie sich ein wenig wie eine Superheldin, die gerade die Stadt von einer besonders lästigen Art von Bösewicht befreit hatte.

Mit Daniels Kontakt in der digitalen Versenkung und dem Blick fest auf Föhr gerichtet, fühlte sie sich erleichtert.

*

Zwei Tage vor ihrer Abreise nach Föhr entschied sich Beate, zu ihrem Haus zurückzukehren, um einen Koffer und einige Kleidungsstücke zu holen. Sie erwartete, das Chaos eines nach Freiheit strebenden Teenagers vorzufinden – doch zu ihrer Verwunderung präsentierte sich das Haus in einem Zustand, der an das Innere eines Designermagazins erinnerte. Nicht einmal ein Staubkorn wagte es, die makellose Ordnung zu stören. Auf dem Esstisch thronten sogar frische Blumen, als hätten sie sich dort für ein Fotoshooting positioniert.

Vermutlich hatte Tobias mit Beates Rückkehr gerechnet und beschlossen, das Haus in ein Schaufenster der Häuslichkeit zu verwandeln. Hatte er in der Zeit ihrer Abwesenheit etwa über sich nachgedacht und wollte sich ändern? War das seine Art zu sagen: »Sieh her, ich kann mich ändern, ich kann der Mann sein, den du verdienst«?

Gerührt von der unerwarteten Ordnung und den frischen Blumen, die einen Hauch von Versöhnung in die Luft zauberten, beschloss Beate, ihrem Mann eine kurze Nachricht zu hinterlassen. Sie wollte ihm zeigen, dass seine Bemühungen nicht unbeachtet geblieben waren, dass es einen Funken

Hoffnung gab, einen Pfad zur Versöhnung, der vielleicht, nur vielleicht, beschritten werden konnte.

»Alex und ich verreisen für eine Woche. Danach können wir nochmal reden, wenn du bereit bist. Beate.«

Mit dieser Nachricht setzte sie ein stilles Zeichen der Bereitschaft, die Vergangenheit hinter sich zu lassen und sich der Möglichkeit einer gemeinsamen Zukunft zu öffnen – einer Zukunft, die vielleicht nicht immer picobello sein würde, aber in der frische Blumen auf dem Esstisch kein seltener Anblick mehr sein mussten. Mit einem Gefühl der Hoffnung im Herzen verließ Beate das Haus, bereit für den Urlaub mit ihrer Tochter und das Abenteuer, das sie auf Föhr erwartete.

*

Alexandra stopfte ihren kleinen Wagen so voll, als hätte sie vor, nicht nur für eine Woche nach Föhr zu verreisen, sondern gleich eine Expedition ins Unbekannte zu starten. Jedes Quadratzentimeterchen des Autos war strategisch belegt – mit Koffern, die bereit waren, für jedes Wetter gerüstet zu sein, Snacks für mindestens zwei Monate und natürlich einer Playlist, die jede noch so lange Fahrt in ein Konzert verwandeln konnte.

Die Sonne schien so großzügig auf die Stadt herab, als wäre sie Teil des Urlaubsplans der Reisenden, und verlieh ihrer Abreise eine extra Portion Vorfreude. Als sie schließlich Nordfriesland erreichten und die saftigen grünen Wiesen sowie die vielen Schäfchen sahen, die so friedlich grasten, als wären sie die offiziellen Begrüßungskomitees der Region, fühlten sie sich bereits wie im Urlaub.

An der Fähre mussten sie etwas warten, was Alexandra und Beate als perfekte Gelegenheit sahen, sich die Beine zu vertreten und in das kulinarische Highlight Norddeutschlands einzutauchen: das Fischbrötchen. Während sie dort standen, ihre Fischbrötchen genießend und die salzige Meeresluft einatmeten, konnte Alex nicht umhin zu denken, dass dies der Moment war, in dem das Abenteuer wirklich begann.

»Mama, meinst du, die Schäfchen sind Teil einer geheimen nordfriesischen Verschwörung, um Touristen mit ihrer Niedlichkeit anzulocken?«, scherzte Alex, während sie ein besonders flauschiges Exemplar beobachtete.

Beate lachte. »Absolut. Und die Fischbrötchen sind ihre Komplizen. Sie sorgen dafür, dass wir nie mehr weg wollen.«

Mit einem Lächeln auf den Lippen und dem Geschmack von Nordsee auf der Zunge fuhren die Frauen auf die Fähre.

Die Überfahrt auf die Insel war bereits ein schönes Erlebnis. Der Wind spielte ein wildes Konzert mit ihren Haaren als Instrument, und die Gischt des Meeres spritzte ihnen ins Gesicht, als wollte sie sie mit einem frischen Salzpeeling verwöhnen. Als endlich die Silhouette von Föhr am Horizont auftauchte, stand Alexandra auf, ihr Herz voller Nostalgie und Vorfreude.

»Siehst du das, Mama?«, rief sie begeistert aus, als wäre sie wieder acht Jahre alt und zum ersten Mal im Leben im Begriff, ein großes Abenteuer zu erleben. »Ich hatte es geliebt, auf der Insel zu sein. Ich glaube, ich war eine Meerjungfrau in meinem früheren Leben – oder zumindest eine Piratin.«

Beate, die sich fest an das Geländer klammerte, um nicht vom Wind über Bord gefegt zu werden, lächelte. »Vielleicht warst du ja beides, Liebling. Eine Meerjungfrau-Piratin, die die sieben Meere unsicher machen wollte.«

Als sie von der Fähre rollten, wurden die Erinnerungen noch lebendiger. Alex dachte an ihre Eltern zurück, die damals mit einer Begeisterung rockige Musik im Auto gespielt hatten, die jede moderne Playlist vor Neid erblassen lassen würde. Immer hatten sie eine Ladung Süßigkeiten im Auto versteckt, als hätten sie einen geheimen Vertrag mit einer Zuckerfabrik gehabt. Sie hatten ihr Mädchen verwöhnt, ja, aber es hatte dadurch auch eine wunderschöne Kindheit verlebt, auch wenn sie sich manchmal Geschwister gewünscht hatte – wenn schon nicht für die Gesellschaft, dann zumindest, um jemanden zu haben, dem sie die Schuld für allen Unfug geben konnte.

»Weißt du noch, Mama, wie wir damals immer ‚Born to be Wild' auf der Fahrt hierher gehört haben?«, sagte Alex, ein

Lächeln auf den Lippen. »Und wie du und Papa behauptet habt, dass die Süßigkeiten ‚für den Notfall' seien, obwohl der einzige Notfall unsere unstillbare Lust auf Zucker war?«

Beate lachte, ein Klang, der Alexandra tief im Herzen berührte. »Ja, ich erinnere mich. Und wie du immer versucht hast, die Süßigkeiten zu finden, die wir so ‚gut' versteckt hatten. Du warst unsere kleine Detektivin.«

Mit diesen Erinnerungen im Gepäck fuhren sie über die Insel. Föhr empfing sie mit offenen Armen, als wäre es gestern gewesen, dass Alex hier als Kind über den Strand gerannt war. Nur diesmal würde sie die Insel mit den Augen einer Erwachsenen erkunden – und vielleicht, nur vielleicht, würde sie entdecken, dass Föhr immer noch ein Ort für Abenteuer und Unfug war, egal in welchem Alter.

Mit Vorfreude im Herzen bereiteten sich die Frauen darauf vor, die Insel zu erobern.

Mit dem Song ‚Born to Be Wild' aus den Lautsprechern, der eine perfekte Hymne für ihren Neubeginn und das Abenteuer auf Föhr bot, rollte der kleine Wagen über die gemütliche Insel. Alex und ihre Mutter fühlten sich fast wie zwei Rockstars auf Tour – nur ohne die Gitarren und die schreienden Fans, dafür aber mit einem Koffer voller Vorfreude und einer Tüte Süßigkeiten für die Nostalgie.

Beate, deren Erinnerungen an die Insel so lebendig waren, als hätte sie erst gestern die Dünen und Strände erkundet, musste jedoch feststellen, dass sich Föhr verändert hatte.

»Hier war früher ein sehr guter Bäcker, bei dem wir köstliche Anisbrötchen gekauft haben, aber der ist weg«, sagte sie enttäuscht, als sie an einem Ort vorbeifuhren, der ihr besonders am Herzen lag. Es war, als hätte jemand heimlich eine Seite aus ihrem persönlichen Geschichtsbuch der Insel herausgerissen.

Die kleine Enttäuschung konnte jedoch ihre Vorfreude nicht trüben. Und als sie schließlich an ihrem Häuschen ankamen, waren beide sprachlos; denn es war noch schöner als auf den Bildern. Die Unterkunft, versteckt unter einem Dach aus Reet und mit Blick auf ein Stückchen paradiesische Ruhe, schien wie ein Geheimtipp unter den Urlaubsdomizilen – ein Ort, der darauf wartete, mit neuen Erinnerungen gefüllt zu werden.

»Siehst du, Mama, wer braucht schon einen guten Bäcker, wenn man so ein wunderschönes Häuschen hat?«, scherzte Alexandra, während sie aus dem Auto stiegen und ihre Umgebung in sich aufnahmen.

»Stimmt«, lachte Beate, »und wer weiß, vielleicht entdecken wir ja einen neuen Lieblingsbäcker. Oder noch besser: Wir backen selbst. Wie schwer kann es schon sein, einen Sanddornkuchen zu backen?«

Aufgeregt und mit einem Schlüsselbund, der in Alex Händen fast magisch wirkte, schloss sie die Haustür des Häuschens auf. Das leise Klicken des Schlosses klang wie der Auftakt zu einem neuen Kapitel, das nur darauf wartete, geschrieben zu werden. Kaum hatten sie die Schwelle überschritten, wurden sie von einem angenehmen Duft aus Lavendel begrüßt, der durch das ganze Haus zu schweben schien. Es war, als hätten sie einen verborgenen Garten betreten, ein kleines Paradies, das sich hinter einer unscheinbaren Haustür versteckte.

Das Innere des Hauses war genauso bezaubernd wie auf den Bildern. Jedes Detail, von den liebevoll ausgewählten Möbeln bis hin zu den dekorativen Elementen, erzählte eine Geschichte von Gemütlichkeit und Wärme. Alexandra ging direkt ins Wohnzimmer, zog die Gardinen auf und es offenbarte sich ein Blick, der ihr fast den Atem raubte. Da war sie, die Nordsee, in der Ferne, ein schimmernder Streifen am Horizont.

Doch es war nicht nur die Aussicht auf die See, die die beiden Frauen in Entzücken versetzte, sondern auch der Bauerngarten, der sich vor ihren Augen ausbreitete. Ein Meer aus Farben und Düften, ein Zuhause für unzählige Bienen, die emsig von Blüte zu Blüte flogen. Es war der Garten, von dem jede Biene träumt – und vermutlich auch jeder Mensch.

»Mama, sieh dir das an!«, rief Alex aus, während sie zum Fenster deutete. Beate trat neben sie und beide standen einen Moment lang still, gefangen von der Schönheit, die sich vor ihnen ausbreitete.

»Ich glaube, wir haben den Jackpot geknackt«, sagte Beate, ein Lächeln umspielte ihre Lippen.

»Definitiv«, stimmte Alexandra zu, ihr Herz voller Freude über das kleine Paradies, das sie für die nächste Woche ihr Eigen nennen durften.

Mit einem Lachen machten sie sich daran, das Häuschen weiter zu erkunden, bereit, jede Ecke zu entdecken und sich in dieses kleine Stückchen Föhr zu verlieben.

Nachdem sie ihre Koffer ausgepackt hatten, schlüpften die Frauen in ihre leichteste Sommerkleidung, als würden sie sich für eine Zeremonie vorbereiten, bei der sie die Sorgen der letzten Tage dem Meer übergeben würden. Der Gang zum Strand war wie eine Pilgerfahrt zur Quelle der Erneuerung.

Als sie schließlich mit den Füßen im kühlen Nass des Meeres standen und der Wind wie ein verspielter Geist mit ihren Haaren tanzte, spürte Alex, wie die Anspannung der letzten Tage von ihr abfiel. Die ganze Angelegenheit mit Daniel schien plötzlich so weit entfernt, fast als wäre sie eine Geschichte aus einem anderen Leben. Die Nordsee mit ihrer unendlichen Weite und dem beruhigenden Rauschen der Wellen hatte die magische Fähigkeit, alles Belastende in den Hintergrund treten zu lassen.

In einem Moment der Verbundenheit umarmten sich die Frauen, ein Bild der Stärke und des Trostes. Sie liefen den Strand entlang, ihre Schritte im Sand hinterließen Spuren, die erzählten von Neubeginn und gemeinsamen Momenten der Freude. Der Horizont vor ihnen war weit und offen, ein Symbol für die unbegrenzten Möglichkeiten, die noch vor ihnen lagen.

Doch wie es so geht, wenn man die Schönheit der Natur und die Freiheit des Augenblicks genießt, meldete sich bald ein ganz irdisches Bedürfnis: der Hunger. Der Tag am Strand, das Spielen mit den Wellen und die salzige Meeresluft hatten ihren Appetit geweckt. Es war Zeit, die kulinarischen Freuden Föhrs zu erkunden und sich einem neuen Abenteuer zu widmen – dem Abenteuer des Geschmacks.

Mit einem Lächeln auf den Lippen und einer freudigen Erwartung im Herzen machten sie sich auf den Weg, um ein gemütliches Restaurant zu finden.

In einem kleinen Lokal in Strandnähe ergatterten die Urlauberinnen gerade noch einen Tisch. Natürlich entschieden sie sich für frischen Fisch – ein Muss, wenn man so nah am Meer ist. Während sie genüsslich in eine Scholle mit Krabben bissen, die so frisch schmeckte, als hätte der Fisch noch vor wenigen Stunden im Meer fröhlich vor sich hingeschwommen, bemerkte Alex, dass ihre Mutter sentimental und nachdenklich wurde.

»Mama, denkst du an früher, als Papa und du noch jung waren?«, fragte sie, ihre Neugier geweckt durch den Ausdruck in den Augen ihrer Mutter.

Beate lächelte sanft, ihre Gedanken scheinbar Meilen und Jahre entfernt. »Ja, mein Schatz. Es war eine andere Zeit. Dein Vater und ich, wir waren unzertrennlich. Wir hatten nicht viel, aber wir hatten uns – und das war alles, was zählte.«

Beate erzählte von spontanen Ausflügen ohne bestimmtes Ziel, von Nächten unter freiem Himmel, wo das einzige Dach über ihrem Kopf ein funkelnder Sternenhimmel war, und von der einfachen Freude, gemeinsam den Sonnenaufgang zu beobachten. Ihre Worte malten Bilder von einer Zeit, in der Liebe und Abenteuer Hand in Hand gingen, und jeder Tag eine neue Möglichkeit bot, das Leben in vollen Zügen zu genießen.

»Wir waren wie zwei Vögel, frei und ohne Sorgen. Dein Vater hatte diese alte Gitarre, und er spielte Lieder am Lagerfeuer, während ich dazu sang. Nicht immer besonders gut, aber das war uns egal. Es waren unsere Lieder, unser Moment.«

Alexandras Herz wurde warm bei dem Gedanken an ihre Eltern, die so jung und verliebt waren, und sie fühlte sich verbunden mit dieser Vergangenheit, die so lebendig wurde durch die Erinnerungen ihrer Mutter.

»Und jetzt, Mama, jetzt haben wir unsere eigenen Abenteuer. Auch wenn Papa nicht hier ist, wir haben uns. Und ich bin mir sicher, er wäre stolz auf uns.«

Beate nickte, Tränen der Rührung in den Augen. »Ja, das wäre er, mein Schatz. Und ich bin so dankbar, dich zu haben. Unsere Abenteuer mögen anders sein, aber sie sind genauso wertvoll.«

Mit gefüllten Herzen und Bäuchen beendeten sie ihr Mahl, gestärkt durch die Gewissheit, dass die Liebe, die sie verband, durch Zeit und Erinnerungen nur stärker wurde.

Am Abend, als die Dämmerung den Himmel in ein Gemälde aus sanften Pastelltönen verwandelte, fanden sich Alexandra und Beate auf der Terrasse ihres kleinen Häuschens wieder. Umgeben von der sanften Brise der Nordsee und dem Duft des Lavendels aus dem Garten, war es der perfekte Ort, um den Tag ausklingen zu lassen. Nach dem zweiten Glas Rotwein, das die Zungen etwas lockerte und die Herzen öffnete, begann Beate, ein Kapitel aus der Vergangenheit aufzuschlagen, das bisher verschlossen geblieben war.

»Ich erzähle dir jetzt den Grund, warum wir damals nicht mehr nach Föhr gereist sind«, begann Beate, ihre Stimme trug eine Schwere, die Alexandra sofort aufhorchen ließ. Sie hatte schon gespürt, dass auf der Insel irgendetwas passiert sein musste, ein Geheimnis, das tief in den Erinnerungen ihrer Mutter verborgen lag.

Alex lehnte sich vor, die Neugier brannte in ihr wie ein Leuchtturm in der Nacht. »Was ist passiert, Mama?«

Beate nahm einen tiefen Schluck Wein, als bräuchte sie den Mut, der in den rubinroten Tiefen des Glases verborgen lag. »Wir hatten eine wunderbare Zeit, bis zu jenem Tag am Strand...« Sie lehnte sich zurück, ein geheimnisvolles Lächeln umspielte ihre Lippen, als sie in die Vergangenheit eintauchte, in eine Zeit voller Sonne, Meer und unerwarteter Begegnungen. »Dein Vater war in Wyk, um etwas zu besorgen, und ich war mit dir am Strand. Du spieltest im Wasser, und dann stand er auf einmal vor mir. Sönke. Groß, blond, mit grünen Augen, die leuchteten wie das Meer bei Sonnenschein. Einfach umwerfend.«

Alexandra hörte gespannt zu, jede Silbe ihrer Mutter malte das Bild eines Sommertages, der sich für immer in ihr Gedächtnis eingebrannt hatte.

»Er fragte mich nach der Zeit, da seine Uhr stehengeblieben war. Ich dachte mir gleich, dass das nur ein Vorwand war, um mich kennenzulernen. Zu der Zeit hatten dein Vater und ich eine kleine Krise, und es war nett zu flirten und zu wissen, dass man für Männer noch sichtbar ist.«

Sie machte eine Pause. »Er setzte sich zu mir, und wir waren uns sofort sympathisch. Es war, als hätte das Universum uns für diesen einen Moment zusammengeführt. Wir sprachen über alles Mögliche, von belanglosen Dingen bis hin zu unseren Träumen und Hoffnungen.«

Alex konnte sich ein Schmunzeln nicht verkneifen. Die Vorstellung, ihre Mutter als junge Frau, die am Strand von Föhr flirtete, war ihr fremd und doch faszinierend. »Und was ist dann passiert, Mama? Hat Papa euch etwa erwischt?«

Beate hielt inne, als ob die Erinnerungen zu lebendig wären, um sie unbeschwert zu teilen. »Wir verbrachten Stunden damit, einfach nur zu reden. Über das Leben, die Liebe und die vielen 'Was-wäre-wenns'. Sönke war frisch geschieden und hatte sich gerade ein Haus auf Föhr gekauft, ein Neuanfang für ihn. Doch ich... ich war nicht frei und wollte nicht, dass du, Alex, inmitten einer Scheidung aufwachsen musst.«

Sie fuhr fort, die Geschichte mit einer Tiefe zu erzählen, die Alexandra faszinierte und ihr neue Einblicke in das Leben ihrer Mutter gewährte. »Am nächsten Tag, während dein Vater und du eine Wattwanderung unternommen habt, traf ich mich mit Sönke in einem Café. Es war ein sonniger Tag, und die Welt um uns herum schien zu strahlen, als wollte sie unsere heimliche Begegnung noch magischer machen.«

Sie erzählte von dem Café, einem kleinen, gemütlichen Ort, versteckt zwischen den bunten Fassaden der Inselhäuser, wo die Zeit langsamer zu laufen schien. »Wir saßen draußen, unter einem Sonnenschirm, der uns kaum Schutz vor den neugierigen Blicken bot, aber das war uns in dem Moment egal. Wir wollten nur diesen Augenblick zusammen genießen.«

Alex hing an den Lippen ihrer Mutter, jede Silbe zeichnete ein Bild einer vergangenen Zeit, in der Beate vor einer schweren Entscheidung stand.

»Er nahm mich mit in sein Haus, und dort, umgeben von Kisten und halbausgepackten Möbeln, wurde mir klar, dass ich trotz der Anziehung, die zwischen uns herrschte, meine Familie nicht aufgeben konnte. Sönke verstand das. Er war unglaublich verständnisvoll und sagte, dass er mich nie in eine Lage bringen wollte, in der ich mich zwischen ihm und meiner Familie entscheiden müsste.«

Beates Stimme zitterte leicht, als sie von diesem Abschied erzählte, einem Abschied, der mehr ein 'Auf Wiedersehen' als ein endgültiges Ende war. »Wir umarmten uns, und ich verließ sein Haus, wissend, dass ich die richtige Entscheidung getroffen hatte. Aber auch mit dem schmerzhaften Bewusstsein, dass man manchmal im Leben auf etwas Wunderbares verzichten muss, um das zu bewahren, was einem am wichtigsten ist.«

Alex legte sanft ihre Hand auf die ihrer Mutter. »Mama, das war sehr mutig von dir. Und ich bin froh, dass du und Papa wieder zusammengefunden habt.«

Beate lächelte traurig. »Ich auch, mein Schatz. Diese Begegnung mit Sönke hat mir gezeigt, wie stark meine Gefühle für deinen Vater wirklich sind. Und es hat mir die Augen dafür geöffnet, was in einer Ehe wirklich wichtig ist – Ehrlichkeit, Vertrauen und die Bereitschaft, für die Beziehung zu kämpfen. All die Jahre habe ich mich gefragt, wie mein Leben an Sönkes Seite verlaufen wäre, denn ich war manches Mal unzufrieden und hatte mir einige Male vorgenommen, deinen Vater zu verlassen», sinnierte sie, ihre Stimme getragen von einer Melancholie, die Alex selten bei ihrer Mutter wahrgenommen hatte. Es war ein Eingeständnis, das Gewicht und Tiefe hatte, eine Offenbarung von verborgenen Gedanken und ungelebten Leben.

»Und darum wolltest du nicht wieder nach Föhr reisen«, stellte Alex fest, die Teile des Puzzles zusammenfügend, die bislang im Verborgenen gelegen hatten. Es war mehr als nur die

Geschichte einer verpassten Liebe; es war das Eingeständnis einer tiefen, inneren Zerrissenheit.

»Ja, weil ich Angst hatte, dass ich und Sönke uns zu sehr ineinander verlieben würden, wenn wir uns wiedersehen. Föhr war wie ein Symbol für das, was hätte sein können, ein Ort voller Erinnerungen und unerfüllter Sehnsüchte«, bestätigte Beate. »Ich musste oft an Sönke denken. Er war so ein toller Mann.«

Es war ein Geständnis, das Alexandra nicht kalt ließ. Die Vorstellung, dass ihre Mutter all die Jahre mit solchen Gedanken und Gefühlen gerungen hatte, löste in ihr eine Mischung aus Mitgefühl und Bewunderung aus. Bewunderung dafür, dass Beate trotz allem bei ihrer Familie geblieben war, sich den täglichen Herausforderungen gestellt und für ihre Liebe gekämpft hatte.

»Mama, ich glaube, es zeigt nur, wie stark du bist. Du hast dich für uns entschieden, für unsere Familie, auch wenn es manchmal das Schwierigere war«, sagte Alex, ihre Worte ein Versuch, Trost und Verständnis zu spenden.

Ihre Mutter lächelte traurig. »Vielleicht. Aber weißt du, das Leben ist kompliziert. Manchmal denke ich, es gibt nicht immer nur eine richtige Entscheidung. Aber ich habe aus jeder Entscheidung, die ich getroffen habe, gelernt und bin daran gewachsen. Auch aus meiner Entscheidung gegen Sönke und für unsere Familie.«

»Mama, vielleicht lebt Sönke noch auf Föhr. Möchtest du ihn nicht noch einmal treffen?«, wollte Alex wissen, die Neugier und ein Hauch von Romantik in ihrer Stimme. Der Gedanke daran, dass ihre Mutter und Sönke sich nach all den Jahren wiedersehen könnten, ließ Alex' Herz schneller schlagen. Vielleicht gab es noch ein ungeschriebenes Kapitel in dieser Geschichte.

»Ich weiß nicht, ob ich das möchte. Es sind über 20 Jahre her. Ich möchte Sönke so in Erinnerung behalten, wie er als junger Mann gewesen ist«, erwiderte sie nachdenklich, während sie den letzten Schluck Wein aus ihrem Glas nahm. »Und was soll das bringen? Die Vergangenheit lässt sich nicht ändern, und manchmal ist es besser, gewisse Kapitel abgeschlossen zu lassen.«

Beates Worte waren weise, und doch schwang in ihnen eine leise Melancholie mit. Es war das Eingeständnis, dass gewisse Träume und Wünsche manchmal nur in der Vergangenheit leben können, unberührt von der Realität des Alltags und den Veränderungen, die die Zeit mit sich bringt.

Alex spürte, wie eine tiefe Zuneigung und Bewunderung für ihre Mutter in ihr aufstieg. Beates Fähigkeit, die Vergangenheit loszulassen und dennoch dankbar für die Erinnerungen zu sein, zeugte von einer inneren Stärke, die sie inspirierte.

»Du hast recht, Mama. Wir sollten uns auf die Gegenwart konzentrieren und all die schönen Momente genießen, die noch vor uns liegen. Wer weiß, was Föhr für uns bereithält«, sagte Alex schließlich, entschlossen, den Augenblick zu leben und ihre Mutter dabei zu unterstützen, dasselbe zu tun.

Die Frauen saßen noch eine Weile auf der Terrasse, umgeben von der nächtlichen Stille Föhrs, und ließen ihre Gedanken schweifen. Sie wussten, dass die nächsten Tage eine Gelegenheit boten, neue Erinnerungen zu schaffen – Erinnerungen, die sie ein Leben lang schätzen würden. Und während die Sterne am Himmel funkelten, fühlten sie sich einander näher als je zuvor.

Das Geständnis ihrer Mutter und die ungewohnte Stille, die so ganz anders war als das ständige Summen und Rauschen Hamburgs, hüllten Alex in eine Decke aus Nachdenklichkeit, die sie den Schlaf vergessen ließ. Gedanken und Gefühle wirbelten durch ihren Kopf wie Blätter im Wind, ließen sie mal lächeln, mal seufzen.

ELF

Am nächsten Morgen wurde Alexandra durch die Sonne geweckt, die ihr direkt ins Gesicht schien, als wollte sie sagen: «Aufstehen, ein neuer Tag voller Abenteuer wartet!» Kurz entschlossen trat sie auf den kleinen Balkon ihres Ferienhäuschens und streckte sich, die frische Morgenluft einatmend. Die Welt um sie herum war bereits lebendig, die Vögel zwitscherten ihre Morgenlieder, und die ersten Sonnenstrahlen kitzelten ihre Haut. Es versprach ein warmer Sommertag zu werden, perfekt für einen Tag am Strand.

Beseelt von der Vorfreude auf einen entspannten Strandtag, hörte Alexandra ihre Mutter in der Küche hantieren und machte sich auf den Weg, die steile Treppe ins Erdgeschoss hinunterzusteigen. Der Duft von frisch gebrühtem Kaffee und etwas, das verdächtig nach selbstgebackenen Brötchen roch, füllte die Luft und zeichnete den Weg in die Küche vor.

»Guten Morgen, Mama«, grüßte Alex, als sie die Küche betrat und ihre Mutter sah, die mit einer Schürze bekleidet und einem Lächeln im Gesicht am Herd stand.

»Guten Morgen, mein Schatz. Hast du gut geschlafen?«, fragte Beate, während sie sich umdrehte, um ihrer Tochter einen Teller mit den vermuteten, goldbraunen Brötchen zu reichen.

»Naja, so lala«, antwortete Alexandra ehrlich, »aber ich freue mich auf den Tag. Es sieht so aus, als würde es wunderschön werden.«

»Ja, das wird es«, stimmte Beate zu und schenkte Alex eine Tasse Kaffee ein. »Und ich dachte, wir könnten heute zum Strand gehen. Was hältst du davon?«

Mit zwei schwer beladenen Taschen, die alles für einen perfekten Strandtag enthielten, und einer großzügigen Schicht Sonnencreme auf der Haut machten sich Alexandra und Beate auf den Weg zum Strand. Der kurze Spaziergang war erfüllt von der Vorfreude auf Sonne, Sand und Meer.

Am Strand angekommen, stand Alex vor der Herausforderung, die Strandmuschel aufzubauen. Was theoretisch einfach klingen mag, entpuppte sich in der Praxis als Kampf gegen Wind und widerspenstiges Material. Jeder Versuch, die Muschel zu stabilisieren, schien von einer steifen Brise konterkariert zu werden, die sich einen Spaß daraus machte, ihre Bemühungen zu durchkreuzen. Nach einigen akrobatischen Einlagen und dem einen oder anderen Wort, das besser nicht von Kinderohren gehört werden sollte, stand die Strandmuschel schließlich – wenn auch etwas schief.

Währenddessen hatte Beate, die Abenteuerlustige der beiden, keine Zeit verloren und sich mutig in die Brandung gestürzt. Das kühle Nass der Nordsee schien sie zu beleben, während Alex sie vom Strand aus beobachtete, halb amüsiert, halb besorgt. Als Beate sich umdrehte und ihrer Tochter ein Zeichen gab, auch ins Wasser zu kommen, konnte diese nur mit dem Kopf schütteln. Das Wasser der Nordsee war bekannt für seine erfrischende Kühle, die an heißen Tagen zwar willkommen war, aber auch einen gehörigen Schuss Mut erforderte.

Doch das Strahlen in Beates Augen und ihr freudiges Lachen waren ansteckend. Mit einem resignierten Seufzer und einem Lächeln, das verriet, dass sie sich insgeheim darauf freute, gab Alexandra nach. Sie ließ die Sicherheit ihrer schiefen Strandmuschel hinter sich und lief durch den warmen Sand auf das Meer zu.

Der erste Schritt ins kalte Wasser ließ sie kurz zusammenzucken, aber dann, getrieben von der kindlichen Freude ihrer Mutter, tauchte sie ein in die Wellen. Die Kühle des

Wassers, die zuerst so abschreckend wirkte, wurde schnell zur erfrischenden Umarmung, die alle Sorgen des Alltags wegspülte.

Mittags entschieden sich die beiden Frauen, nach Wyk zu fahren, um dort eine Kleinigkeit zu essen. Die Inselhauptstadt, mit ihren gemütlichen Cafés und kleinen Restaurants, bot die perfekte Kulisse für eine entspannte Mittagspause. Während sie durch die Straßen schlenderten, kam das Gespräch unweigerlich wieder auf Sönke.

»Mama, meinst du, dass du Sönke wiedererkennen würdest?«, wollte Alex wissen, die Neugier in ihrer Stimme nicht verbergend. »Es kann ja sein, dass er uns hier irgendwo über den Weg läuft«, fügte sie hinzu, halb scherzend, halb hoffend.

Beate lächelte bei dem Gedanken. »Ich denke, dass ich ihn erkennen würde, denn er hatte die schönsten grünen Augen, die ich jemals gesehen habe.« Ihre Stimme trug eine Mischung aus Wehmut und Zuneigung, als sie sich an die markantesten Merkmale Sönkes erinnerte.

Plötzlich wurde ihr Gesicht ernster. »Übrigens hat dein Vater mir geschrieben. Er will wissen, wo wir sind.«

Alex, überrascht von der plötzlichen Wendung im Gespräch, sah ihre Mutter überrascht an. »Und, was hast du ihm geantwortet?«

Beate zuckte mit den Schultern. »Dass wir auf Föhr sind und eine schöne Zeit haben. Vielleicht hilft ihm das auch zu verstehen, dass wir beide etwas Zeit für uns brauchen.«

Als sie später durch die Straßen von Wyk schlenderten, hielten sie unbewusst Ausschau nach einem Mann mit markanten grünen Augen, auch wenn sie wussten, dass die Wahrscheinlichkeit eines zufälligen Treffens gering war.

Am Nachmittag, bewaffnet mit dem Enthusiasmus von zwei Abenteurerinnen auf einer Quest, mieteten sie sich Fahrräder, um die Insel zu erkunden. Während sie durch die Landschaft radelten, die von der Sonne in ein blendend helles Licht getaucht wurde, kam Alexandra wieder auf Sönke zu sprechen.

»Mama, wo hat Sönke denn gewohnt?«, wollte sie wissen, während sie versuchte, ihr Fahrrad auf dem schmalen Inselweg zu balancieren.

»In Nieblum. Es ist ein sehr schöner Ort, damals jedenfalls«, sagte Beate, während sie einem Schmetterling auswich, der scheinbar beschlossen hatte, sich ihrem kleinen Abenteuer anzuschließen.

»Wollen wir nicht mal dorthin fahren?«, schlug Alex vor, halb im Scherz, halb ernsthaft neugierig auf den Ort, der in ihrer Mutter solche lebhaften Erinnerungen weckte.

»Wenn du es gerne möchtest«, erwiderte Beate mit einem leichten Seufzer, der verriet, dass sie dem Charme ihrer Tochter und der Idee, einen Blick in die Vergangenheit zu werfen, nicht widerstehen konnte.

So radelten sie in Richtung Nieblum, unter einer Sonne, die scheinbar beschlossen hatte, an diesem Tag besonders erbarmungslos zu sein. Die Helme auf ihren Köpfen fühlten sich an, als würden sie kleine Öfen beherbergen, und bald schon kamen sie ins Schwitzen, als gäbe es eine geheime Meisterschaft im Transpirieren.

Alexandra keuchte, während sie einen besonders steilen Hügel hinauffuhr, ihre Beine brannten als Zeugnis ihres Kampfes gegen die Schwerkraft.

Als sie schließlich Nieblum erreichten, mussten sie feststellen, dass der Ort immer noch so malerisch und einladend war, wie Beate ihn in Erinnerung hatte. Die Straßen waren gesäumt von hübschen Häusern mit Reetdächern, und überall blühten Blumen in den schönsten Farben. Es war, als hätte Nieblum sich extra herausgeputzt, um Alexandra und Beate willkommen zu heißen.

»Siehst du, Mama, der Trip hat sich schon allein für diesen Anblick gelohnt«, schwärmte Alex, während sie versuchte, ihren Atem zu fangen und gleichzeitig die Schönheit Nieblums zu bewundern.

Beate nickte, ein Lächeln auf ihren Lippen, glücklich darüber, diesen Moment mit ihrer Tochter zu teilen.

»Magst du mir jetzt vielleicht noch Sönkes Haus zeigen? Weißt du denn noch, wo es ist?«, fragte Alex, während sie einen großen Schluck von ihrem Wasser nahm, das inzwischen eher die Temperatur einer lauwarmen Suppe angenommen hatte.

»Ich muss mal kurz überlegen, da sich hier auch einiges verändert hat«, antwortete Beate, während sie sich umsah. Nieblum hatte zwar seinen charmanten Charakter bewahrt, aber wie überall hatte die Zeit auch hier ihre Spuren hinterlassen, manche Ecken neu gestaltet, andere unberührt gelassen.

Sie fuhren durch einige Straßen, vorbei an den typischen Friesenhäusern mit ihren gepflegten Gärten und den bunten Blumen, die in der Sommersonne leuchteten. Beate wurde von einem Gefühl der Nostalgie ergriffen, als sie versuchte, sich an die genaue Lage von Sönkes Haus zu erinnern. Ihre Unsicherheit wuchs mit jeder Kreuzung, die sie passierten, und jeder Straße, die nicht so aussah, wie in ihrer Erinnerung.

Doch dann, fast wie durch ein Wunder, kehrte die Erinnerung zurück.

»Ich glaube, jetzt weiß ich es wieder«, sagte Beate plötzlich, ein Lächeln breitete sich auf ihrem Gesicht aus. »Es war diese Straße hier entlang, wenn ich mich richtig erinnere.«

Mit neuer Zuversicht lenkten sie ihre Fahrräder in die genannte Richtung, und nach einigen Minuten des Suchens und Vergleichens der realen Ansichten mit den Bildern in Beates Gedächtnis, standen sie schließlich davor: das Haus, in dem Sönke einst gewohnt hatte.

Es war ein hübsches, mit Reet gedecktes Friesenhaus, das in der warmen Nachmittagssonne friedlich dastand. Der Garten war liebevoll gepflegt, und ein leichter Wind spielte mit den Blättern der Bäume und Sträucher, als wollte er die beiden Frauen begrüßen.

»Da ist es«, sagte Beate leise, fast ehrfürchtig, als stünde sie vor einem Tor zu einer anderen Zeit. »Ich kann kaum glauben, dass wir es wirklich gefunden haben.«

Alex, die neben ihrer Mutter stand, betrachtete das Haus mit einer Mischung aus Neugier und Respekt. Es war ein seltsames Gefühl, vor dem Haus eines Mannes zu stehen, der einst fast Teil ihrer Familie geworden wäre.

»Glaubst du, er wohnt noch hier?«, flüsterte Alex, unsicher, ob sie hoffen sollte, dass Sönke auftauchte oder nicht.

Beate schüttelte den Kopf. »Ich weiß es nicht, Alex. Und ehrlich gesagt, ist es vielleicht besser so. Manche Kapitel des Lebens sind abgeschlossen, und das ist auch gut so.«

Mit einem letzten Blick auf das Haus, das so viele ungelebte Geschichten in sich barg, machten sich Alexandra und Beate auf den Rückweg.

Am Abend, umgeben von der idyllischen Ruhe des bezaubernden Gartens, genossen sie frische Krabben, ein kulinarisches Highlight, das perfekt zur Atmosphäre passte. Während sie aßen, kam das Gespräch auf Daniel.

»Bist du noch sehr traurig wegen Daniel? Er machte so einen netten Eindruck, aber dass sich hinter seiner Fassade so ein schlechter Mensch versteckt...«, sagte Beate, ihre Besorgnis um das Wohlergehen ihrer Tochter deutlich in der Stimme.

Alex hielt kurz inne und dachte nach.

»Ich werde es überleben und ehrlich gesagt, sind die attraktiven Männer auch nichts fürs Leben.« Ein Schmunzeln umspielte ihre Lippen, als sie fortfuhr: »In einem halben Jahr werde ich dreißig, und wenn ich daran denke, dass du mit dreißig schon verheiratet warst und eine zauberhafte vierjährige Tochter hattest... Aber ich mache mir keinen Druck und denke, dass irgendwann mein Mann vor mir steht, ohne dass ich mich auf Partnerbörsen tummeln muss.«

Beate lächelte liebevoll. »Genau so ist es, mein Schatz. Das Wichtigste ist, dass du glücklich bist und dein Leben so lebst, wie du es für richtig hältst. Und wer weiß, vielleicht steht dein Mr. Right ja schon an der nächsten Ecke und wartet nur darauf, dir über den Weg zu laufen.«

Der Abend verstrich in einer Mischung aus tiefgründigen Gesprächen und heiteren Momenten. Es war eine besondere Zeit für Mutter und Tochter.

ZWÖLF

Als Alexandra am nächsten Morgen erwachte, war sie erfüllt von einer Vorfreude auf den Tag, die sie lange nicht gespürt hatte. Im Gegensatz zu den Morgenstunden in Hamburg, wo jeder Tag mit dem mühsamen Kampf begann, sich aus dem Bett zu quälen und widerwillig ins Büro zu gehen, begrüßte sie dieser Morgen auf Föhr mit einer Leichtigkeit und einem Gefühl von Freiheit. Während Beate noch schlief, malte sich Alexandra aus, wie es wäre, auf der Insel zu leben, vielleicht sogar eine kleine Pension zu betreiben und jeden Tag von dieser Ruhe und Schönheit umgeben zu sein.

Mit diesen Gedanken im Kopf machte sie sich auf den Weg zum örtlichen Bäcker, angelockt von dem verführerischen Duft, der durch die Straßen wehte. Dort angekommen, ließ Alex sich von der Vielfalt der Backwaren verzaubern, bis der Moment des Bezahlens kam und sie feststellte, dass sie ihr Portemonnaie vergessen hatte. »Oh, ich habe kein Geld dabei«, sagte sie, ein Anflug von Panik in ihrer Stimme, während die Verkäuferin ihr einen nicht gerade glücklichen Blick zuwarf.

In diesem Moment trat ein Mann neben sie und legte einen Schein auf den Tresen. »Ich übernehme das!«, sagte er freundlich. Alexandra drehte sich zu ihm um und sah in das Gesicht eines Mannes, der zwei Köpfe größer war als sie, rötliche Haare und Sommersprossen trug. Sein Lächeln war warm und einladend, und in diesem Augenblick fühlte sie sich, als wäre sie in einer dieser Geschichten gelandet, die man sonst nur in Büchern liest.

»Oh, vielen Dank. Das ist wirklich sehr nett von Ihnen«, stammelte Alexandra, immer noch ein wenig überwältigt von der unerwarteten Freundlichkeit des Fremden.

»Kein Problem«, erwiderte der Mann mit einem sanften Lächeln. »Es passiert jedem mal. Wie heißt es so schön? Heute für dich, morgen für mich.«

Seine Worte und die selbstlose Geste berührten Alexandra tief.

Sie wartete geduldig, bis der Mann den Bäckerladen verließ, entschlossen, ihm das Geld zurückzugeben. »Ich werde Ihnen das Geld natürlich zurückgeben. Entweder kommen Sie gleich mit mir oder wir treffen uns morgen früh hier«, schlug sie vor, fest entschlossen, ihre Schuld zu begleichen.

»Geschenkt. Genießen Sie die Brötchen«, antwortete er mit einem freundlichen Lächeln, das Alex' Entschlossenheit kurz ins Wanken brachte. Doch sie war nicht bereit, so leicht aufzugeben.

»Nein, das kann ich nicht annehmen. Ich kann Ihnen das Geld auch vorbeibringen. Sagen Sie mir, wo Sie wohnen.« Ihre Stimme war fest, ein Ausdruck ihres starken Gerechtigkeitssinns und ihrer Unabhängigkeit.

Der Mann, sichtlich amüsiert über Alex' Hartnäckigkeit, zögerte einen Moment, als würde er die Situation abwägen. Dann seufzte er leicht und gab nach. »Nun, wenn Sie darauf bestehen. Ich wohne am Rand von Nieblum, das Haus mit dem großen Kirschbaum im Vorgarten. Sie können es nicht verfehlen.«

Alex, erleichtert, dass sie die Möglichkeit bekam, ihre Schuld zu begleichen, nickte dankbar. »Vielen Dank. Ich werde es heute Nachmittag vorbeibringen.«

Als sie zurückkehrte, fand sie ihre Mutter dabei vor, den Frühstückstisch im Garten zu decken. Die Morgensonne tauchte alles in ein warmes Licht, und der Tag versprach, einfach wunderbar zu werden.

»Guten Morgen, Mama. Ist das nicht ein herrlicher Tag. Ich habe schon Brötchen geholt, allerdings ohne zu bezahlen.« Alex konnte ein Schmunzeln nicht unterdrücken, als sie die Geschichte ihres kleinen morgendlichen Missgeschickes erzählte.

Beate schaute sie mit einem forschenden Blick an, der zwischen Belustigung und Neugier schwankte. »Hast du schon ein Date?«, fragte sie, halb im Scherz, halb ernsthaft interessiert an der Antwort ihrer Tochter.

»Ja, klar!«, erwiderte Alex lachend, bevor sie schnell hinzufügte: »Aber im Ernst, ich werde ihm das Geld heute Nachmittag vorbeibringen.«

Als die Frauen mittags in einem gemütlichen Lokal saßen, um eine Kleinigkeit zu essen, änderte sich die Atmosphäre schlagartig. Beate, die bis dahin fröhlich und entspannt wirkte, wurde plötzlich nervös, was ihrer Tochter nicht entging. Ihre Mutter schaute sich unruhig um, als ob sie erwartete, dass aus jedem Winkel des Lokals gleich ein Geist der Vergangenheit springen könnte.

»Mama, alles OK?«, erkundigte sich Alex, ihre Gabel in der Schwebe haltend.

»Ja, ich ...«, Beate begann zu antworten, doch ihre Stimme verlor sich in einem Meer aus Zögern.

Alex, deren Detektivinstinkte geweckt waren, legte ihre Gabel nieder und sah ihre Mutter direkt an. »Mama, hast du etwa Sönke gesehen?«

Beate nickte betreten und wurde ganz blass, als wäre sie gerade einer Geistererscheinung begegnet. »Ja«, flüsterte sie, »er ist direkt dort drüben ...«

Sie drehte sich um, halb erwartend, Sönke in einem dramatischen Licht, umgeben von einem Chor singender Engel zu erblicken, nur um festzustellen, dass er ganz normal – wenn auch ziemlich gutaussehend – an einem der Tische saß, ein Stück Kuchen essend und völlig ahnungslos über das kleine Drama, das er gerade ausgelöst hatte.

»Wow, Mama! Er sieht aus, als hätte er sich direkt aus einem deiner alten Fotoalben hierher verirrt. Soll ich rübergehen und sagen, dass du hier bist?«, scherzte Alex, während sie versuchte, die Situation mit Humor zu nehmen und ihre Mutter aufzumuntern.

Beate, die nun aussah, als wünschte sie sich, sie könnte sich unsichtbar machen oder zumindest im Boden versinken, schüttelte schnell den Kopf. »Nein, nein, lass nur. Ich ... ich glaube nicht, dass das eine gute Idee ist.«

Das Mittagessen wurde plötzlich zu einer Szene aus einer romantischen Komödie, in der die Protagonistin unverhofft ihrer Jugendliebe gegenübersteht, nur dass in diesem Fall die Protagonistin beschlossen hatte, dass Ignorieren die beste Taktik sei. Alexandra konnte nicht anders, als zu grinsen, während sie ihrer Mutter einen beruhigenden Klaps auf die Hand gab.

«Hat er dich noch nicht bemerkt?«, wollte Alex wissen, während sie sich, kaum unauffällig, mehrmals umdrehte, um einen besseren Blick auf Sönke zu erhaschen.

»Nein, er guckt ja die ganze Zeit in sein Handy. Ich hätte nicht gedacht, dass er noch so gut aussieht. Er hat sich kaum verändert«, antwortete Beate, ihre Stimme eine Mischung aus Bewunderung und leichtem Unbehagen. Es war, als hätte die Zeit beschlossen, Sönke in einer Art jugendlichen Ambrosia einzulegen, während der Rest der Welt normal alterte.

»Willst du ihn nicht doch ansprechen? Er würde sich bestimmt freuen«, schlug Alex vor, halb ernsthaft, halb in der Hoffnung, eine Szene aus einem Liebesfilm im echten Leben miterleben zu können.

»Auf gar keinen Fall. Sieh mich doch an! Mein Haar zerzaust und dann dieses Strandkleid«, wehrte sie ab, als hätte sie gerade ein Outfit für die Gartenarbeit anstatt für einen entspannten Tag am Meer gewählt.

Alex konnte nicht anders, als zu grinsen. »Mama, ich glaube nicht, dass Sönke erwartet, dass du nach einem Tag am Strand aussiehst wie frisch vom Laufsteg. Außerdem, hat nicht gerade das seine Aufmerksamkeit damals erregt? Dein natürlicher Charme?«

Beate warf ihrer Tochter einen Blick zu, der sagte: »Netter Versuch, aber nein.« In diesem Moment fühlte sie sich nicht bereit für ein Wiedersehen, das einem Sprung ins kalte Wasser glich.

Noch bevor die Frauen zum Zahlen bereit waren, erhob sich Sönke, um das Lokal zu verlassen. Beate, die bisher so entschlossen wirkte, das Kapitel Sönke geschlossen zu halten, konnte nicht anders, als ihm sehnsüchtig hinterherzuschauen. Ihre Augen folgten jeder seiner Bewegungen, und für einen Moment schien es, als würde sie sich fragen, ob ein Leben an seiner Seite sie vielleicht glücklicher gemacht hätte.

»Schade, dass ich ihn nicht kennengelernt habe«, meinte Alex und beobachtete durchs Fenster, wie Sönke mit einer Lässigkeit, die fast schon in Slow Motion zu verlaufen schien, in seinen Wagen stieg.

»Wow. Er fährt einen Sportwagen«, stellte Alex bewundernd fest und konnte sich einen Vergleich mit ihrem Vater nicht verkneifen, der in Sachen Coolness und Fahrzeugwahl eher im Bereich ‚praktisch und familientauglich' anzusiedeln war. Neben Sönkes glänzendem Gefährt wirkte das Familienauto wie ein Relikt aus einer längst vergangenen Ära, in der Sicherheit und Stauraum die einzigen Kriterien waren.

Beate zuckte mit den Schultern, ein Lächeln spielte um ihre Lippen. »Naja, dein Vater hat andere Qualitäten. Er kann zwar keinen Sportwagen vorweisen, aber er hat uns immer sicher von A nach B gebracht.«

Alex musste lachen. »Stimmt, da hast du wohl recht. Und wer weiß, vielleicht wäre Sönke mit seinem Sportwagen längst im nächsten Schlagloch steckengeblieben, während Papa uns souverän durch jede Pfütze manövriert hat.«

Alexandra konnte den Gedanken an den freundlichen Mann aus der Bäckerei, ihren »Helfer in der Not«, den ganzen Tag nicht abschütteln. Äußerlich entsprach er überhaupt nicht dem Bild, das sie normalerweise von ihrem Typ Mann hatte – weniger Prinz Charming auf einem weißen Pferd und mehr der nette Kerl von nebenan mit einem grünen Daumen für Zimmerpflanzen.

Doch irgendwie hatte seine unerwartete Freundlichkeit und sein warmes Lächeln einen bleibenden Eindruck hinterlassen.

Während Beate gemütlich im Schatten einer Kirsche auf einer Liege ein Buch las – wahrscheinlich ein Liebesroman, der vor unnötigen Dramen nur so strotzte –, fasste Alexandra einen Entschluss. »Mama, ich bringe dem Helfer in der Not jetzt das Geld vorbei. Bin gleich wieder zurück.«

Für diesen besonderen Anlass hatte sich Alex in ihr schönstes Sommerkleid geworfen, das so bunt war, dass es fast schon ein eigenes Sommerfest veranstalten konnte. Dazu legte sie etwas Schmuck an, der im Sonnenlicht funkelte, als würde er Morsezeichen an potenzielle Verehrer senden. Ihre Lippen leuchteten in einem Rot, das selbst die reifsten Kirschen im Garten vor Neid erblassen ließ, und der Duft ihres Parfums war so intensiv, dass selbst die Bienen kurzzeitig von ihren Blumen abgelenkt wurden.

Beschwingt und mit einem Gefühl der Vorfreude lief Alexandra durch die gemütlichen Straßen Nieblums, bewunderte die hübschen Vorgärten mit ihren Steinwällen, die aussahen, als hätten sie die Hauptrolle in einem Gartenmagazin inne.

Als Alex schließlich das gesuchte Haus gefunden hatte, nahm sie einen tiefen Atemzug und hoffte inständig, dass ihr Aufzug nicht zu overdressed für die Geldrückgabe wirkte und dass ihr Parfum in der frischen Inselluft nicht allzu aufdringlich war. Mit einem letzten prüfenden Blick auf ihr Kleid, das im leichten Sommerwind tänzelte, machte sie sich bereit, an der Tür zu klingeln, bereit für das, was kommen mochte – oder auch nicht.

Ehrfürchtig stand sie vor dem entzückenden, sehr großen Friesenhaus, dessen Dach frisch mit Reet gedeckt worden war, sodass es aussah, als hätte das Haus gerade eine neue Frisur bekommen und präsentierte diese nun stolz der Welt. Im Vorgarten harmonierten weiße Rosen mit lila Lavendel in einer Art und Weise, die jedem Gartenmagazin zur Ehre gereicht hätte, und ein betörender Duft stieg Alex in die Nase, als würde das Haus versuchen, sie mit Parfüm zu verführen.

»Ist das eine Pension?«, fragte sich Alex, während sie die weiße Pforte öffnete und über das rustikale Kopfsteinpflaster lief, das so uneben war, dass es wie das Akupressurbrett eines ambitionierten Wellness-Gurus wirkte.

Bienen summten von Blüte zu Blüte, in einem emsigen Treiben, das vermuten ließ, sie hätten alle einen doppelten Espresso zu viel gehabt, und Schmetterlinge flatterten durch die milde Sommerluft, als hätten sie gerade Tanzunterricht genommen. Es war wie im Paradies – oder zumindest wie in einem dieser übertrieben idyllischen Werbespots für Blumendünger, in denen alles ein bisschen zu perfekt ist, um wahr zu sein.

Alex konnte sich ein Lächeln nicht verkneifen. Wenn das tatsächlich eine Pension war, dann war sie wahrscheinlich der Geheimtipp schlechthin, verborgen vor der Welt und nur erreichbar für diejenigen, die im richtigen Moment einem freundlichen Fremden im Bäckerladen begegnen. Mit jedem Schritt, den sie auf dem Kopfsteinpflaster zurücklegte, fühlte sie sich mehr wie die Hauptfigur in einem märchenhaften Abenteuer, bereit, das Geheimnis des mysteriösen Helfers in der Not zu lüften – oder zumindest sein Geld zurückzugeben.

Kaum hatte sie ihren Finger auf die Klingel gelegt, öffnete sich die bezaubernde Friesentür, die ein wahrer Eyecatcher war und vielleicht als Model für Türenkataloge gearbeitet hatte. Alex schaute direkt in die warmen braunen Augen des Mannes, der ihr jetzt noch größer vorkam als in ihrer Erinnerung. Vielleicht war er seit ihrem letzten Treffen heimlich weitergewachsen, nur um noch mehr Eindruck zu schinden.

»Moin, wie gesagt, ich hätte Ihnen die Brötchen gerne geschenkt«, begrüßte er Alex mit einem Lächeln, das so einladend war, dass man meinen könnte, es hätte seine eigene Postleitzahl.

»Hallo, das ist sehr nett, aber ...«, begann Alex, entschlossen, ihre Mission des Geld-Zurückgebens zu erfüllen, doch wurde sie sogleich unterbrochen.

»Darf ich Sie auf einen Kaffee einladen? Ich habe mir gerade einen gekocht und habe zufälligerweise zwei Stückchen Erdbeertorte«, lud er sie ein, als wäre das genau die Art von Zufall, die regelmäßig in seinem malerisch-perfekten Leben passierte.

»Oh, das ist sehr nett, aber ... Ja, das Angebot kann ich nicht ablehnen.« Irgendwie schaffte sie es, ihre anfänglichen Bedenken zu vergessen, angezogen von der Aussicht auf Kaffee, Kuchen und die Gesellschaft dieses mysteriösen Fremden.

Alex folgte dem Mann durch das geräumige Haus, das hell eingerichtet war. Er führte sie in einen zauberhaften Garten, der so idyllisch war, dass sie fast erwartet hätte, jederzeit von Disney-Vögeln umschwirrt und in Gesangseinlagen verwickelt zu werden.

Dort standen zwei Strandkörbe, die so perfekt positioniert waren, als hätten sie ihr Leben lang auf diesen Moment gewartet. Alexandra nahm in einem der Strandkörbe Platz, immer noch leicht überrumpelt von der ganzen Situation.

Während sie auf Kaffee und Kuchen wartete und sich den blühenden Garten mit offenem Mund ansah – halb erwartend, dass ein Einhorn um die Ecke biegen und sich zu ihnen gesellen würde –, war sie über sich selbst erstaunt, dass sie die Einladung so leichtfertig angenommen hatte. Nach der ganzen Daniel-Geschichte, die mehr Wendungen hatte als eine Achterbahnfahrt im Dunkeln, hätte sie eigentlich vorsichtiger sein müssen. Doch hier saß sie, bereit, Kaffee zu trinken und Kuchen zu essen, als gäbe es kein Morgen.

Der Gastgeber kam mit einem Tablett zurück und lächelte Alex an, als würde er sich freuen, den Kuchen nicht alleine essen zu müssen, oder als hätte er gerade den Jackpot geknackt, weil er jemanden gefunden hatte, der ihm beim Vernichten der Kalorienbomben half.

»Ich hoffe, Sie mögen Erdbeertorte«, sagte er, als würde er über ein geheimes Familienrezept sprechen, das Erdbeeren in reines Gold verwandeln konnte.

Alex musste lachen. »Ich glaube, ich habe noch nie jemanden getroffen, der sich so darüber freut, Kuchen teilen zu dürfen.«

»Nun, ich sehe das als eine Win-Win-Situation. Ich bekomme Gesellschaft und muss mich hinterher nicht alleine fragen, warum meine Hose enger ist«, erwiderte er mit einem Augenzwinkern, das verriet, dass er diese Situation schon öfter erlebt haben musste.

Als sie den Kuchen probierte, der so köstlich war, dass Alex kurz überlegte, ob sie nicht doch lieber Konditorin hätte werden sollen, wurde ihr klar, dass dieser Nachmittag noch einige Überraschungen bereithalten könnte. Vielleicht war es das Universum, das ihr eine kleine Entschädigung für das ganze Daniel-Desaster bot – in Form von Kaffee, Kuchen und der Gesellschaft eines freundlichen Fremden mit einem Sinn für Humor und einer Vorliebe für Erdbeertorte.

»Ich bin übrigens Ole Lehmbäcker«, stellte sich der freundliche Mann vor und reichte Alex die Sahne, die er offensichtlich frisch geschlagen hatte. Sein Name ließ Alex kurz innehalten – mit einem Namen wie Lehmbäcker hatte sie halb erwartet, dass er ein geheimer Meisterbäcker oder zumindest der Besitzer einer charmanten kleinen Bäckerei sein könnte, nicht der Besitzer eines solch beeindruckenden Friesenhauses.

»Und ich bin Alexandra Maria Lara. Vielen Dank für die Einladung. Sie haben es wirklich schön hier. Gehört Ihnen das Traumhaus?«, fragte Alex voller Neugier, während sie einen weiteren Bissen der unwiderstehlichen Erdbeertorte genoss.

»Ich habe das Haus von meiner Oma geerbt und viele Jahre renoviert. Das Dach war kaputt und die Wände feucht.« Ole erzählte mit einer Mischung aus Stolz und Resignation in der Stimme, als hätte die Renovierung das Potenzial gehabt, in einer Reality-TV-Show über Hausrenovierungen als dramatischer Höhepunkt zu dienen.

Alex konnte sich ein Bild davon machen, wie Ole, bewaffnet mit Spachtel und Farbeimer, gegen die Elemente und die Tücken eines alten Hauses kämpfte – eine moderne Version eines Ritters in glänzender Rüstung, dessen Drache aus Schimmel und kaputten Dachziegeln bestand.

»Das klingt nach einer Menge Arbeit. Aber das Ergebnis kann sich wirklich sehen lassen«, lobte Alex, während sie einen bewundernden Blick durch den Garten schweifen ließ, der mehr einem kleinen Paradies als einem einfachen Garten glich. »Ole Lehmbäcker, der Retter alter Friesenhäuser – das hat doch was!«

Ole lachte. »Nun, wenn Sie es so sagen, klingt es fast heldenhaft. Aber ich versichere Ihnen, es gab Momente, da fühlte es sich eher an, als wäre ich der Diener des Hauses, nicht sein Retter.«

Das Gespräch floss leicht zwischen den beiden, und während sie über Renovierungsdesaster und die Freuden des Landlebens plauderten, fühlte Alexandra sich merkwürdig wohl in Oles Gesellschaft. Vielleicht lag es an der idyllischen Kulisse, dem köstlichen Kuchen oder einfach an der Tatsache, dass Ole eine angenehme Abwechslung zu den üblichen Männern in ihrem Leben darstellte. Was auch immer es war, dieser Nachmittag versprach, in Erinnerung zu bleiben.

»Leben Sie denn ganz alleine in diesem großen Haus?«, wollte Alex wissen, während sie einen weiteren Schluck des aromatischen Kaffees nahm und sich ein wenig mehr in den Strandkorb zurücklehnte, um sich bequemer zu positionieren.

»Wie wäre es, wenn wir uns duzen?«, schlug Ole vor, ein Lächeln umspielte seine Lippen, als würde er das formelle »Sie« zwischen ihnen als unnötige Barriere empfinden.

»Ja, ich wohne alleine hier. Meine Freundin ist vor einem halben Jahr von der Insel geflohen. Es war ihr zu einsam im Winter. Eigentlich wollten wir zusammen ein Café eröffnen, aber wie das Leben so spielt. Nun muss ich das alleine durchziehen.« Ole erzählte dies mit einer Mischung aus Wehmut und Entschlossenheit, als hätte er sich bereits mit dem Gedanken angefreundet, dass manche Träume sich verändern müssen, bevor sie Wirklichkeit werden können.

Alex nickte verständnisvoll, berührt von seiner Offenheit. »Das tut mir leid zu hören. Aber ein Café hier auf der Insel zu eröffnen, klingt trotzdem nach einem tollen Projekt. Vielleicht war es einfach Schicksal, dass du es alleine machen sollst.«

Oles Geschichte ließ Alex nachdenklich werden. Sie stellte sich vor, wie es wäre, im Winter allein in einem so großen Haus zu leben, umgeben von der rauen Schönheit Föhrs, während die Winde über das Land fegen und die Wellen gegen die Küste schlagen. Es klang gleichzeitig wunderschön und ein wenig melancholisch.

»Und du machst hier Urlaub?«, fragte Ole und schenkte Alex Kaffee nach, sein Interesse an ihrer Geschichte deutlich zeigend. Gerade als sie antworten wollte, kam eine weiße Katze mit grünen Augen angeschlichen, als hätte sie ihre eigene dramatische Eingangsmusik im Hintergrund. Ole nahm sie auf den Schoß und begann, sie zärtlich zu streicheln, während Alex bei diesem Anblick dahinschmolz. Es lag einfach ein unwiderstehlicher Charme darin, wenn ein Mann Tiere liebte.

»Ich mache mit meiner Mutter Urlaub. Wir haben beschlossen, eine Auszeit zu nehmen und einfach mal die Seele baumeln zu lassen. Und bisher ist es wirklich wundervoll«, erzählte Alex, während sie die Katze beobachtete, die sich genüsslich unter Oles Berührungen räkelte.

Sie konnte es kaum glauben, was aus dieser zufälligen Bekanntschaft beim Bäcker geworden war. An diesem Morgen hatte sie sich lediglich auf Brötchen und einen normalen Tag eingestellt, und nun saß sie hier, in einem zauberhaften Garten, trank Kaffee und unterhielt sich mit einem Mann, der ihr bisher völlig fremd gewesen war, aber irgendwie fühlte es sich richtig an.

War es Schicksal, dass Ole ihr über den Weg gelaufen war, oder purer Zufall? Diese Frage tanzte in ihrem Kopf herum, während sie sich fragte, ob das Universum vielleicht manchmal seine eigenen Pläne hatte. Einen Plan, der beinhaltete, dass zwei Fremde sich treffen, über gemeinsame Träume sprechen und sich über eine weiße Katze mit grünen Augen verbinden.

»Sieht so aus, als hätte ich heute nicht nur neue Freundschaften geschlossen, sondern auch eine neue

Katzenfreundin gefunden«, scherzte Alex und streckte vorsichtig ihre Hand aus, um die Katze zu streicheln, die das Angebot mit einem sanften Schnurren annahm.

Ole lächelte. »Sie ist ziemlich wählerisch, was ihre Freundschaften angeht. Du kannst das als Kompliment sehen.«

In diesem Moment, mit der Nachmittagssonne, die sanft durch die Blätter fiel, und der Gesellschaft von Ole und der Katze, fühlte Alex sich seltsam zu Hause.

»Und du kommst aus Hamburg, wie man an deinem Slang hören kann?«, fragte Ole und ließ die Katze ganz vorsichtig auf den Boden, die sich mit einer königlichen Geste davonstahl, als hätte sie Wichtigeres zu tun als menschliche Gespräche zu belauschen.

»Oh, spreche ich tatsächlich mit einem Hamburger Dialekt?«, wunderte sich Alex amüsiert. Sie hatte immer versucht, richtig korrektes Hochdeutsch zu sprechen, aber scheinbar war ihr norddeutsches Erbe doch hörbar.

»Ein bisschen hört man es, aber ich mag es. Und was machst du, wenn du keinen Urlaub auf Föhr machst?«, wollte Ole wissen, offensichtlich interessiert daran, mehr über Alex zu erfahren.

»Ich sitze in einem Büro und bin für die Buchhaltung zuständig«, erklärte sie und machte ihrem Gegenüber deutlich, dass ihr Job nicht gerade der spannendste war. »Stell dir vor, du bist umgeben von Zahlen, Rechnungen und Bilanzen – und das Highlight des Tages ist manchmal der Gang zum Kopierer.«

Ole lachte. »Das klingt ja fast so aufregend wie das Leben eines Einsiedlerkrebses. Aber ich bin sicher, du bringst auch in die Buchhaltung ein bisschen Hamburger Schwung.«

Alex musste grinsen. »Nun, ich versuche mein Bestes, aber ich fürchte, die Zahlen sind immun gegen meinen Charme.»

Während sie angeregt plauderten, verging die Zeit wie im Flug, und Alex bemerkte nicht, wie schnell die Stunden dahinschmolzen. Irgendwann kehrte die Realität zurück, und sie erinnerte sich daran, dass ihre Mutter sich bestimmt schon fragte, wo sie blieb. Der Gedanke daran, dass Beate möglicherweise schon eine Suchaktion gestartet hatte, ließ Alex schmunzeln, doch gleichzeitig fiel es ihr schwer, sich von dieser angenehmen Kulisse und dem netten Gespräch zu lösen.

»Der Kuchen war ausgezeichnet und der Kaffee eine Offenbarung. Ich hätte gerne die Bohnensorte gewusst. Ich muss mich jetzt verabschieden, sonst geht meine Mutter noch zur Polizei«, sagte Alex mit einem Lächeln, das ihre Dankbarkeit und das Bedauern über das Ende ihres Besuches ausdrückte. »Es war wirklich ein nettes Kaffeetrinken und ich wünsche dir alles Gute für dein Café. Vielleicht komme ich nächstes Jahr wieder und werde schauen, ob du eröffnet hast.«

Ole begleitete sie zur Tür und gab ihr noch einen freundlichen Händedruck. »Es war mir eine Freude. Und falls du wirklich wiederkommst, hoffe ich, dass ich dir dann mein Café zeigen kann. Bis dahin pass gut auf dich auf, Alexandra.«

Als Alex durch den gemütlichen Ort zurück zu ihrer Mutter ging, fühlte sie sich irgendwie leichter. Die zufällige Begegnung mit Ole hatte nicht nur für eine willkommene Abwechslung gesorgt, sondern auch ihre Sicht auf die Dinge ein wenig verändert. Vielleicht war es an der Zeit, öfter mal aus der Routine auszubrechen und sich auf neue Bekanntschaften einzulassen.

Wieder zu Hause angekommen, fand sie Beate im Garten, vertieft in ein Buch und sichtlich entspannt.

»Da bist du ja endlich. Ich habe mir schon Sorgen gemacht. Wo warst du denn so lange?«, fragte ihre Mutter, ohne jedoch wirklich besorgt zu wirken.

»Ach, nur auf einem kleinen Kaffee-Abenteuer«, antwortete Alex geheimnisvoll, und während sie von Ole, dem Kuchen und der weißen Katze erzählte, dachte sie daran, dass Föhr vielleicht wirklich ein Ort war, an dem kleine Wunder geschehen.

»Du scheinst ja sehr angetan von Ole zu sein«, neckte Beate ihre Tochter und klappte ihr Buch zu, ein verschmitztes Lächeln umspielte ihre Lippen. Sie kannte ihre Tochter gut genug, um zu wissen, dass Alex nicht so leicht jemandem verfiel, aber die Art, wie sie von Ole sprach, hatte doch ein kleines Alarmsignal in der Mutterinstinkt-Zentrale ausgelöst.

»Ja, er ist sehr offen und gastfreundlich, aber denke nicht, dass ich mich verliebt habe. Ich bin in seine Katze verliebt. Die ist so süß«, schwärmte Alex und betrachtete ihre rot lackierten Nägel, als könnten diese ihr dabei helfen, die richtigen Worte zu finden. Ihre Stimme hatte den Ton eines Teenagers, der versucht, seine Schwärmerei für einen gefeierten Popstar herunterzuspielen.

Beate lachte leise. »Na, wenn es nur die Katze ist. Aber pass auf, dass du nicht versehentlich in den Katzenbesitzer verliebst, während du versuchst, ihr Herz zu erobern.«

Alex rollte mit den Augen, konnte sich ein Grinsen aber nicht verkneifen. »Mama, bitte. Ole ist nett, wirklich. Aber ich glaube, ich bin einfach froh, mal jemand Neues kennengelernt zu haben. Jemand, der so ganz anders ist als die Leute, die ich sonst treffe.«

Beate öffnete ihr Buch wieder, bereit, die Diskussion auf sich beruhen zu lassen. Doch innerlich freute sie sich über Alexandras kleine Abenteuer. Es war schön zu sehen, wie ihre Tochter aufblühte und neue Facetten des Lebens entdeckte.

So verbrachten Mutter und Tochter den restlichen Nachmittag im Garten, plauderten über dies und das, während die Sonne langsam am Horizont versank

Am Abend entschieden sich die Frauen, ein gutes Lokal zu besuchen und warfen sich in Schale. Sie genossen das Zusammensein, lachten viel und unterhielten sich angeregt. Alexandra war besonders froh darüber, in ihrer Mutter nicht nur eine Vertraute, sondern eine wahre Freundin gefunden zu haben – eine Entwicklung, die sie in jüngeren Jahren nicht für möglich gehalten hätte.

Während sie durch das warme Abendlicht schlenderten, das die Straßen von Föhr in ein goldenes Glühen tauchte, reflektierte Alex über die Veränderung ihrer Beziehung. Früher waren es manchmal die kleinen Dinge, die zu Missverständnissen oder Streitigkeiten geführt hatten. Doch mit der Zeit und besonders jetzt, während dieses besonderen Urlaubs, hatten sie eine neue Ebene der Verbundenheit und des Verständnisses erreicht.

Im Lokal angekommen, wählten sie einen gemütlichen Tisch nahe am Fenster, von wo aus sie die Aussicht auf die sich langsam zur Ruhe begebende Insel genießen konnten. Sie bestellten ihre Lieblingsgerichte und ein Glas Wein, um den Abend gebührend zu feiern.

»Weißt du, Mama«, begann Alex, während sie auf ihre Menükarten blickten, »ich habe das Gefühl, dass dieser Urlaub uns wirklich nähergebracht hat. Ich schätze unsere Gespräche und die Zeit, die wir miteinander verbringen, sehr.«

Beate lächelte liebevoll. »Mir geht es genauso, mein Schatz. Ich bin so froh, dass wir diese Reise gemeinsam machen. Es zeigt mir, dass unsere Beziehung etwas ganz Besonderes ist.«

Der Abend verlief in einer Atmosphäre der Herzlichkeit und des Genusses. Die Frauen tauschten Anekdoten aus und ließen alte Zeiten Revue passieren. Als der Abend zu Ende ging, waren sie sich einig, dass dies einer der denkwürdigsten Urlaube ihres Lebens war – nicht wegen des Ortes, sondern wegen der tiefen Verbindung, die sie zueinander gefunden hatten.

Auf dem Heimweg, Arm in Arm und unter dem Sternenhimmel von Föhr, wussten Alexandra und Beate, dass sie nicht nur eine unvergessliche Zeit auf der Insel verbrachten, sondern auch ein neues Kapitel in ihrer Mutter-Tochter-Beziehung aufgeschlagen hatten. Eine Beziehung, die nun von einer tiefen Freundschaft und einem gegenseitigen Verständnis geprägt war, das sie in Zukunft noch enger zusammenhalten würde.

Als Alex im Bett lag, umhüllt von der sanften Stille der Nacht, ließ sie den Tag Revue passieren. Es war ein wundervoller Tag gewesen, einer dieser seltenen Tage, an denen einfach alles zu stimmen scheint: Das Wetter hatte mit strahlendem Sonnenschein und einer leichten Brise, die das Haar sanft umspielte, sein Bestes gegeben. Sie hatte viel gelacht, besonders in den Momenten mit ihrer Mutter, die sich als unerwartet humorvoll und lebensfroh erwies.

Doch es war das Treffen mit Ole, das sich beharrlich in ihren Gedanken festsetzte, ein sanftes Echo der Neugier und des Wohlgefühls, das sie in seiner Gesellschaft verspürt hatte. Etwas an diesem Nachmittag war anders gewesen, fast magisch, als hätten sich die Puzzleteile eines unbekannten Bildes zu einem neuen Ganzen zusammengefügt.

Hamburg, die Arbeit und ihre Wohnung – all das fühlte sich plötzlich so weit weg an, als wäre es Teil eines anderen Lebens. Hier, eingebettet in die Ruhe von Föhr, umgeben von der wohltuenden Natur und der neu entdeckten Nähe zu ihrer Mutter, schienen die Sorgen und der Stress der Großstadt zu verblassen.

Alex dachte an Oles Lächeln, an die Art, wie er die Katze gestreichelt hatte, und an die Leichtigkeit ihres Gesprächs. Es war, als hätte sie einen Teil von sich entdeckt, von dem sie nicht gewusst hatte, dass er fehlte. Die Vorstellung, dass dieser Urlaub irgendwann zu Ende gehen würde, schien ihr unrealistisch, fast unmöglich.

Mit einem Seufzen drehte sie sich im Bett um und schloss die Augen, bereit, sich den Träumen hinzugeben. Doch selbst im Halbschlaf schwebten ihre Gedanken zurück zu Ole, zu dem unerwarteten Gefühl der Verbundenheit und der leisen Hoffnung, dass vielleicht, nur vielleicht, dieser Urlaub mehr für sie bereithielt als nur eine Auszeit vom Alltag.

In dieser Nacht träumte Alexandra von blühenden Gärten, flatternden Schmetterlingen und einem Café, das irgendwo auf Föhr seine Türen öffnete – ein Ort, der ebenso Teil ihres Traums war wie der Beginn einer neuen Geschichte, deren Ende noch in den Sternen geschrieben stand.

DREIZEHN

Am nächsten Morgen, ausgestattet mit einer Mischung aus Vorfreude und einem Hauch von Detektivgeist, machte sich Alex auf den Weg zum Bäcker, in der Hoffnung, Ole und vielleicht auch seine charmante weiße Katze wiederzutreffen. Doch das Schicksal und Ole schienen andere Pläne zu haben, denn von ihm fehlte jede Spur.

Nach dem Einkauf, und weil das Abenteuer sie rief - oder vielleicht auch nur die Neugier - , machte Alex einen kleinen Umweg zu Oles Haus. Sie hoffte insgeheim, vielleicht einen Blick auf das mysteriöse Leben des freundlichen Fremden erhaschen zu können. Doch sein Auto war nicht zu sehen – ein deutliches Zeichen, dass Ole unterwegs war, vielleicht auf geheimer Mission, um die Welt zu retten oder zumindest neue Erdbeertorten-Rezepte zu entdecken.

Leider hatte der Wettergott beschlossen, dass dieser Tag perfekt für eine ausgiebige Dusche sei, und so begann es zu regnen, als hätte jemand vergessen, den Hahn zuzudrehen. Doch Alex ließ sich davon nicht die Laune verderben. Sie war frei, befand sich auf einer wunderschönen Insel und genoss es, mit ihrer entspannten Mutter den Tag zu verbringen.

Mit den frisch gekauften Brötchen in der Hand tänzelte Alex durch die Pfützen zurück nach Hause, als wäre sie die Hauptdarstellerin in einem Musikvideo über den perfekten Regentag. Schmunzelnd beschloss sie, dass dieser Tag, trotz des

Regens und des verpassten Wiedersehens, immer noch voller Möglichkeiten steckte.

»Na, hast du Ole getroffen?«, fragte Beate, als Alex völlig durchnässt zurückkehrte. Ihre Neugierde war unübersehbar, auch wenn sie bemüht war, sich ein Schmunzeln zu verkneifen.

»Nein, habe ich nicht.« Alex hängte ihre nassen Sachen auf und grinste dabei. Trotz des Regens und der verpassten Chance, Ole wiederzusehen, fühlte sie sich irgendwie erfrischt und bereit für das, was der Tag noch bringen mochte.

Während sie sich im gemütlichen Esszimmer Zeit beim Frühstück ließen, trudelte eine Nachricht von Kim ein: »Daniel war bei mir im Café. Er wollte dich dringend sprechen.« Alex zog ihre Stirn kraus und überlegte, was Daniel ihr noch zu sagen hätte. Nach allem, was passiert war, konnte sie sich kaum vorstellen, was so dringend sein könnte. Vermutlich wollte er ihr ein Geschenk zur Wiedergutmachung geben – eine nette Geste, sicherlich, aber Alex war sich nicht sicher, ob ein Geschenk die Dinge zwischen ihnen wieder ins Lot bringen konnte.

»Was will Daniel denn von dir?«, fragte Beate neugierig.

»Ich habe keine Ahnung. Nach unserem letzten Treffen dachte ich, dass das Kapitel für uns beide abgeschlossen wäre«, antwortete Alex nachdenklich. Sie konnte nicht leugnen, dass ein Teil von ihr neugierig war, was Daniel ihr zu sagen hatte, aber ein anderer Teil wollte einfach weitermachen und die Ereignisse der Vergangenheit hinter sich lassen.

Nach einem ausgiebigen Friseurbesuch, bei dem die Frauen entschieden hatten, dass «ein neuer Haarschnitt gleichbedeutend mit einem neuen Lebensabschnitt ist», und einer Massage, die so entspannend war, dass Alex kurz befürchtete, sie könnte als flüssige Version ihrer selbst von der Liege tropfen, trafen sich die Damen in einer urgemütlichen Friesenstube. Dort genossen sie einen Pharisäer – «Ein Kaffee, der sich im Zeugenschutzprogramm vor dem Alkohol versteckt», wie Alex scherzte – und eine Friesentorte, die so lecker war, dass sie beide kurz darüber nachdachten, nie wieder etwas anderes zu essen.

Der Regen hatte nachgelassen, und so konnten Alex und Beate noch einen Strandspaziergang unternehmen, bei dem sie den Wind und die frische Luft genossen. Während sie so am Strand entlangschlenderten und Alex sich bückte, um eine besonders schöne Muschel aufzuheben, kam ihr eine Frage in den Sinn.

»Mama, vermisst du Papa gar nicht?«, wollte sie wissen, ihre Neugierde gemischt mit einem Hauch von Besorgnis.

Beate hielt inne und schaute aufs Meer hinaus, als könne sie dort die Antwort finden. »Ach, weißt du, wenn man so lange zusammen ist, dann ... Ich frage mich, ob es zwischen uns die große Liebe war. Es war nie so viel Leidenschaft in unserer Beziehung, so wie man sie in den Filmen sieht. Vielleicht sind wir nur noch aus Gewohnheit zusammen. Dein Vater kann nicht über seine Gefühle reden, und ich kann dir nicht sagen, ob er glücklich war.«

Alex hörte ihrer Mutter aufmerksam zu, während sie über Beates Worte nachdachte. Es war seltsam für sie, ihre Mutter so offen über ihre Beziehung zu ihrem Vater sprechen zu hören. Doch gleichzeitig fühlte sie eine tiefe Verbundenheit und Verständnis für die Gefühle ihrer Mutter.

»Vielleicht ist es an der Zeit, dass ihr beide mal ein richtiges Gespräch führt. Wer weiß, vielleicht entdeckt ihr ja eine versteckte Leidenschaft, die ihr vergessen habt. Oder ihr findet heraus, dass ihr als beste Freunde besser dran seid«, schlug Alex vor, halb im Scherz, halb ernst.

Beate musste lächeln. »Vielleicht hast du recht. Aber ich glaube, ich brauche erstmal noch ein paar dieser Pharisäer, um genug Mut dafür zu sammeln.«

Lachend setzten sie ihren Spaziergang fort, die Muscheln fest in Alex' Hand.

»Ich hoffe so sehr, dass ich endlich einen Mann finde, der mich aufrichtig liebt. Immer wenn ich Kims Baby auf dem Arm habe, überkommt mich der Wunsch auch Mutter zu werden«, sinnierte Alex, während sie gedankenverloren einen Stein über die Wasseroberfläche springen ließ. Die Sehnsucht in ihrer Stimme war unüberhörbar, ein zarter Hauch von Melancholie schwang mit.

»Mir würde es auch gefallen, Oma zu werden. Ich weiß nicht, warum es heutzutage schwerer ist, einen Partner zu finden. Früher war das anders. Alle hatten früh einen Partner und wurden schnell Eltern. Trotz der vielen Dating-Portale haben so viele Leute Probleme, einen passenden Partner zu finden. Ist doch komisch«, meinte Beate und stapfte durch das Wasser wie ein Storch, der elegant nach Fischen Ausschau hält. Ihre Worte trugen eine Mischung aus Verwunderung und ein bisschen Wehmut.

»Vielleicht liegt es daran, dass wir heutzutage zu viele Optionen haben. Zu viel Auswahl lähmt uns manchmal, und wir vergessen, was wirklich wichtig ist«, überlegte Alex laut. »Oder wir sind einfach zu sehr darauf fixiert, den perfekten Partner zu finden, anstatt jemanden zu suchen, mit dem wir gemeinsam wachsen und uns entwickeln können.«

Beate nickte bedächtig. »Das könnte sein. Vielleicht sollten wir alle ein bisschen weniger nach ‚perfekt‘ suchen und mehr darauf achten, was uns wirklich glücklich macht.«

Die Frauen schwiegen einen Moment und ließen die Worte im Rauschen der Wellen nachhallen. Es war ein seltener, ruhiger Moment der Reflexion, der ihnen beiden zeigte, dass trotz der Unterschiede zwischen ihren Generationen die Suche nach Liebe und Zugehörigkeit etwas Universelles war.

»Aber weißt du was, Mama?«, brach Alex die Stille mit einem Lächeln. »Bis ich diesen mysteriösen Mr. Right finde, habe ich dich, Papa und Kim.»

Beate lachte und schlang einen Arm um ihre Tochter. »Genau, mein Schatz.«

Als sie am Abend gemeinsam Krabben pulten – eine Tätigkeit, die durchaus als meditativ durchgehen könnte, wenn nicht gelegentlich eine Krabbe entscheiden würde, posthum Widerstand zu leisten – und nebenbei klassische Musik lief, klingelte plötzlich das Telefon. Es war Kim, die mit Neuigkeiten über Daniel aufwartete.

»Alex, stell dir vor, Daniel war heute schon wieder im Café. Er macht sich Sorgen, dass du dir seinetwegen etwas antun könntest«, berichtete sie, ihre Stimme eine Mischung aus Besorgnis und leichter Verwunderung.

»Was? Er macht sich ernsthaft Sorgen um mich? Das ist aber rührend. Sag ihm, dass ich mir seinetwegen nicht mal ein Haar rausreißen würde«, schimpfte Alex etwas aufgebracht, während sie einen rebellischen Krabbenpanzer knackte, als wäre es Daniels Ego.

»Ist es schön auf der Insel?«, wollte Kim wissen und summte ihrem Baby zwischendurch ein Schlaflied vor, ein Meisterwerk der Multitasking-Fähigkeit.

»Es ist traumhaft. Du musst unbedingt mal nach Föhr. Es ist der perfekte Ort, um zu entspannen und Krabben zu pulen, während man von romantischen Verwicklungen träumt«, antwortete Alex und konnte sich ein Lachen nicht verkneifen.

Als Alex ihrer Mutter von Daniel berichtete, konnte Beate nicht anders, als inmitten des Krabbenpulens und bei den Klängen von Mozart – oder war es Beethoven? den Kopf zu schütteln.

«Der ist doch wirklich verrückt. Der lässt nicht locker. Vielleicht hat er seine Verlobung aufgelöst und will dich jetzt heiraten«, spekulierte Beate und kratzte sich mit dem Ellbogen an der Nase, eine Kunstfertigkeit, die sie im Laufe der Jahre perfektioniert hatte.

»Den würde ich nicht mal nehmen, wenn er der letzte Mann auf Erden wäre«, entgegnete Alex noch immer wütend, doch in ihren Worten schwang auch ein Hauch von Sarkasmus mit. Sie konnte sich ein Leben, in dem Daniel eine tragende Rolle spielte, beim besten Willen nicht vorstellen – es sei denn, es handelte sich um eine Tragikomödie.

Beate, die sich köstlich amüsierte, legte eine Pause ein und blickte ihrer Tochter tief in die Augen. »Weißt du, Alex, das Leben ist manchmal wie eine dieser Krabben hier – hart an der Außenseite, aber wenn du erst einmal das Innere erreicht hast, kann es ziemlich lecker sein. Und manchmal musst du dich eben durch ein paar Schalen kämpfen, um zum Kern zu gelangen.«

»Mama, du und deine Metaphern. Aber du hast Recht. Ich werde mir von Daniel nicht den Tag verderben lassen. Wir sind hier, um die Insel zu genießen, nicht um über gescheiterte Romanzen nachzudenken.«

VIERZEHN

Am nächsten Morgen begrüßte die Sonne Föhr, doch ein kräftiger Wind sorgte dafür, dass es nicht einfach nur ein sanfter Sommermorgen war, sondern eher eine Generalprobe für einen Herbststurm. Alex, voller Erwartung, machte sich auf den Weg zum Bäcker. Die lange Schlange vor dem Laden war ein klares Zeichen dafür, dass nicht nur sie die Idee hatte, den Tag mit frischen Brötchen zu beginnen.

Und dann, als hätte jemand ihren Gedanken gelesen und beschlossen, ihnen Leben einzuhauchen, kam Ole um die Ecke. Mit federnden Schritten näherte er sich der erstaunten Alex.

»Moin«, begrüßte er sie mit einem Lächeln, das trotz des windigen Wetters Wärme ausstrahlte.

»Moin. Heute habe ich Geld dabei«, erwiderte sie und kämpfte dabei mit ihren Haaren, die der Wind in ein wildes Ballett versetzte und ihr immer wieder vor die Augen wehten. Sie sah vermutlich aus wie ein modernes Kunstwerk im Stil von »Wind trifft Haar«.

»Erholst du dich gut? Leider war gestern Regen, aber es gibt auch ein paar Dinge, die man bei Schietwetter machen kann«, erklärte Ole, als wäre Schietwetter auf Föhr eine Art geheimer Segen, der nur den Eingeweihten bekannt ist.

»Oh, wir haben keine Probleme, uns zu beschäftigen«, antwortete Alex und dachte dabei, dass sie Ole zu gerne wieder im Garten bei Kaffee und Kuchen besuchen würde. Vielleicht könnte sie ihn zu einer weiteren Runde »Kaffee, Kuchen und Katze« überreden – schließlich hatte sie noch nicht herausgefunden, welche Kaffeebohnen er verwendet.

Bevor sie jedoch weiter darüber nachdenken konnte, wie sie das Thema elegant ansprechen könnte, ohne zu offensichtlich nach einer Einladung zu fischen, wurde sie von der Bäckerin aus ihren Gedanken gerissen, die wissen wollte, was sie denn gerne hätte.

Alex stand vor der Tür, während der Wind weiterhin seine ungestümen Spiele mit allem trieb, was nicht niet- und nagelfest war. In ihrem Inneren hegte sie die leise Hoffnung, Ole könnte sie doch noch zu einer weiteren Runde seines exzellenten Kaffees und der unwiderstehlichen Erdbeertorte einladen. Doch als er sich verabschiedete, mit nichts weiter als einem freundlichen »Ich wünsche dir einen schönen Tag« und dann mit großen Schritten in Richtung seines Hauses davonmarschierte, spürte sie eine leichte Enttäuschung in sich aufkeimen.

Ein wenig niedergeschlagen, aber entschlossen, den Tag nicht als verloren zu betrachten, biss Alex in ein Croissant. Kaum berührten die butterweichen, knusprigen Schichten ihre Zunge, schienen ihre Geschmacksknospen eine kleine Party zu feiern. Das noch warme Gebäckstück benebelte ihre Sinne auf eine Art und Weise, die sie beinahe die leichte Enttäuschung vergessen ließ.

Mit jedem Bissen fühlte Alex, wie ihre Stimmung sich aufhellte. »Wer braucht schon eine Einladung, wenn man ein Croissant hat, das schmeckt, als wäre es direkt vom Himmel gefallen?«, dachte sie sich schmunzelnd und machte sich auf den Rückweg nach Hause, den Kopf voller Pläne für den Rest des Tages.

Während sie im Garten frühstückten und die Sonne genossen, wurde Alex' Mutter nachdenklich. Zwischen einem Bissen von dem Körnerbrötchen und einem Schluck von ihrem dritten Kaffee ließ sie eine Bombe platzen.

»Sönke geht mir nicht aus dem Kopf. Vielleicht sollte ich ihn doch treffen. Ich meine nur so, ohne Absichten. Wenn ich schon mal hier bin und er hier noch lebt ...«

Alex, die gerade versuchte, ihren Kaffee zu trinken, ohne sich selbst einen Schnurrbart aus Milchschaum zu verpassen, hielt inne. »Ja, Mama, das solltest du tun. Ist doch ganz nett, sich nach so langer Zeit zu treffen und zu erfahren, was man erlebt hat.«

Beate schaute skeptisch. »Aber was, wenn es komisch wird? Was, wenn er mich nicht mehr erkennt? Oder schlimmer, was, wenn er mich erkennt und sich denkt: ‚Ach du meine Güte, was wollte ich damals nur von ihr?'«

Alex konnte nicht anders, als laut loszulachen. »Mama, du bist wunderbar. Und selbst wenn er das denkt, was ich stark bezweifle, dann kannst du immer noch behaupten, du wärst eine geheime Doppelgängerin und die echte Beate lebt inzwischen auf einer exotischen Insel und züchtet Alpakas.«

Beate musste grinsen. »Alpakas, wirklich? Ich dachte eher an eine Weinplantage in Italien. Aber du hast recht. Ich sollte ihn treffen. Nur um zu sehen, wie es ihm geht. Und um mir selbst zu beweisen, dass ich es kann.«

»Genau! Und wer weiß, vielleicht wird es ein wunderbares Wiedersehen voller Anekdoten und Lachen. Oder es wird so peinlich, dass du eine großartige Geschichte hast, die du auf jeder Party erzählen kannst.«

»Na, bei dem Gedanken an die Partygeschichte fühle ich mich gleich viel besser.«

So beschlossen die Frauen, den Tag nicht nur mit weiteren kulinarischen Genüssen und Spaziergängen zu verbringen, sondern auch mit der Planung eines möglichen Treffens zwischen Beate und Sönke – einem Treffen, das entweder zu einem nostalgischen Rückblick oder zu einer legendären Geschichte für zukünftige Generationen werden könnte.

Die Planung, wie Beate Sönke kontaktieren sollte, entwickelte sich zu einer echten Strategiesitzung zwischen Mutter und Tochter, die jede Geheimdienstoperation in den Schatten stellte. Alex war natürlich für die direkte Konfrontation: einfach an seiner Tür klingeln. Beate hingegen, die Strategin mit einem Hang zum Pragmatismus, bevorzugte den klassischen Weg: ein Anruf, denn sie hatte seine Nummer wie durch ein modernes Wunder im Telefonbuch gefunden.

Letztendlich setzte sich Beate durch. Sie begab sich mit ihrem Handy in eine ruhige Ecke des Gartens, das Gesicht so konzentriert, als würde sie gleich den Code für den Weltfrieden in ihr Handy tippen. Mit zittrigen Stimme Sprach sie auf den AB und hinterließ ihre Nummer. Jedes Wort wurde sorgfältig abgewogen, als hinge das Schicksal der Menschheit davon ab. Doch genau in dem Moment, als sie auflegte, überkam sie ein Anfall von Zweifel. »Vielleicht ist es doch keine gute Idee«, sagte sie plötzlich und sah Alex mit einem Blick an, der eine Mischung aus Panik und der plötzlichen Erkenntnis war, dass sie vielleicht gerade dabei war, einen Jahrzehnte alten Dämon zu wecken.

»Doch, Mama, das ist eine tolle Idee, und ich bin mir sicher, dass Sönke sich sehr freuen wird«, ermutigte Alex ihre Mutter, mit der Begeisterung eines Cheerleaders am Rande eines entscheidenden Spiels.

Beate sah ihre Tochter an, suchte nach einem Funken von Zweifel in Alex' Augen, fand aber nur unerschütterlichen Optimismus. Mit einem tiefen Seufzer ließ sie das Handy fallen, als wäre es plötzlich zu heiß zum Anfassen.

»Jetzt gibt es kein Zurück mehr. Entweder er ruft zurück, oder…«, verkündete Beate dramatisch und ließ sich in den Gartenstuhl fallen, bereit, ihr Schicksal zu akzeptieren.

Alex konnte nicht anders, als zu lachen. »Mama, ich denke, dass er sich ganz schnell melden wird.«

Kaum war eine halbe Stunde vergangen, zeigte Beates Handy – das Objekt ihrer ungeteilten Aufmerksamkeit und nervösen Antizipation – plötzlich ein Lebenszeichen. Ihr Herz begann zu rasen wie ein entflohener Hase bei einer Hundeausstellung, und sie warf ihrer Tochter einen Blick zu, der eine Mischung aus Panik und der stummen Bitte um Hilfe war. »Ich kriege keinen Ton raus!«, jammerte sie, als hätte ihr Körper beschlossen, dass jetzt der perfekte Moment für eine spontane Stummheit sei.

»Mama, sei mutig. Atme tief durch. Wenn du nicht rangehst, gehe ich ran und erzähle Sönke wilde Geschichten von dir. Wie zum Beispiel, dass du heimlich als international gesuchte Spionin lebst und nur zufällig auf Föhr bist, um dich mit deinem nächsten Auftraggeber zu treffen«, drohte Alex mit einem schelmischen Funkeln in den Augen.

»Schon gut«, gab Beate schließlich nach, räusperte sich theatralisch, als würde sie sich auf eine Oscar-reife Rede vorbereiten, und meldete sich mit einem schwachen »Hallo!«, das eher klang, als hätte sie gerade zufällig den Anruf entgegengenommen, während sie durch einen Windkanal spazierte.

Am anderen Ende der Leitung war kurz Stille, als müsste Sönke erst verarbeiten, dass er tatsächlich eine Antwort bekommen hatte, bevor er schließlich sprach. Beates Hand zitterte leicht, während sie das Telefon festhielt, und Alex beobachtete die Szene mit angehaltenem Atem, bereit einzugreifen, sollte ihre Mutter tatsächlich in Ohnmacht fallen oder beschließen, eine Karriere als Pantomimin zu starten.

»Beate? Bist du es wirklich? Es ist so lange her«, hörten sie Sönkes Stimme, die eine Mischung aus Überraschung und Freude erkennen ließ. Beate nickte heftig, als könnte Sönke sie sehen, und schaffte es schließlich, etwas mehr als ein »Hallo« herauszupressen.

»Ja, ich bin's. Wie geht es dir?«, fragte sie, ihre Stimme gewann langsam an Festigkeit, während Alex im Hintergrund einen kleinen Siegestanz aufführte. Die Unterhaltung nahm ihren Lauf, und Beate begann zu erzählen – zunächst zögerlich, dann immer fließender. Alex lehnte sich zurück, ein zufriedenes Lächeln auf den Lippen, stolz auf ihre Mutter und gespannt auf die Geschichten, die dieser Anruf noch nach sich ziehen würde.

Beates Aufregung wich einer Art von Fröhlichkeit, die Alex beinahe beunruhigte. Ihre Mutter schien nach dem Telefonat mit Sönke förmlich zu schweben. Das Gespräch hatte sich über eine Stunde hingezogen, währenddessen Alex sich diskret in den

Garten zurückzogen hatte, um ihre Mutter nicht zu stören und die sonnigen Strahlen auf ihrer Haut zu genießen.

Als Beate schließlich aus dem Haus kam, könnte man meinen, sie hätte soeben den Hauptpreis in einer Lotterie gewonnen. Ihre Wangen glühten vor Aufregung.

»Er hat sich total gefreut und will mich treffen. Gleich heute Abend!«, verkündete sie so laut, dass vermutlich selbst die Nachbarn auf dem nächsten Hof es hören konnten.

»Das ist toll! Wirklich«, erwiderte Alex, obwohl ein Teil von ihr neugierig war, wie dieses Treffen wohl ablaufen würde. Ein kleines Teufelchen auf ihrer Schulter malte sich bereits aus, wie sie sich mit einem Fernglas in den Dünen versteckte, um heimlich das Treffen zu beobachten. Doch sie wusste, die beiden sollten ihre Privatsphäre haben.

»Aber was machst du? Willst du nicht mitkommen?«, fragte Beate, plötzlich besorgt, ihre Tochter könnte sich ausgeschlossen fühlen.

»Nein, nein. Ich hab mich schon daran gewöhnt, die Tage alleine zu verbringen«, antwortete Alex mit gespielter Dramatik, bevor sie schnell hinzufügte: »Ich könnte einen Abendspaziergang am Strand machen oder zufällig an Oles Haus vorbeilaufen. Wer weiß, vielleicht treffe ich ihn ja, und er lädt mich spontan zu Kaffee und Kuchen ein.«

»Pass nur auf, dass du nicht in einen romantischen Roman hineinstolperst.«

Beate war in einem Zustand des modischen Dilemmas gefangen, schwankend zwischen dem Wunsch, jugendlich und frisch zu wirken, und der Angst, Sönke könnte denken, sie hätte sich für eine Kostümparty als ihre eigene Jugend verkleidet. »Mama, du siehst so gut aus für dein Alter«, versicherte Alex, während sie sich mit der Präzision eines Star-Stylisten durch die Kleider ihrer Mutter wühlte, auf der Suche nach dem perfekten Outfit.

Alex' Schminktipps, die sie sich aus einem Video holte, klangen für Beate wie Zauberformeln aus einem alten Buch – sie verstand nur die Hälfte, aber irgendwie funktionierte es.

Nachdem Alex ein schlichtes, aber elegantes Kleid ausgesucht hatte, begann die eigentliche Herausforderung: die wachsende Nervosität ihrer Mutter, die mit jeder vergehenden Minute zu steigen schien, zu lindern.

»Soll ich Sönke ein Geschenk mitbringen?«, fragte Beate unsicher, während sie alle paar Minuten in den Spiegel schaute, als könne sie durch bloßen Willen ihre Spiegelung in die Vergangenheit versetzen.

»Hier, nimm doch diesen Wein mit. Den schaffen wir doch nicht mehr zu trinken«, schlug Alex vor, während sie einen edlen Tropfen aus dem Regal zog, von dem sie insgeheim hoffte, er würde Sönke dazu bringen, jegliche optische Veränderungen bei Beate durch die rosarote Brille des guten Weines zu sehen.

Alex fuhr ihre Mutter, die auf dem Beifahrersitz mehr tanzte als saß, zu Sönkes Haus. Jedes Mal, wenn das Auto auch nur ein wenig langsamer wurde, zuckte Beate zusammen, als ob sie gleich aus dem Wagen springen und zum Nordpol rennen würde, nur um der Situation zu entkommen.

»Oh Gott!«, entfuhr es Beate, als sie vor dem schmucken Haus hielten, das aussah, als wäre es direkt aus einem nordfriesischen Märchenbuch entsprungen.

»Mama, es wird so sein wie damals. Ihr werdet euch ganz schnell vertraut sein«, beruhigte Alex sie, während sie versuchte, ihrer Mutter ein ermutigendes Lächeln zuzuwerfen, das hoffentlich nicht zu sehr nach »Viel Glück, du wirst es brauchen« aussah.

»Gut, dann werde ich jetzt gehen.« Beate klang, als hätte sie sich gerade entschieden, einen Fallschirmsprung ohne Fallschirm zu wagen. Sie stieg aus dem Auto, und Alex konnte sehen, wie Beate tief durchatmete, bevor sie sich zur Tür umdrehte. Es war ein Moment, in dem Stolz und Panik um die Vorherrschaft kämpften.

Alex wartete, bis ihre Mutter vor der hübschen Friesentür stand und mutig die Klingel drückte. Dann fuhr sie zurück, vorbei an Oles Haus, und konnte es nicht lassen, neugierig zu schielen, in der Hoffnung, vielleicht einen Blick auf ihn – oder zumindest auf seine Katze – zu erhaschen.

»Vielleicht sollte ich einfach zufällig anhalten und so tun, als hätte ich mich verfahren«, dachte Alex schelmisch, entschied sich dann aber dagegen. »Nicht, dass er denkt, ich wäre eine Stalkerin. Obwohl, ein bisschen Stalking für Anfänger könnte ja nicht schaden.«

Gerade als sie weiterfahren wollte, tat sich eine unerwartete Begegnung auf: Ole trat mit einem Müllbeutel aus seiner Haustür, direkt in das Blickfeld von Alex' auffällig rosa Wagen. Er wirkte überrascht, als er Alex in ihrem Auto erblickte. Mit einem freundlichen Wink signalisierte er, dass er sie gesehen hatte. Alex' Herz machte einen kleinen Sprung – sollte sie jetzt einfach Gas geben und so tun, als hätte sie ihn nicht gesehen? Doch bevor ihr Gewissen Zeit hatte, auf diese moralische Zwickmühle zu antworten, ließ sie instinktiv das Fenster herunter.

»Moin, was machst du denn hier?«, fragte Ole und näherte sich mit einem Lächeln, das selbst den grauesten Tag aufhellen könnte.

»Ich ... habe meine Mutter ... zu einem Bekannten gebracht«, stotterte Alex, überrascht von der plötzlichen Konfrontation. Ihre Ausrede klang in ihren Ohren so überzeugend wie ein Pinguin, der versucht, seine Flugkünste zu beweisen.

»Hast du Lust auf ein Glas Wein?«, fragte Ole dann, als würde er Alex' geheimsten Gedanken lesen. In diesem Moment fühlte sie sich, als hätte sie gerade den Jackpot geknackt. Manchmal sollte man Wünsche wirklich nur denken, dachte sie, total happy über diese unverhoffte Wendung.

Mit einem breiten Grinsen, das sie kaum noch von den Ohren wegbekam, nickte Alex. »Ja, das klingt ... das klingt großartig.«

Ole lachte. »Super, ich habe da noch einen besonderen Tropfen, den ich schon länger mal trinken wollte.«

Nachdem Alex ihren Wagen aufs Grundstück manövriert hatte, spürte sie, wie ihr Herz wild pochte.

»Wollen wir uns in den Garten setzen?«, schlug Ole vor.

»Ja, sehr gerne.« Ihre Antwort kam prompt, während sie Ole folgte und sich dabei unauffällig umsah. Alles in Oles Haus wirkte ordentlich, als hätte ein Innenarchitekt mit einem leichten Zwang zur Perfektion hier sein Meisterwerk hinterlassen.

Während er in die Küche verschwand, um Gläser zu holen, machte es sich Alex in einem der Strandkörbe gemütlich. Der Abend war warm, Grillen zirpten in einem beruhigenden Rhythmus, und vom Nebengrundstück wehte Gelächter herüber, das die friedliche Stimmung untermalte.

Plötzlich erschien Oles Katze, die neugierig um die Ecke schaute, als wollte sie überprüfen, ob der unerwartete Gast den strengen Katzenstandards genügte. Nach einem kurzen, gründlichen Blick, der fast so wirkte, als würde sie Alex einer eingehenden Qualitätskontrolle unterziehen, verschwand sie wieder – offensichtlich zufrieden, dass keine unmittelbare Gefahr von dem Besucher ausging, oder vielleicht einfach nur enttäuscht, dass dieser kein mitgebrachtes Katzenleckerli zückte.

Als Ole mit einem Tablett zurückkam, auf dem sich neben den Gläsern auch eine Flasche Wein und ein kleiner Teller mit Käse und Oliven befand, musste Alex lächeln. »Du hast wirklich an alles gedacht.«

»Naja, fast alles. Ich habe vergessen, die Katze zu fragen, ob sie dich für würdig hält«, scherzte er. »Aber ich denke, sie hat ihr stilles Einverständnis gegeben. Schön, dass du zufällig bei mir vorbeigefahren bist. Es ist ein ungewöhnlich milder Abend, den wir hier selten haben«, meinte Ole, während er ihre Gläser nur halbvoll füllte.

»Ja, es ist herrlich. Wir haben wirklich Glück mit dem Wetter.« Alexandra triumphierte innerlich, denn das «zufällige Vorbeifahren» war geplant wie die Mondlandung und hatte sich tatsächlich gelohnt.

Die beiden unterhielten sich angeregt und lachten viel, über Themen, die von der Philosophie der besten Weinjahrgänge bis hin zu den eskapadenhaften Abenteuern von Oles Katze reichten, die anscheinend der heimliche Star der Nachbarschaft war. Alex war unglaublich froh, dass sie diesen schönen Abend nicht alleine verbringen musste und dass das Universum – oder zumindest der Zufall – sie hierhergeführt hatte.

»Weißt du, ich glaube, ich sollte öfter 'zufällig' an Häusern vorbeifahren, wenn das solche Abende zur Folge hat«, scherzte Alex, während sie einen weiteren Schluck ihres Weines nahm.

Ole lachte. »Ich werde darauf achten, immer eine Flasche Wein im Kühlschrank zu haben, für alle ‚zufälligen' Besucher. Aber nur, wenn sie so angenehme Gesellschaft sind wie du.«

Als Alex auf die Uhr schaute und feststellte, dass es bereits nach ein Uhr war, zuckte sie zusammen, als hätte sie gerade entdeckt, dass Zeitreisen möglich sind und sie unfreiwillig Teil eines Experiments geworden war. Erschrocken warf sie einen Blick auf ihr Handy, nur um festzustellen, dass ihre Mutter sich nicht gemeldet hatte. Offensichtlich war sie noch nicht zu Hause.

»Es war ein sehr netter Abend. Vielen Dank für die gute Bewirtung«, verabschiedete sich Alex und erhob sich, wobei sie das Gefühl hatte, ihre Glieder müssten erst wieder auftauen.

»Ich habe mich sehr über deinen Besuch gefreut. Morgen muss ich für drei Tage aufs Festland. Dann werden wir uns nicht mehr sehen. Wenn du mal wieder auf der Insel bist, melde dich doch einfach«, schlug Ole vor. Seine Worte hallten in Alex' Kopf wider und hinterließen ein Gefühl der Enttäuschung. Sie hatte gehofft, sich ein weiteres Mal mit ihm zu treffen, vielleicht um herauszufinden, ob seine Katze sie endgültig akzeptiert hatte oder einfach nur, um mehr von diesem exzellenten Wein zu trinken.

Alex versuchte, ihre Enttäuschung zu verbergen, was ungefähr so gut klappte wie der Versuch, ein Nilpferd in einem Ballerinarock zu verstecken. »Oh, das ist schade. Aber ja, ich werde mich melden. Vielleicht kann ich ja beim nächsten Mal deine Café-Eröffnung feiern.«

Mit einem letzten Lächeln und einer Umarmung, die irgendwo zwischen »leb wohl« und »bis bald« schwebte, verabschiedete sie sich von Ole. Als sie zurück zu ihrem rosa Auto ging, dachte sie bei sich, dass diese Insel ihr mehr unerwartete Wendungen geboten hatte als jede Seifenoper.

Und während sie nach Hause fuhr, in der Hoffnung, dass ihre Mutter nicht versehentlich beschlossen hatte, mit Sönke durchzubrennen, konnte sie nicht anders, als zu denken, dass das Leben manchmal einfach verrückt war – aber auf die bestmögliche Art und Weise.

Als Alex feststellte, dass Beates Bett leer war, wuchsen ihre Sorgen ins Unermessliche. Ihre Skepsis gegenüber Männern, die seit der Geschichte mit Daniel nur stärker geworden war, machte die ganze Situation nicht einfacher. Hastig tippte sie eine Nachricht an ihre Mutter, doch als keine Antwort kam, stieg ihre Besorgnis weiter.

Gerade als Alex beschloss, ins Auto zu springen und zu Sönke zu fahren – bereit, im Zweifelsfall ihre Mutter mit einem Kommando-Rollgriff aus einer möglichen Verlegenheit zu retten –, hörte sie die Haustür ins Schloss fallen.

»Mama! Weißt du wie spät es ist?«, rief Alex, während sie aus dem Wohnzimmer stürzte, bereit, Beate eine Standpauke zu halten, wie es nur besorgte Töchter können.

»Ja, das weiß ich. Die Zeit verging so schnell und ...«, Beate wirkte glückselig, fast schwebend, als wäre sie auf Wolke sieben und ein paar Wolken darüber hinaus.

»Dann erzähl jetzt schnell, wie es gewesen ist.« Alex' Tonfall schwankte zwischen Ungeduld und brennender Neugier. Ihre Sorge verwandelte sich in Spannung, als sie ihre Mutter so glücklich sah.

Beate setzte sich, immer noch mit einem verträumten Lächeln auf den Lippen, und begann zu erzählen. »Es war, als wäre keine Zeit vergangen. Wir haben gelacht, über alte Zeiten gesprochen und ...« Ihre Erzählung war voller Anekdoten, die klangen, als kämen sie direkt aus einem romantischen Film, komplett mit peinlichen Pausen, tiefen Blicken und zufälligen Berührungen, die Schmetterlinge hätten neidisch machen können.

Alex hörte fasziniert zu, ihre vorherige Besorgnis verflogen, ersetzt durch Begeisterung über das offensichtliche Glück ihrer Mutter.

»Und dann?«, drängte sie, als Beate innehielt, offensichtlich verloren in der Erinnerung an den Abend.

»Und dann hat er mich nach Hause gebracht. Er sagte, er möchte mich wiedersehen, bevor ich die Insel verlasse.« Beates Stimme war leise, fast ehrfürchtig, als sie dies aussprach.

Alex konnte nicht anders, als zu lächeln. »Mama, das klingt ja fast so, als hättest du ein Date aus einem alten Liebesfilm erlebt.«

Beate nickte. »Genau so hat es sich angefühlt.«

»Und? Ist er verheiratet?«, wollte Alex noch wissen, während sie gähnte – ein Zeichen, dass das Bett sie mindestens genauso sehr rief wie die Neugierde auf die Lovestory ihrer Mutter.

»Er ist seit drei Jahren geschieden und es gibt keine Frau in seinem Leben.«

Beates Antwort ließ Alex innerlich aufstöhnen und sie musste an ihren Vater denken. Der arme Kerl. Wenn seine Frau ihn verließ, würde er vermutlich in eine tiefe Traurigkeit verfallen, sein Dasein mit sentimentalen Country-Songs unterlegen und womöglich mit dem Gedanken spielen, ein Buch über verlorene Liebe zu schreiben. Das wollte Alex auf keinen Fall. Sie war es gewesen, die ihre Mutter zu einem Treffen mit Sönke gedrängt hatte, und nun schien es, als hätte Beate sich ein zweites Mal in ihn verliebt. Vielleicht war die Reise nach Föhr doch keine so gute Idee gewesen!

»Mama, du kannst Papa doch nicht einfach für einen Mann verlassen, den du vor 20 Jahren getroffen hast. Denk an all die schönen Momente, die ihr hattet. Wie ihr ... ähm ... zusammen im Garten Unkraut gejätet habt oder ... äh ... gemeinsam diese langweiligen Dokumentationen über antike Töpferkunst geschaut habt.« Alex versuchte, gute Argumente zu finden, aber irgendwie klang alles, was ihr einfiel, nicht wirklich überzeugend.

Beate lachte leise. »Keine Sorge, mein Schatz. Dein Vater und ich haben noch einiges zu besprechen. Aber es fühlt sich schön an, zu wissen, dass ich noch immer Gefühle für jemanden haben kann. Es ist kompliziert.«

»Kompliziert«, wiederholte Alex und dachte, dass dieses Wort wohl das Unterstatement des Jahrhunderts war. Sie beschloss, dass sie in Zukunft vielleicht etwas vorsichtiger sein sollte, wenn es darum ging, Liebesleben anderer Leute zu beeinflussen. Oder zumindest sollte sie das nächste Mal besser nachdenken, bevor sie ihre Mutter in eine romantische Reunion schickte.

»Hast du dir einen schönen Abend gemacht?«, fragte Beate, während sie ihre Zähne putzte und dabei strahlte, als hätte sie gerade an einer Werbung für Zahnpasta teilgenommen.

»Ja, einen sehr netten«, schmunzelte Alex. »Ich war bei Ole.«

»Oh! Wie schön. Und?«, hakte Beate nach, die Zahnbürste kurz pausierend, als ob das Schicksal ihrer Tochter vom Ausgang dieser Geschichte abhinge.

»Nichts und! Wir haben uns sehr nett unterhalten. Ole ist ein toller Mann, aber glaub nicht, dass ich mich in ihn verliebt habe.« Alex versuchte, ihren Tonfall so nonchalant wie möglich klingen zu lassen, aber innerlich war sie ein Wirrwarr aus Gefühlen. »Zudem muss er morgen aufs Festland und wir werden uns nicht wiedersehen.« Bei diesen Worten fühlte Alex einen kleinen Stich im Herzen, denn sie mochte Ole definitiv mehr, als sie zugeben wollte.

«Ach, Liebes, das klingt ja fast, als wäre es aus einem dieser romantischen Filme, in denen die Hauptdarstellerin nicht weiß, dass sie verliebt ist, bis der Zug abfährt.«

Alex rollte mit den Augen. »Mama, das ist das echte Leben, nicht ‚Die letzten fünf Minuten am Bahnhof'. Außerdem gibt es hier keinen Bahnhof, und Ole fährt mit dem Auto.«

Beate sah ihre Tochter nachdenklich an, spülte den Mund aus und sagte dann: »Vielleicht ist es ja nicht das letzte Mal. Die Welt ist klein, mein Schatz.«

So endete der Abend für Mutter und Tochter mit einem Lächeln und einem Hauch von Hoffnung. Während Beate sich ins Land der Träume und möglicherweise zu Sönke träumte, lag Alex wach und überlegte, ob sie nicht vielleicht doch eine Reise aufs Festland planen sollte – natürlich rein zufällig, genau wie alles andere auf dieser Insel.

In der Nacht wachte Alex schweißgebadet auf, nachdem sie von einem Alptraum heimgesucht worden war, in dem ihr Vater in einem Anfall von Eifersucht Sönkes Vorgarten dem Erdboden gleichgemacht hatte – mit einer Gartenschere und einer ungesunden Dosis Rasendünger. Sie schlich in die Küche, eher um sich von dem bizarren Traum abzulenken, als aus wirklichem Durst, und setzte Wasser für Tee auf.

Als der Kessel pfiff – ein Geräusch, das sich anhörte wie die Sirene für den Weltuntergang –, tauchte Beate auf, die sich verschlafen die Augen rieb. Alex entschied im Bruchteil einer Sekunde, dass ihr Traum definitiv nicht Gesprächsthema Nummer eins werden sollte. »Kannst du auch nicht schlafen? Es ist so warm«, murmelte Beate, als wäre sie halb in einer anderen Dimension.

Alex nickte nur.

»Ich kann es nicht glauben, dass ich Sönke getroffen habe. Es war so schön, ihn wiederzusehen. All die Jahre konnte ich ihn nicht vergessen«, gestand Beate in einem Ton, der Alex glauben machte, ihre Mutter würde gleich in einen romantischen Schwank aus vergangenen Zeiten abdriften.

»Nun weißt du, dass es ihm gut geht«, meinte Alex und versuchte, das Gespräch auf eine pragmatischere Ebene zu lenken, während sie zwei Tassen Tee servierte. Innerlich hoffte sie, dass ihre Mutter und Sönke einfach nur gute Freunde bleiben würden. Denn da war ja noch ihr Vater, der zweifellos seine Frau und Tochter vermisste.

Alex war zerrissen zwischen dem Wunsch, ihre Eltern zusammenzuhalten, und der Erkenntnis, dass ihre Mutter offensichtlich glücklicher mit Sönke war als mit ihrem Vater.

Die beiden saßen schweigend da, nippten an ihrem Tee und dachten über die ungewisse Zukunft nach. Irgendwie fühlte sich das Leben in diesem Moment an wie eine Mischung aus einer Quizshow und einer Telenovela – nur ohne Werbepausen und mit viel mehr Tee.

Als Alex sich müde ins Bett legte, begannen Bilder von Ole, ihrem unerwarteten Ritter der modernen Zeit, vor ihren Augen zu tanzen. Sein Gesicht, dekoriert mit frechen Sommersprossen, schien in ihrem Kopfkino eine Hauptrolle zu spielen. Was wollte ihr Inneres ihr damit sagen? Ole war zweifellos ein toller Mann, so viel stand fest. Aber verliebt? Alex war sich da nicht so sicher. Und auch Ole hatte, so schien es, kein konkretes Interesse daran gezeigt, Alex wiederzusehen, abgesehen von seiner höflichen, aber eher unverbindlichen Einladung.

Irgendwann, nachdem sie das Gefühl hatte, mindestens drei Runden in der Achterbahn ihrer Gedanken gedreht zu haben, schlief sie ein.

FÜNFZEHN

Am Morgen wurde Alex durch das leise Flüstern ihrer Mutter geweckt, die offenbar ein Telefongespräch führte. Alex rieb sich die Augen und lauschte, halb im Traum, halb in der Realität. Wer konnte das wohl sein? Sönke? Der Präsident des Gartenvereins, der um Schadensbegrenzung bat?

Als Alex, frisch geduscht aber irgendwie mit einer Wolke schlechter Laune über dem Kopf, ins untere Stockwerk kam, war Beate bereits in voller Aktion und zauberte das Frühstück. »Soll ich heute mal Brötchen holen?«, fragte sie und drückte ihrer Tochter einen liebevollen Kuss auf die Stirn – eine Geste, die Alex normalerweise schätzen würde, wäre da nicht dieser innere Griesgram, der heute Morgen ihr Gemüt trübte.

»Wir können auch Brot essen«, meinte Alex und ließ sich auf einen Stuhl fallen, als würde sie damit den letzten Rest ihrer Energie verbrauchen. Ihre Stimme klang dabei so begeistert wie die eines Teenagers, der zum Zahnarzt muss.

»Geht es dir nicht gut?«, erkundigte sich Beate, deren Fröhlichkeit in krassem Kontrast zu Alex' Stimmung stand. Sie klang dabei so munter, als hätte sie gerade ein geheimes Elixier für ewige Jugend entdeckt.

»Doch, doch.« Alex' Antwort kam etwas zu schnell, als würde sie versuchen, ihre Mutter und vielleicht auch sich selbst davon zu überzeugen, dass alles in bester Ordnung war.

In Wahrheit war Alex' Laune so grau wie der Himmel über Hamburg an einem typischen Novembermorgen. Vielleicht lag es an dem abrupten Ende ihres Traums von Ole, vielleicht auch an der Ungewissheit bezüglich ihrer Mutter und Sönke – oder einfach nur daran, dass der Tag mit dem falschen Fuß begonnen hatte.

Beate, die ihre Tochter kannte wie die Rückseite ihrer eigenen Hand, ließ sich jedoch nicht so leicht täuschen. Mit einem Blick, der ein Mix aus Sorge und mütterlicher Intuition war, beschloss sie, das Frühstück heute besonders lecker zu machen. Vielleicht würde ein guter Start in den Tag Alex' Stimmung heben.

»Weißt du was? Ich hol nicht nur Brötchen, ich hol die besten Brötchen im ganzen Ort. Und dazu noch deine Lieblingsmarmelade.« Beate war fest entschlossen, mit Lebensmitteln zu zaubern, wenn Worte nicht helfen konnten.

Alex konnte nicht anders, als bei diesen Worten ein kleines Lächeln zu zeigen. Ihre Mutter wusste immer, wie sie sie aufmuntern konnte – mit einer Mischung aus Liebe, Hartnäckigkeit und, wenn nötig, mit Backwaren. Vielleicht war der Tag doch nicht ganz verloren.

Im Schutz des Strandkorbs, der sich wie eine kleine Festung im Garten anfühlte, öffnete Alex die Nachricht von Kim und las sie durch. »Daniel ist wieder im Café gewesen. Melde dich doch bitte bei ihm und sag ihm selbst, dass es dir gut geht und er dich in Ruhe lassen soll. Ich habe keine Lust mehr, die Botin zu sein. Einen schönen Tag und schicke mir mal Bilder. Kim.«

Alex seufzte. Daniel war wie ein hartnäckiger Kaugummi unter einem Schuh – egal, wie sehr man versuchte, ihn loszuwerden, er klebte weiterhin fest.

»Okay, Daniel, du willst also, dass ich mich melde? Na warte«, murmelte Alex mit einem Schmunzeln. Sie konnte sich schon die perfekte Nachricht an ihn vorstellen, die so kühl und distanziert sein würde, dass sogar ein Eisberg neidisch werden könnte.

Sie tippte schnell eine Antwort an Kim: »Danke für die Info. Ich werde mich um Herrn Hartnäckig kümmern.«

Nachdem sie die Nachricht abgeschickt hatte, legte Alex ihr Handy beiseite und versank wieder in ihr Buch. Doch die Worte auf den Seiten verschwammen vor ihren Augen, während sie über die Situation mit Daniel nachdachte.

Mit neuer Entschlossenheit fasste Alex den Plan, Daniel eine Nachricht zu schreiben, die so klar und unmissverständlich sein würde, dass selbst ein Seestern die Botschaft verstehen könnte. Doch bevor sie das tat, wollte sie diesen friedlichen Morgen genießen, das Rauschen des Windes hören und den Duft von frischem Kaffee und Brötchen, den ihre Mutter gleich mitbringen würde, vorwegnehmen.

Das ausgiebige Frühstück, angereichert mit den besten Brötchen des Ortes und Alex Lieblingsmarmelade, wirkte Wunder auf ihre Stimmung. Während sie zusammen den Frühstückstisch abräumten, konnte Alex spüren, wie die gute Laune ihrer Mutter auf sie übergriff. Doch dann kam Beates Frage, die wie ein kleiner Dämpfer wirkte.

»Sag mal, würde es dich stören, wenn ... ich mich am Nachmittag mit Sönke treffe? Er wollte mit mir in die Vogelkoje.« Beate wirkte dabei ein wenig unsicher, als würde sie befürchten, ihre Tochter könnte Einwände haben.

Innerlich war Alex nicht begeistert bei dem Gedanken, ihre Mutter könnte sich erneut mit Sönke treffen. Die ganze Situation war kompliziert genug, und ein Teil von ihr sorgte sich um die Konsequenzen, die dieses Treffen für die Familie haben könnte. Doch sie wusste auch, wie glücklich ihre Mutter nach dem letzten Treffen mit Sönke gewesen war, und wollte ihr dieses Glück nicht verwehren.

»Kein Problem. Ich gehe an den Strand und nehme mein dickes Buch mit.« Alex versuchte, so gleichgültig wie möglich zu klingen, und lächelte dabei. Sie wollte ihre Mutter unterstützen, auch wenn sie sich unsicher fühlte, was die richtige Entscheidung betraf.

Als Beate erleichtert lächelte und ihre Tochter dankbar umarmte, fühlte sich Alex ein bisschen wie eine Schauspielerin, die gerade ihre Rolle perfekt gespielt hatte. Sie beschloss, den Tag am Strand zu genießen und sich in ihr Buch zu vertiefen, um die Gedanken an Daniel, Ole und das komplizierte Liebesleben ihrer Mutter für eine Weile zu vergessen.

Vielleicht würde der Tag am Strand ihr die nötige Klarheit und Ruhe bringen, um mit all den emotionalen Wirbeln umzugehen, die das Leben auf Föhr mit sich brachte.

Die Frauen genossen den Vormittag auf der Insel mit einer Radtour. Als der Nachmittag heranrückte, begann Beate, sich für ihr Treffen mit Sönke fertig zu machen. Alex konnte nicht umhin, einen Kommentar zu ihrer Mutters Wahl der Garderobe abzugeben. »Mama, ihr geht in eine Vogelkoje und nicht in die Mailänder Scala«, sagte sie und riet ihrer Mutter zu einem entspannteren Outfit aus Jeans und T-Shirt.

Pünktlich fuhr Sönke mit seinem Sportwagen vor. Er stieg aus und half Beate mit einer beeindruckenden Galanterie ins Auto. Alex beobachtete die Szene vom Fenster aus, ein bittersüßes Gefühl in der Brust. Ihr Herz wurde schwer bei dem Gedanken, dass ihre Mutter sich womöglich in Sönke verliebt hatte. Was würde aus ihrem Vater werden, wenn Beate beschloss, zu Sönke nach Föhr zu ziehen?

Die Gedanken wirbelten in Alex' Kopf herum, während sie sah, wie der Sportwagen mit ihrer Mutter und Sönke davonfuhr. »Sollte ich anfangen, Kisten für den Umzug zu packen oder lieber eine Familienkonferenz einberufen?«, überlegte sie halb im Scherz, halb ernsthaft. Es war eine dieser Situationen, in denen man nicht wusste, ob man lachen oder weinen sollte.

Entschlossen, sich nicht von ihren Sorgen überwältigen zu lassen, beschloss Alex, den restlichen Tag zu nutzen, um sich abzulenken. Vielleicht würde ein langer Spaziergang am Strand oder ein weiterer Besuch bei Ole – rein zufällig, natürlich – ihr helfen, einen klaren Kopf zu bekommen. Doch tief im Inneren wusste sie, dass es keine leichte Aufgabe sein würde, die

Gedanken an die möglichen Veränderungen in ihrer Familie beiseite zu schieben.

Während Alex in ihrer Strandmuschel lag und eine junge Mutter mit ihren zwei kleinen Kindern beobachtete, fühlte sie eine Mischung aus Mitgefühl und Neugier. Die Kinder schienen voller Energie und Freude zu sein, jagten einander und lachten laut, während ihre Mutter versuchte, sie im Auge zu behalten und gleichzeitig alles Notwendige für einen Tag am Strand zu organisieren. Sie sah tatsächlich ein bisschen genervt aus. Kinder zu bespaßen war zweifellos eine Herausforderung, besonders wenn man dabei auch noch auf ihre Sicherheit achten musste.

Alex ertappte sich dabei, wie sie über die Geschichte dieser Familie spekulierte. Hatte sich der Vater vielleicht getrennt, oder musste er arbeiten? Oder war er vielleicht sogar verstorben? Die Möglichkeiten schienen endlos, und jede hatte ihre eigenen Herausforderungen und Geschichten. Alex musste zugeben, dass es nicht ihre Angelegenheit war, aber die Beobachtung führte ihr vor Augen, wie komplex und vielschichtig die Leben anderer Menschen sein konnten.

Sie lenkte ihre Aufmerksamkeit zurück auf das warme Gefühl des Sandes zwischen ihren Zehen, das sie schon als Kind geliebt hatte. Es war eine einfache Freude, die sie für einen Moment die komplizierten Gedanken über die Familie vergessen ließ. Sie schloss die Augen und lauschte den Wellen, den Kinderlachen und den Möwen, die in der Ferne kreischten. Es war ein perfekter Moment der Ruhe und Zufriedenheit, ein seltener Zustand, den Alex in letzter Zeit zu selten erlebt hatte.

In diesem Moment der Entspannung dachte sie über ihr eigenes Leben nach, über die Unsicherheiten und die Entscheidungen, die vor ihr lagen. Doch anstatt sich Sorgen zu machen, erinnerte sie sich daran, dass es manchmal die kleinen Dinge sind, die zählen – wie der warme Sand unter ihren Füßen und das beruhigende Rauschen der Wellen. Vielleicht war es das, was das Leben ausmachte: die Fähigkeit, trotz aller Unwägbarkeiten Momente der Ruhe und des Glücks zu finden.

Als Alex den Strand verließ, voller Vorfreude auf die Krabben, die sie so mühevoll gepult hatten, erblickte sie einen Mann, der vor ihrem Haus auf der Bank neben der Eingangstür saß. Da Alex aus der Ferne nicht gut sehen konnte, erkannte sie zunächst nicht, wer der Mann war. Erst als sie näherkam, bemerkte sie, dass es ihr Vater war, der in sein Handy vertieft war. »Oh nein!«, murmelte sie leise für sich. »Was soll ich ihm sagen, wenn er fragt, wo Mama ist?«

»Hallo, Papa!«, rief Alexandra aus, bemüht, eine fröhliche Fassade aufrechtzuerhalten, während ihr Inneres ein emotionales Durcheinander war. Tobias blickte auf und lächelte.

»Ich dachte, ich überrasche euch. Wo ist denn deine Mutter?«

In Alex' Kopf ratterten die Zahnräder. »Ähm, Mama hat... einen Malkurs besucht!«, improvisierte sie schnell. »Sie wollte schon immer mal die nordfriesische Landschaft malen. Du weißt doch, wie künstlerisch sie veranlagt ist.«

Ihr Vater schien zufrieden mit der Antwort, auch wenn Alex sich sicher war, dass Beate nie ernsthaftes Interesse am Malen gezeigt hatte.

»Wie hast du uns gefunden?«, wunderte Alex sich, während sie mit zittrigen Händen die Tür aufschloss. Die Überraschung, ihren Vater so unerwartet vor der Tür zu finden, hatte ihre Nerven leicht strapaziert.

»Paul hat mir gezeigt, wie ich deine Mutters Handy orten kann«, sagte Tobias voller Stolz. Für jemanden, dem es schwerfiel, sein Handy für mehr als Telefonate zu nutzen, war dies eine beachtliche Leistung.

»Ah, super!«, erwiderte Alex, wobei sie sich fragte, ob sie sich Sorgen machen sollte, dass ihr Vater nun in die Welt der digitalen Überwachung eingetaucht war.

»Das ist aber ein schönes Haus«, bemerkte Tobias, während er sich umsah. Er wirkte beeindruckt von der gemütlichen Einrichtung und der warmen Atmosphäre des Hauses.

»Ich muss dringend mit deiner Mutter reden. Ich werde mit ihr eine Paartherapie machen.« Seine Stimme klang entschlossen, als hätte er einen festen Plan gefasst. »Habe mich darüber ein bisschen schlau gemacht und Rudi erzählte mir auch, dass sie eine Therapie gemacht haben und es jetzt wieder super läuft.«

Alex war überrascht, nicht nur von der plötzlichen technischen Versiertheit ihres Vaters, sondern auch von seiner Offenheit, an seiner Beziehung zu arbeiten. Es war ein unerwartet positiver Wendepunkt, der Hoffnung auf eine Lösung für die familiären Spannungen machte, wäre da nicht Sönke...

»Das klingt doch nach einer guten Idee, Papa. Ich bin sicher, Mama wird das zu schätzen wissen. Und wer weiß, vielleicht bringt es euch wirklich wieder näher zusammen«, sagte Alex, die nun ein wenig beruhigter war. Innerlich musste sie grinsen bei dem Gedanken an ihren Vater, der sich durch Internetforen und Ratgeber wühlte, um seine Ehe zu retten. Es war ein Bild, das sie so noch nie von ihm gehabt hatte.

Während Alex sich in der Dusche den Sand abspülte, bereitete sie sich mental auf das bevorstehende Drama vor, das unweigerlich folgen würde, sobald ihre Mutter nach Hause kam. Ihr Vater hatte es sich derweil im Strandkorb gemütlich gemacht, ein Krabbenbrötchen in der Hand und ein Lächeln auf den Lippen, in freudiger Erwartung des überraschten Gesichts seiner Frau.

»Wie lange geht denn der Malkurs?«

»Oh, der geht ein paar Stunden und ...« Alex mochte nicht lügen, besonders nicht ihrem Vater gegenüber, der mit so viel Vorfreude auf seine Frau wartete. Aber was sollte sie sonst tun? Die Wahrheit sagen und riskieren, dass Tobias einen emotionalen Zusammenbruch erlitt, weil seine Frau sich mit einer alten Flamme traf, statt Pinselstriche auf einer Leinwand zu üben?

»... und danach wollten sie noch die Gemälde im örtlichen Museum analysieren. Mama sagte, das sei ein wichtiger Teil des Kurses, um ein besseres Verständnis für Farben und Techniken zu bekommen«, fuhr sie fort, ihre Geschichte mit so vielen künstlerischen Details ausschmückend, dass sie selbst fast daran zu glauben begann.

Ihr Vater nickte, scheinbar zufrieden mit der Erklärung.

»Das klingt ja nach einem sehr intensiven Kurs. Ich wusste gar nicht, dass deine Mutter so eine Leidenschaft für Malerei hat.«

»Oh ja, ganz plötzlich kam das«, antwortete Alex und hoffte, dass ihre Stimme nicht zu zittern begann. »Sie spricht schon die ganze Zeit davon.«

In diesem Moment wünschte sich Alex, sie könnte sich in eine Krabbe verwandeln und einfach davonkrabbeln. Stattdessen lächelte sie ihren Vater an, der sein Brötchen wieder in Angriff nahm, und setzte sich zu ihm, während sie darauf wartete, dass Beate nach Hause kam und das nächste Kapitel in dieser verrückten Familiengeschichte aufgeschlagen wurde.

Im Badezimmer, weit weg von den schlafenden Augen ihres Vaters, versuchte Alex verzweifelt, ihre Mutter zu erreichen. Doch Beate schien wie vom Erdboden verschluckt – kein Anruf wurde entgegengenommen, keine der zehn Nachrichten beantwortet. Alex' Fantasie malte sich wilde Szenarien aus, von einer romantischen Verirrung in der Vogelkoje bis hin zu einer spontanen Auswanderung nach Dänemark.

Wieder zurück, fand sie Tobias, wie er friedlich im Strandkorb schlummerte, ein Bild der Zufriedenheit mit einem halb gegessenen Krabbenbrötchen als stummem Zeugen seiner letzten Aktivität. Alex empfand es als kleines Geschenk des Universums, dass sie ihm keine weiteren Lügengeschichten auftischen musste.

Als ihr Vater schließlich erwachte, hatte der Tag sich bereits in einen dunklen Abend verwandelt. Sein erster Gedanke galt seiner Frau. »Sag mal, ist Beate noch immer nicht zurück?«, fragte er, die Stirn in Falten legend.

»Sie hat mir eben geschrieben, dass sie noch etwas trinken gehen«, improvisierte Alex schnell, während ihr innerer Moral-Kompass wild zu rotieren begann. »Ich habe ihr nicht gesagt, dass du hier bist. Oder sollte ich das?«

»Nein, nein, es soll ja eine Überraschung sein«, antwortete Tobias, sichtlich bemüht, seine Enttäuschung zu verbergen. In seinen Augen flackerte die Hoffnung, seine Frau mit seinem unangekündigten Besuch zu überraschen, während in Alex' Gedanken ein ganz anderes Szenario abspielte.

Mit einem mulmigen Gefühl im Bauch und der Befürchtung, dass ihre kleine Notlüge bald auffliegen könnte, beschloss Alex, den Abend so gut es ging zu retten. Sie zauberte ein improvisiertes Abendessen, während ihr Vater die Gelegenheit nutzte, von vergangenen Familienurlauben zu erzählen.

Trotz der harmonischen Fassade konnte sie nicht verhindern, dass ihr Blick immer wieder zum leeren Stuhl gegenüber wanderte, der stumme Zeuge des Abends war, an dem ihre Familie vielleicht eine ihrer größten Veränderungen erleben würde.

Als Alex sich darum bemühte, das kleine Gästezimmer für ihren Vater herzurichten, in dem nichts weiter als ein Schlafsofa und eine Stehlampe mit fragwürdiger Stabilität standen, wurde die häusliche Idylle jäh unterbrochen. Der Schlüssel drehte sich im Schloss, und Beates Stimme hallte durch den Flur: »Ich bin wieder da! Sorry, aber Sönke wollte mich nicht gehen lassen!« Ihr Tonfall schwankte irgendwo zwischen dem eines Teenagers, der zu spät von einer Party kommt, und dem einer Abenteurerin, die gerade aus dem Dschungel entkommen ist.

Alex drehte sich um und sah in das überraschte Gesicht ihres Vaters, dessen Augenbrauen so hoch wanderten, dass sie fast mit seinem Haaransatz verschmolzen.

»Sönke ist der Leiter des Malkurses«, erklärte Alex hastig, wohl wissend, dass diese Erklärung so dünn war wie das Eis, auf dem sie sich gerade bewegte.

Ohne weiter zu zögern – und getrieben von einer Mischung aus Sorge und Neugier – rannte Alex die steile Treppe hinunter, um ihre Mutter in Empfang zu nehmen. Doch das Schicksal hatte andere Pläne. Alex' Füße verloren den Kontakt zum Boden, und sie rutschte mehr die Treppe hinunter, als dass sie lief, nur um am Ende mit einem weniger als eleganten Satz und einem schmerzverzerrten Gesicht liegenzubleiben.

Beate, die noch im Flur stand und leicht schwankte – ein Zeichen dafür, dass der Malkurs sehr »flüssig« gewesen sein musste –, lachte. »Ach, Alex, immer die Dramatikerin!«, rief sie aus und amüsierte sich über die akrobatische Einlage ihrer Tochter.

Als Tobias die Treppen hinunterkam und seine Frau ihn entdeckte, stieß sie einen Schrei aus, der eindeutig mehr Überraschung als Freude verriet.

»Was machst du denn hier?«, fragte Beate, sichtlich geschockt, als hätte sie eher einen Außerirdischen als ihren eigenen Ehemann im Haus erwartet.

»Ich wollte mit dir reden«, sagte er ruhig und kniete sich neben Alex, die am Boden lag und vor Schmerzen stöhnte. Die Szene hätte glatt aus einem schlecht inszenierten Drama stammen können, wäre sie nicht so real und schmerzhaft gewesen.

»Kaum bist du hier, passiert etwas!«, warf Beate ihrem Mann vorwurfsvoll an den Kopf, als ob seine bloße Anwesenheit die Gravitationsgesetze außer Kraft gesetzt und Alex' Sturz verursacht hätte. Ihr Tonfall ließ vermuten, dass sie ihn für so ziemlich alles verantwortlich machte – von der globalen Erwärmung bis hin zu Alex' Missgeschick.

Tobias, der in einer unglücklichen Mischung aus Sorge und Verwirrung gefangen war, sah von Alex zu seiner Frau und wieder zurück.

»Ich wollte einfach nur mit meiner Familie zusammen sein«, stammelte er, und man konnte fast die Geigenspieler im Hintergrund hören, die zu dieser tragikomischen Szene spielten.

»Mama, kannst du bitte meine Arnicasalbe aus meinem Zimmer holen und danach setzen wir uns alle ins Wohnzimmer und reden«, schlug Alex vor, in einem Versuch, die Situation zu entschärfen, die sich dramatischer entwickelte als jede Folge von »Verbotene Liebe«. Beate, deren Stimmung schneller kippte als ein Segelboot bei Sturm, stampfte die Treppen hinauf, wobei jeder Schritt Ausdruck ihrer Frustration über den unerwarteten Besuch ihres Mannes war.

Tobias half seiner Tochter auf, und sie humpelte ins Wohnzimmer wie eine Protagonistin in einem Film, der sich nicht entscheiden konnte, ob er eine Komödie oder eine Tragödie sein wollte.

»Sollen wir zum Arzt?«, fragte Tobias besorgt, seine Augenbrauen so eng zusammengezogen, dass sie fast eine einzige wurden.

»Nein, das ist nicht so schlimm«, meinte Alex, obwohl sie sich fühlte, als hätte sie einen Marathon auf Stelzen hinter sich. Als Beate mit der Salbe zurückkam, warf sie ihrem Mann einen Blick zu, der schärfer war als das Messer in der Küchenschublade. Ihre Heiterkeit war verschwunden, als hätte sie jemand zusammen mit dem Salzstreuer auf den Esstisch gestellt und vergessen.

Sie drückte die Salbe in Alex' Hand, als wäre es ein Staffelstab in einem sehr ungewöhnlichen Familien-Staffellauf.

»Hier. Und jetzt reden wir«, sagte sie mit einer Stimme, die keinen Widerspruch duldete.

So fanden sie sich im Wohnzimmer wieder, eine unfreiwillige kleine Versammlung, die mehr nach Krisensitzung als nach gemütlichem Familienabend aussah. Tobias setzte sich, als wäre der Sessel aus Dornen, während Beate mit verschränkten Armen dastand, bereit, die Diskussion zu eröffnen.

»Also, ich fange dann mal an«, sagte Alex und versuchte, die Stimmung mit einem Lächeln aufzulockern, das so wackelig war wie ihr Gang.

»Ich glaube, wir sollten öfter zusammenkommen und nicht nur nach einem spektakulären Treppensturz.»

Ihre Versuche, Humor in die Situation zu bringen, waren wie Pflaster auf einem Holzbein – hilfreich, aber irgendwie fehl am Platz.

Tobias schaute so bedröppelt, als hätte man ihm gerade sein Lieblingsspielzeug weggenommen. Er hatte gehofft, seine Frau würde sich wenigstens ein kleines bisschen über seinen Besuch freuen.

»Woher wusstest du, wo wir wohnen?«, erkundigte sich Beate, deren Stimme von einem leichten Nervenkitzel durchzogen war.

»Ich konnte dich ... orten«, gestand er schuldbewusst und warf einen hilfesuchenden Blick zu seiner Tochter, als ob sie eine geheime Verbündete in dieser modernen Spionageaktion wäre.

»Orten?«, wiederholte Beate und klang dabei, als hätte sie gerade erfahren, dass ihr Mann nebenbei als Hobbydetektiv arbeitete. »Das ist ja super! Eigentlich wollten Alex und ich hier etwas Ruhe finden und Kraft tanken, aber wenn du jetzt hier bist ... dann lass uns morgen in Ruhe reden. Ich bin jetzt müde«, sagte sie und machte deutlich, dass das Thema damit vorerst beendet war.

»Ja, gut. Es tut mir leid, dass ich hier so aufgekreuzt bin, aber ... du hast mir sehr gefehlt und ich bin bereit, alles dafür zu tun, dass wir wieder ...«, stammelte Tobias, doch Beate unterbrach ihn sanft: »Gut, ich bin jetzt wirklich müde. Bis morgen.« Sie drückte nur ihrer Tochter einen Kuss auf die Stirn, eine Geste, die mehr sagte als tausend Worte.

Während Tobias dastand, verloren in einem Meer aus Enttäuschung und unerfüllten Hoffnungen, konnte Alex nicht umhin, sich ein kleines Schmunzeln zu verkneifen.

»Papa, Mama freut sich glaube ich schon, dass du hier bist. Lass uns jetzt schlafen gehen. Morgen werden wir gemütlich frühstücken«, versuchte Alex, ihren Vater zu beruhigen, der aussah, als hätte er gerade eine Achterbahnfahrt der Gefühle hinter sich.

»Danke, mein Schatz. Ich muss immer an die Zeit zurückdenken, als wir auf Föhr so viele Urlaube verbracht haben. Es war eine so schöne Zeit und deine Mutter und ich ... wir hatten uns sehr geliebt«, erzählte er mit Tränen in den Augen, so als ob die Erinnerung an diese glücklichen Momente plötzlich wie eine Springflut über ihn hereingebrochen wäre.

»Ja, das ist schön und es wird bestimmt auch so bleiben, Papa.« Alex umarmte ihren Vater, der inzwischen so emotional wurde, dass man meinen könnte, er hätte gerade sämtliche Romantikfilme auf Netflix in einem Rutsch durchgebingt.

Während sie dastanden, in einer herzergreifenden Vater-Tochter-Umarmung, konnte Alex nicht umhin zu denken:

»Wenn Mama jetzt reinkommt und uns so sieht, denkt sie noch, wir haben ohne sie eine Folge 'Das Traumschiff' geschaut.«

Ihr Vater, der inzwischen schniefte, als hätte er einen Wettbewerb im Zwiebelschneiden gewonnen, löste die Umarmung und nickte tapfer. »Du hast recht, mein Schatz. Schlafen wir jetzt. Morgen ist auch noch ein Tag.«

Mit einem sanften Lächeln, das alle Sorgen der Welt für einen Moment vergessen ließ, machten sie sich auf den Weg in ihre Zimmer.

SECHZEHN

Am nächsten Morgen, der so strahlend begann, dass selbst die Sonne eine Sonnenbrille hätte tragen müssen, wurde Alex von einem Stimmengewirr geweckt. Sie erinnerte sich: Ach ja, mein Vater ist im Haus.

Sie streckte sich genüsslich und spähte aus dem Fenster, wo die Welt aussah, als hätte jemand über Nacht den Helligkeitsregler hochgedreht. Die Luft war erfüllt vom süßen Duft der Freiheit – oder war es der Duft von frisch gebackenen Brötchen? Das leise Rauschen des Meeres im Hintergrund wirkte so beruhigend, dass Alex einen Moment lang überlegte, ob sie nicht einfach Seefahrerin werden sollte.

Als sie genauer hinhörte, bemerkte sie mit einer Mischung aus Erleichterung und Überraschung, dass die Stimmen ihrer Eltern erstaunlich ruhig klangen. Keine Anzeichen von Weltuntergangsdiskussionen oder dem Klirren von Geschirr, das gegen Wände geworfen wurde. Tatsächlich klang es fast so, als würden sie ... sich unterhalten. Konstruktiv sogar.

Mit einem breiten Grinsen im Gesicht, das nur jemand haben konnte, der gerade realisiert, dass der Tag unerwartet gut beginnen könnte, schlüpfte Alex aus dem Bett. Sie schlich die Treppe hinunter, angetrieben von der Neugier, ob ihre Eltern tatsächlich eine friedliche Unterhaltung führten oder ob sie einfach nur eine neue Art von stiller Feindseligkeit erfunden hatten.

Als Alex die Küche erreichte, bot sich ihr ein Anblick, der sie kurz innehalten ließ: Ihre Eltern saßen am Küchentisch, zwischen ihnen eine Kanne Kaffee und ein Teller mit Brötchen, die so frisch aussahen, dass sie fast selbständig vom Teller hüpfen wollten. Sie unterhielten sich tatsächlich – und zwar ohne dass ihre Stimmen diese spezielle Oktavhöhe erreichten, die sonst nur Hunde hören konnten.

»Guten Morgen«, rief Alex, ein wenig unsicher, ob sie eine wichtige Szene störte.

Ihre Eltern drehten sich zu ihr um und lächelten – ja, sie lächelten wirklich.

»Guten Morgen, Schlafmütze«, sagte ihr Vater. »Komm, setz dich. Wir haben frische Brötchen.«

Alex setzte sich, immer noch halb im Glauben, sie könnte jeden Moment aufwachen. Doch als sie in das erste Brötchen biss, wusste sie: Dies war kein Traum. Dies war der Beginn eines überraschend friedlichen Tages.

In der stillen Nacht hatte Alex sich auf leisen Sohlen in das Zimmer ihrer Mutter geschlichen, um sie darüber aufzuklären, was sie ihrem Vater erzählt hatte. Als sie Beate erklärt hatte, dass Tobias in dem Glauben war, sie sei bei einem Malkurs gewesen und Sönke der Leiter dieses künstlerischen Abenteuers wäre, konnte Beate sich ein Lachen nicht verkneifen.

»Danke, dass du mich nicht verraten hast. Das war eine gute Idee.» Die Vorstellung, Tobias würde glauben, sie hätte ihre künstlerische Ader entdeckt und würde unter der Anleitung eines «Malkursleiters» namens Sönke Pinsel und Palette schwingen, war einfach zu komisch.

»Aber pass auf, dass die Geschichte nicht zu einem Meisterwerk wird, das wir nicht mehr kontrollieren können«, warnte Beate scherzhaft, bevor sie ihrer Tochter einen Gute-Nacht-Kuss gab.

Beim Frühstück herrschte eine fast schon heitere Stimmung, als Tobias verkündete: »Deine Mutter hat mir eben von ihrem Malkurs berichtet. Ich bin schon gespannt auf ihre Bilder.« Er wirkte sichtlich entspannter, jetzt, da er sich eingeladen und nicht mehr wie ein ungebetener Gast fühlte.

Alex konnte sich ein Grinsen nicht verkneifen. »Ja, ich bin auch schon ganz gespannt«, sagte sie und zwinkerte ihrer Mutter zu, die daraufhin leicht errötete und so tat, als wäre sie äußerst vertieft in die Auswahl der Marmelade.

Die kleine Lüge schwebte wie ein unsichtbarer Elefant im Raum, doch keiner schien ihn zu bemerken – oder zumindest taten alle so. Beate, die bis dahin noch kein einziges Bild gemalt hatte, schien nun unter Zugzwang zu stehen.

»Oh, die Bilder sind noch nicht fertig. Die richtige Inspiration zu finden, ist eine Kunst für sich«, meinte Beate und versuchte, ihre Nervosität mit einem Schluck Kaffee herunterzuspülen.

Tobias nickte verständnisvoll, offensichtlich überzeugt von der künstlerischen Hingabe seiner Frau.

»Nimm dir alle Zeit, die du brauchst, Liebling. Kunst darf man nicht überstürzen.«

Und so saßen sie da, eine Familie vereint durch eine kleine Notlüge, die paradoxerweise dazu beitrug, die Atmosphäre zu entspannen. Alex fragte sich, wie sie wohl aus dieser Situation herauskommen würden, ohne ein Kunstwerk präsentieren zu müssen.

Das harmonische Familienfrühstück, das gerade in einer Art fragiler Idylle schwelgte, wurde abrupt durch den dramatischen Gong der Klingel unterbrochen. Die Frauen tauschten Blicke aus, die eine Mischung aus Neugier und einem Hauch von Panik enthielten. Alex, die sich freiwillig als Emissärin der Familie meldete, trottete zur Tür.

Vor ihr stand Sönke, der mit einem Lächeln auftrat, das so strahlend war, dass es Alex beinahe blendete. In seinen Armen hielt er einen Strauß roter Rosen, der so groß war, dass man sich fragte, ob er nicht einen ganzen Rosengarten geplündert hatte.

»Guten Morgen, ich hoffe, ich störe nicht? Sie sind sicherlich Beates Tochter. Ihre Mutter hat mir schon viel Gutes über Sie erzählt«, schmeichelte der charmante Sönke.

Alex, die in diesem Moment versuchte, ihre Überraschung und das plötzliche Bedürfnis zu unterdrücken, ihre Mutter vor einer möglichen Romanze zu schützen, antwortete schnell: »Guten ... Morgen, meine Mutter ist ... am Strand und ... joggt.« Eine Notlüge, die ihr herausplatzte, bevor sie darüber nachdenken konnte, wie unglaubwürdig sie klang, bedenkt man Beates bekannte Abneigung gegen jegliche Form von körperlicher Anstrengung, die über das Heben der Fernbedienung hinausging. Beate, die bis dahin noch nie in ihrem Leben gejoggt war, außer es zählte, dem Eiswagen hinterherzurennen, als Alex noch klein war, errötete. »Sönke«, sagte sie leise, fast flüsternd, als ob der Name eine geheime Bedeutung tragen würde.

»Oh, dann geben Sie ihr doch bitte die Blumen und richten einen lieben Gruß aus«, sagte der Charmeur, während er immer noch hoffnungsvoll in Richtung Straße blickte, als könne Beate jeden Moment, verschwitzt und keuchend vom Joggen, um die Ecke biegen.

Nachdem er gegangen war, schloss Alex die Tür und kehrte mit dem monströsen Strauß zurück ins Wohnzimmer.

»Wer war an der Tür?«, erkundigte sich Tobias neugierig, während Beates Gesicht die Farbe der tiefroten Rosen annahm.

»Ah, das war der Sohn der Vermieterin. Es ist ein ... Service hier. Man bekommt als Gast zweimal die Woche frische Blumen«, log Alex geschickt und machte sich auf die Suche nach einer Vase, als wäre es das Normalste der Welt, dass Vermieter Blumensträuße als Teil des Services anbieten.

»Oh, das ist ja nett, aber das bezahlt man ja auch mit. Das Häuschen dürfte nicht gerade günstig gewesen sein?«, mutmaßte der Sparfuchs der Familie, immer auf der Suche nach einem versteckten Haken an der Sache.

»Das Haus war nicht teuer, da es storniert worden war«, erklärte Alex, während sie genüsslich ihre Nase in die Rosen steckte, als könnte sie dadurch die Lüge irgendwie glaubwürdiger machen.

»Da steckt eine Karte in den Blumen«, stellte Tobias fest.

»Das ist nur ein lieber Gruß von der Vermieterin«, erklärte Beate hastig und schnappte sich die Karte, bevor ihr Mann sie einer genaueren Inspektion unterziehen konnte.

Die Szene hätte aus einer Sitcom stammen können, in der jeder Versuch, die Wahrheit zu verschleiern, unweigerlich in noch größere Verwirrungen führt. Während Beate mit der Karte verschwand, vermutlich um sie in aller Eile zu vernichten, bevor weitere Fragen aufkommen konnten, saßen Alex und ihr Vater am Frühstückstisch, umgeben von einem Meer aus Unwahrheiten und einem Hauch von Blumenduft.

»Wirklich ein außergewöhnlicher Service«, murmelte Tobias, noch immer halb überzeugt, halb skeptisch. Alex konnte nur nicken, in der Hoffnung, dass das Thema Blumenstrauß damit abgehakt war und sie nicht noch einen Blumenlieferdienst erfinden musste, der unerwartet Sportwagen als Lieferfahrzeuge nutzte.

»Dein Vater und ich werden gleich einen Strandspaziergang machen und dabei reden. Es tut mir leid, mein Schatz, das war ja alles anders geplant. Kommst du alleine klar?«, fragte Beate, sichtlich bemüht, die familiäre Situation zu entwirren, die sich überraschend komplizierter gestaltete als ein Schnürsenkelknoten nach einem Marathon.

»Nein, Mama, ich bin ein kleines Mädchen und kann nicht alleine sein«, scherzte Alex und zog ein dramatisch trauriges Gesicht, als ob die Vorstellung, alleine gelassen zu werden, das größte Unglück wäre, das ihr widerfahren könnte. »Ich werde nach Wyk fahren und ein Souvenir für Kim suchen. Vielleicht finde ich ja eine Postkarte mit dem ultimativen Föhr-Motiv: Schafe, die einen Malkurs besuchen.»

Beate lächelte, erfreut über den Sarkasmus ihrer Tochter. »Dann pass auf dich auf und kauf nicht den ganzen Laden leer.«

»Versprochen, ich werde nur fünf oder sechs Souvenirs kaufen. Mehr nicht.« Alex gab ihrer Mutter einen Kuss auf die Wange und winkte ihren Eltern zum Abschied.

Während das Ehepaar in Richtung Strand aufbrach, sichtlich bemüht, die Dinge zwischen sich zu klären, machte sich Alex auf den Weg nach Wyk. Sie freute sich auf den kleinen Ausflug, auch wenn die Suche nach dem perfekten Souvenir für Kim möglicherweise zu einer größeren Herausforderung werden würde als erwartet.

Alex, die in einem Café saß, umgeben von einem Meer aus Touristen, die sich durch die Straßen von Wyk schoben, konnte nicht anders, als über ihre jüngste Errungenschaft zu schmunzeln. Eine Schmuckdose, verziert mit Muscheln, die wahrscheinlich nie das Meer gesehen hatten, geschweige denn Teil der hiesigen Strandlandschaft waren.

Während sie an ihrem Cappuccino nippte, dessen Schaum sich sanft auf ihre Lippen legte, und ein Sahnetörtchen verspeiste, das so fluffig war, dass es beinahe den Gesetzen der Schwerkraft zu trotzen schien, schweiften ihre Gedanken zu Ole. Der charmante Hausherr mit den frechen Sommersprossen und dem ansteckenden Lächeln war nicht mehr auf der Insel, und plötzlich fühlte sich alles ein wenig grauer an.

Sie kramte ihr Handy hervor und starrte auf die gespeicherte Nummer. »Sollte ich ihm schreiben?«, überlegte sie. Ein Teil von ihr malte sich bereits aus, wie sie eine Nachricht verfasste, die ebenso charmant wie witzig war. Doch dann zögerte sie. Was, wenn er gerade beschäftigt war? Oder schlimmer noch, was, wenn er sie für verrückt hielt, weil sie ihm aus heiterem Himmel schrieb? »Vielleicht sollte ich ihm stattdessen ein Bild von der Muscheldose schicken. Mit der Nachricht: ‚Schau, was du verpasst! Echte Föhrer Muscheln, frisch importiert aus China.'«

Mit einem Seufzer steckte sie das Handy wieder weg. »Vielleicht später«, entschied sie und widmete sich erneut ihrem Sahnetörtchen, das sie tröstete wie ein guter Freund. In diesem Moment war die süße Versuchung das Einzige, was sie brauchte – zusammen mit dem unterhaltsamen Treiben der Touristen, die eine ständige Quelle der Belustigung boten.

Als Alex nach Hause kam, fand sie ihre Eltern vor, wie sie friedlich im Strandkorb saßen, eine Idylle, die fast zu schön war, um wahr zu sein.

»Hallo, ich bin zurück«, rief Alex in den Garten, halb erwartend, dass die harmonische Szene sich sofort in Luft auflösen würde.

»Bist du fündig geworden?«, fragte Beate und erhob sich, um ihre Tochter in die Küche zu begleiten, als ob sie auf geheimer Mission waren.

»Und? Habt ihr euch ausgesprochen?«, flüsterte Alex, neugierig auf das Familiendrama, das sich möglicherweise abgespielt hatte.

»Dein Vater ist ein alter Sturkopf. Er will sich nicht ändern und meint, dass er sich seinen Ruhestand und damit meint er auch ‚Ruhe' verdient hat. Allerdings würde er zu einer Paartherapie gehen«, erklärte Beate und rollte mit den Augen, als wäre das die letzte Hoffnung auf eine friedliche Koexistenz.

»Hast du erwartet, dass Papa sich total ändert?«, fragte Alex und schenkte ihrer Mutter Wasser ein, das diese hastig trank, als könnte es die bittere Pille der Wahrheit versüßen.

»Ich dachte, ein bisschen Flexibilität könnte nicht schaden. Aber anscheinend ist das zu viel verlangt. Immerhin, die Bereitschaft zur Paartherapie ist ein Fortschritt. Vielleicht lernt er dort, dass ‚Ruhestand' nicht bedeutet, dass er sich in einen Einsiedler verwandeln soll«, meinte Beate.

»Vielleicht sollte die Therapeutin ihm erklären, dass ‚Ruhe' nicht gleichbedeutend mit ‚sende Stille' ist.

»Ich hatte gehofft, er würde zumindest den Staub von seinem Abenteuergeist abklopfen«, seufzte Beate, »Aber ich nehme, was ich kriegen kann. Paartherapie ist ein Anfang.«

Alex schüttelte den Kopf, amüsiert über die Vorstellung ihres Vaters in einer Paartherapie, der wahrscheinlich den Therapeuten mit Geschichten aus seinem ‚ruhigen' Ruhestand zum Einschlafen bringen würde.

»Nun, wer weiß, vielleicht entdeckt ihr ja gemeinsam ein neues Hobby. Synchronschwimmen für Rentner oder so«, scherzte Alex, und für einen Moment vergaßen sie beide die Schwere der Situation und lachten gemeinsam.

«Auf der Karte, die in den Rosen steckte, war eine Einladung zu einem Essen für heute Abend. Kannst du etwas mit Papa unternehmen und ich sage ihm, dass ich zum Malkurs gehe«, bat Beate ihre Tochter mit einem Blick, der zwischen Hoffnung und Verschwörung schwebte.

Alex stöhnte. »Mama, vielleicht sollten wir mit dem Theater aufhören. Sag Papa einfach, wie es ist. Es ist doch gut, wenn er eifersüchtig wird. Dann gibt er sich mehr Mühe, um dich zurückzuholen«, schlug sie vor, halb ernst, halb amüsiert über die Absurdität der Situation.

»Ich möchte deinen Vater nicht verletzen. Nur heute noch einmal die Unwahrheit sagen, bitte Alex«, bettelte Beate, ihre Augen glänzten fast so sehr wie die Intrige, die sie zu spinnen versuchte.

»Gut, aber ab morgen dann keine Spielchen mehr.« Alex gab nach, auch wenn sie das Gefühl hatte, Teil eines sehr schlechten Spionagefilms zu sein.

Während sie Pläne schmiedete, wie sie ihren Vater beschäftigen könnte – vielleicht mit einer ausgedehnten Tour zur Geschichte der nordfriesischen Deichbaukunst –, konnte sie nicht umhin, sich zu fragen, wie ihr Leben plötzlich so kompliziert geworden war. Vor einer Woche war ihre größte Sorge noch gewesen, ob der Kaffee im Büro wieder mal ungenießbar sein würde, und jetzt orchestrierte sie Ablenkungsmanöver für romantische Rendezvous ihrer Mutter.

»Vielleicht sollte ich mir das als neuen Beruf überlegen: Familien-Beziehungs-Managerin. Klingt zumindest besser auf der Visitenkarte als ‚Mittlerin in elterlichen Liebesangelegenheiten'«, dachte Alex und bereitete sich darauf vor, einen Abend zu planen, den ihr Vater so schnell nicht vergessen würde.

Als die Türklingel ertönte und Alex überrascht Ole vor der Tür stehen sah, entwich ihr ein freudiges

»Ole! Ich dachte, du wärst auf dem Festland!« Ein warmes Glücksgefühl breitete sich in ihr aus, und ihre Augen leuchteten vor Freude.

»Mein Termin wurde verschoben. Ich habe so viele Erdbeeren in meinem Garten, dass ich dachte, ich bringe euch einige vorbei«, erklärte er mit einem Lächeln.

»Oh, das ist ... sehr nett. Bitte komm rein«, entgegnete Alex, während sie versuchte, ihre Überraschung und Freude zu verbergen. Ole trat ein, einen großen Korb prachtvoller Erdbeeren in der Hand haltend, und folgte Alex in die Küche. »Ich liebe Erdbeeren. Du kannst den Korb einfach hier abstellen«, sagte sie, während ihre Augen noch immer funkelten.

In diesem Moment trat Beate neugierig in die Küche. Alex stellte vor: »Mama, das ist Ole, von dem ich dir erzählt habe.« »Guten Tag, schön Sie kennenzulernen«, sagte Beate höflich und musterte den großen Mann.

»Kann ich dir etwas anbieten?«, fragte Alex etwas verlegen. Ole antwortete lächelnd: »Ein Kaffee wäre schön.«

»Ich koche den Kaffee und ihr könnt schon mal in den Garten gehen«, schlug Beate vor, ein schelmisches Grinsen auf dem Gesicht.

Als Alex und Ole den Garten betraten, bot sich ihnen eine Szene, die direkt aus einer Familienkomödie stammen könnte. Tobias hatte es sich im Strandkorb gemütlich gemacht – oben ohne, der blasse, stattliche Bauch sonnenstolz präsentiert, während er in tiefen Schlaf gesunken war, komplett mit einem sanften, aber deutlich hörbaren Schnarchen. Alex räusperte sich laut, eine Mischung aus Verlegenheit und der Hoffnung, ihren Vater sanft zu wecken, ohne Ole zu verschrecken.

»Papa, wir haben Besuch. Das ist ein ... Nachbar. Er hat uns Erdbeeren vorbeigebracht«, improvisierte Alex schnell, während ihr Vater verschlafen die Augen öffnete und sich ein wenig desorientiert umschaute.

Ole, der Situation gewachsen und mit einer Gelassenheit, die nur wenige in solch einer peinlichen Lage aufbringen könnten, reichte Tobias die Hand.

»Freut mich, Sie kennenzulernen. Ich hoffe, ich habe nicht gestört.«

Tobias, nun vollends wach und ein bisschen verlegen wegen seines Zustands, setzte sich auf und versuchte, seine Würde zusammen mit seinem Shirt wiederzufinden.

»Keine Sorge, ich bin nur ... beim Sonnenbaden eingeschlafen.«

Die Situation, so peinlich sie auch war, löste eine gewisse Heiterkeit aus. Ole nahm es mit Humor und Alex war dankbar für seine entspannte Art.

»Sie wohnen im Haus nebenan?«, erkundigte sich Alex Vater, während er versuchte, seinen trockenen Mund mit Wasser zu befeuchten. Ole, der sich in dieser leicht unbeholfenen Situation sichtlich wohl fühlte, antwortete gelassen: »Nicht direkt. Ein paar Straßen weiter.«

Alex fügte hinzu: »Ole hat mir beim Bäcker aus der Patsche geholfen, als ich mein Portemonnaie vergessen hatte, und dann kamen wir ins Gespräch.«

»Ah, sehr schön«, nickte Alex Vater, bevor er bemerkte, dass er wohl eine kurze Pause brauchte. »Ich muss mal eben auf die Toilette.«

Als er das Feld geräumt hatte, nutzte Alex die Gelegenheit, um Ole ein wenig mehr Kontext zu ihrer aktuellen Familiensituation zu geben.

»Mein Vater ist gestern spontan aufgetaucht. Meine Eltern durchleben gerade eine kleine Krise.«

Oles Reaktion war empathisch und verständnisvoll. »Das tut mir leid zu hören. Meine Eltern haben sich getrennt, als ich zehn Jahre alt war. Es war eine schwierige Zeit, die ich sehr bedauert habe.«

Als Beate mit einem Tablett, auf dem Kaffee und einige Kekse sorgsam arrangiert waren, zurückkehrte, schien sie sichtlich erfreut über den unerwarteten Gast. Sie setzte sich zu Alex und Ole in den Garten, ein Lächeln spielte um ihre Lippen, während sie den sympathischen Mann betrachtete. »Ein potentieller Schwiegersohn?«, dachte sie bei sich, auch wenn sie wusste, dass es zu früh war, solche Gedanken ernsthaft zu verfolgen. Doch konnte sie nicht umhin, seine angenehme Erscheinung und die charmanten Sommersprossen, die sein Gesicht zierten, zu bewundern.

»Ich hoffe, der Kaffee ist nach eurem Geschmack«, sagte sie und reichte Ole eine Tasse. »Und bitte, bedient euch an den Keksen. Sie sind zwar nicht hausgemacht, aber durchaus lecker.«

Ole dankte ihr höflich und griff nach einem Keks, »Vielen Dank, das sieht alles sehr lecker aus.«

Das Gespräch, das folgte, war geprägt von einer angenehmen Leichtigkeit. Beate stellte Ole ein paar unverfängliche Fragen zu seinem Haus und der Insel, offenbar in der Hoffnung, mehr über den jungen Mann zu erfahren, der sich für ihre Tochter interessierte.

Alex beobachtete das Geschehen mit einer Mischung aus Amüsement und leichter Verlegenheit. Sie war sich der mütterlichen Tendenz, potentielle Partner sofort ins Herz zu schließen, bewusst, doch Ole schien sich nicht daran zu stören. Im Gegenteil, er unterhielt sich angeregt mit Beate, als wären sie alte Bekannte.

Die Sonne stand hoch am Himmel, und das Summen der Bienen mischte sich mit dem leisen Lachen und Plaudern. Für einen kurzen Moment schien es, als würde die ganze Welt innehalten, um diesem friedlichen Beisammensein im Garten Raum zu geben.

Tobias, der offenbar eine längere Sitzung auf der Toilette hinter sich hatte, tauchte mit einem frischen Hemd im Garten auf und griff sogleich munter nach den Keksen, was seiner Frau einen missbilligenden Blick entlockte. Sie wünschte sich, er würde seine Essgewohnheiten überdenken – nur eines von vielen Dingen, die er ihrer Meinung nach ändern sollte.

Nach einer gemütlichen Stunde unter dem Sonnenschirm verabschiedete sich Ole schließlich. Alex begleitete ihn zur Tür. »Wenn du Lust auf eine Torte hast, dann komm doch einfach morgen vorbei«, schlug er vor, was Alex' Herz höherschlagen ließ.

»Danke, das ist lieb, aber morgen ist schon unser letzter Tag hier und ich ... Ich werde es mir überlegen.«

Die spontane Einladung und die Aussicht, Ole möglicherweise noch einmal zu treffen, zauberten ein Lächeln auf Alex' Gesicht. Die Möglichkeit, den letzten Tag auf der Insel mit einer Torte und guter Gesellschaft zu verbringen, schien eine schöne Abschiedsgeste von Föhr zu sein.

Nachdem Ole gegangen war, wandte sich Alex wieder ihren Eltern zu, deren Stimmung durch das kurze Treffen sichtlich aufgehellt worden war. Trotz der bevorstehenden Abreise und der ungelösten Spannungen zwischen ihren Eltern, konnte Alex nicht anders, als sich über Oles Einladung zu freuen – ein kleiner Lichtblick in einem Meer von Unsicherheiten.

Während die Frauen das Geschirr abwuschen und Tobias sich heldenhaft dem Müll widmete, konnte Beate sich eine Bemerkung nicht verkneifen.

»Ole ist ja ein toller Mann. So charmant und offen. Er wäre doch der perfekte Mann für dich.«

Alex hielt in der Bewegung inne, ein Seifenschaumtropfen balancierte unentschlossen an ihrer Nasenspitze.

»Er ist wirklich sehr nett, aber er zieht mich nicht an. Wir können gute Freunde werden.«

Beate, deren Hoffnung auf ein romantisches Ende ihrer Tochter mit Ole ebenso schnell zerplatzte wie die Seifenblasen im Spülwasser, machte ein Gesicht, als hätte sie gerade in eine Zitrone gebissen. »Aus Freundschaft kann Liebe wachsen«, versuchte sie, die Lage zu retten.

Alex, die den Tropfen schließlich mit einer geschickten Kopfbewegung in die Spüle beförderte, seufzte.

»Vielleicht. Aber bei mir muss es gleich Liebe sein. Ich kann mich nicht mit einem Mann anfreunden in der Hoffnung, dass aus seinem 'Moin' irgendwann ein 'Ich liebe dich' wird.«

Beate gab sich geschlagen, aber nicht ohne einen letzten Versuch: »Aber stell dir vor, wie schön eure Kinder aussehen würden – mit deinen Haaren und seinen Sommersprossen!«

»Mama, jetzt züchten wir schon Kinder wie im Biounterricht. Lass uns erstmal den Abwasch fertig machen, bevor wir die Genetik bemühen.«

»Hast du Papa denn schon gesagt, dass du heute wieder deinen Malkurs hast?«, fragte Alex und drehte den Wasserhahn zu.

»Ja, habe ich. Er wollte sogar mitkommen, aber ich habe ihm gesagt, dass sie im Kurs keine Porträts von Bierflaschen malen«, antwortete Beate mit einem Schmunzeln.

Alex nickte verstehend. »Okay, dann übernehme ich heute den Unterhaltungspart. Ich werde mit Papa Karten spielen. Das mag er doch so gern. Er tut mir irgendwie leid.«

»Er hätte ja mal den Versuch starten können, mich glücklich zu machen. Aber irgendwann schließt die Glücklichmach-Bude halt.«

»Aber er zeigt doch Einsicht und hat gesagt, dass er dich vermisst hat.«

»Ja, klar, weil niemand da war, der ihm hinterherputzt und den Kühlschrank füllt«, erwiderte Beate trocken. »Ich glaube, er vermisst eher meine Hauswirtschaftsqualitäten als meine bezaubernde Persönlichkeit.«

Alex musste lachen. »Na gut, dann lass uns den armen, verlorenen Seemann heute Abend nicht zu sehr auf hoher See treiben lassen. Ich werde ihm sagen, dass sein Schiffsjunge bereit ist, eine Runde 'Schiffe versenken' zu spielen – im wahrsten Sinne des Wortes.«

»Und ich werde mich in der Zwischenzeit davon überzeugen, dass mein 'Malkurs' mich immer noch inspiriert.«

Als Beate sich in Schale warf und zum vermeintlichen Malkurs aufmachte, konnte Tobias nicht umhin, ein Kompliment zu machen. »Oh, du siehst aber schick aus«, bemerkte er anerkennend.

»Ja, die machen sich alle schick dort. Wünsche euch einen schönen Abend und wartet nicht auf mich. Elsa hat Geburtstag und wollte noch was ausgeben«, log Beate geschickt und zwinkerte Alex verschwörerisch zu.

»So, Papa, wir machen uns einen gemütlichen Abend. Ich mache uns Krabben mit Rührei und dazu ein kühles Bier«, schlug

Alex vor, freudig bei dem Gedanken, wieder einmal Zeit nur mit ihrem Vater zu verbringen.

Tobias, sichtlich erfreut über den Plan, nickte zustimmend. »Das klingt fantastisch! Ich bin ja gespannt, ob du das Rührei genauso gut hinbekommst wie deine Mutter.«

Während Alex in der Küche hantierte, machte es sich ihr Vater im Wohnzimmer bequem, schaltete den Fernseher ein und murmelte: »Na, hoffentlich wird dieses Rührei nicht zu einem Abenteuer. Beim letzten Mal hast du ja die Küche in ein Schlachtfeld verwandelt.«

»Keine Sorge, Papa, diesmal habe ich das Feuerlöscher-Handbuch griffbereit«, rief Alex zurück, voller Zuversicht und mit einem Augenzwinkern.

Nach einem opulenten Mahl, bei dem Vater und Tochter sich gegenseitig mit der Anzahl der verschlungenen Portionen herausforderten, kam das Gespräch auf den überraschenden Besuch von Ole.

»Der junge Mann, der dich vorhin besucht hat, ist sehr nett. Wusstest du, dass dein Urgroßvater auch rote Haare und Sommersprossen hatte?«, begann Tobias, während er versuchte, sich elegant zurückzulehnen, was ihm nur mäßig gelang, da das Sofa unter seiner Last etwas nachgab.

»Nein, das wusste ich nicht«, antwortete Alex und gähnte.

Ihr Vater, nun vollends in die Rolle des Geschichtenerzählers geschlüpft, begann von seinem Urgroßvater zu erzählen, der im Ersten Weltkrieg gekämpft hatte. Alex, die normalerweise bei Kriegsgeschichten innerlich die Augen rollte – in einer Welt, die noch immer nicht von Konflikten verschont blieb –, fand sich unerwartet gefesselt von den Anekdoten, die ihr Vater zum Besten gab.

»...und dann hat er, nur mit einem Löffel bewaffnet, sich durch drei Schützengräben gegraben, um seinen Kameraden Schokolade zu bringen. Sie nannten ihn 'den süßen Johann'«, schloss Tobias mit einer theatralischen Geste, während Alex sich fragte, ob ihr Vater die familiäre Heldentat nicht vielleicht ein wenig ausgeschmückt hatte.

»Mit einem Löffel? Warum hatte er keinen Spaten?«, fragte Alex, skeptisch und amüsiert zugleich.

»Nun, Spaten gab es keine. Außerdem sagt man, der Löffel sei aus reinem Silber gewesen, gestohlen von einem feindlichen Offizier«, erklärte er mit einem Augenzwinkern.

Alex lachte. »Dann hoffe ich, Ole hat neben seinen Sommersprossen auch ein bisschen von 'dem süßen Johanns' Mut geerbt. Aber hoffentlich ohne den Hang zum Diebstahl von Besteck.«

»Deine Mutter ist irgendwie so anders. Ich bemühe mich jetzt wirklich um sie, aber ich habe das Gefühl, dass ich ihr nichts recht machen kann«, beklagte er sich mit einem nachdenklichen Gesicht.

»Ja, Mama ist … nicht … Sie möchte, dass du mehr für deine Gesundheit tust und nicht den ganzen Tag auf dem Sofa hockst. Vielleicht macht ihr zusammen Sport und fangt einen Tanzkurs an?«, schlug Alex vor, obwohl der Gedanke daran, ihren Vater beim Tango oder Salsa zu sehen, ihr innerlich ein Schmunzeln entlockte.

»Ich und Tanzen?«, lachte er, als ob seine Tochter ihn gerade aufgefordert hätte, den Mount Everest zu besteigen. »Ich habe zwei linke Füße. Aber wenn deine Mutter das möchte... Vielleicht sollten wir mit etwas Einfacherem anfangen. Wie wäre es mit Yoga? Ich habe gehört, das soll auch die Flexibilität verbessern.«

Alex konnte sich das Bild nur schwer vorstellen: Ihr Vater in der Kobra- oder Lotusposition, während ihre Mutter versuchte, ernst zu bleiben.

»Yoga klingt nach einem Plan. Aber ich rate dir, erstmal alleine zu üben, bevor du Mama beeindruckst. Nicht, dass du dich beim ersten Sonnengruß verrenkst.«

Tobias nickte ernst, aber in seinen Augen blitzte ein Schalk auf. »Vielleicht ist es an der Zeit, dass ich meiner alten Liebe, dem Sofa, fremdgehe... mit einer Yogamatte. Weißt du, dass ich deine Mutter über alles liebe. Ich habe sie in den letzten Tagen so schrecklich vermisst und kann mir ein Leben ohne sie nicht vorstellen.«

Alex nickte, während ihre Gedanken abschweiften, zu Sönke, den ihre Mutter offensichtlich auch ins Herz geschlossen hatte und der sie womöglich in diesem Augenblick mit Zuneigung überschüttete.

»Lass uns jetzt Karten spielen«, schlug Alex vor, um das Gespräch, das ihr schwer im Magen lag, schnell hinter sich zu lassen.

Immer wieder schaute Alex ungeduldig auf ihre Uhr, als wäre sie eine verdächtige Zeugin in einem Krimi, die darauf wartete, entlarvt zu werden. Die Minuten krochen dahin, während sie darauf hoffte, dass ihre Mutter bald nach Hause kam.

Kurz nach Mitternacht öffnete sich endlich die Tür, und Beate schlenderte herein. Sie wirkte wie eine Geheimagentin, die gerade eine Nacht voller mysteriöser Abenteuer hinter sich hatte.

»Oh, ihr seid ja noch wach. Hattet ihr einen schönen Abend?«, erkundigte sie sich und ließ sich erschöpft auf das Sofa fallen, als wäre es eine Rettungsinsel nach einem stürmischen Ozean.

»Und, ist dein Meisterwerk fertig geworden?«, fragte ihr Mann, während er die Spielkarten einsammelte, als wären sie Beweismittel an einem Tatort.

Beate grinste verschmitzt. »Oh ja, es ist ein echtes Kunstwerk geworden.«

Tobias runzelte die Stirn. »Warum hast du es nicht mitgebracht?«

Beate zuckte die Schultern, als hätte sie eine spontane Amnesie. »Ach, es war zu groß, um es mitzunehmen. Sie werden es mir zuschicken«, erklärte sie, während sie ihre Pumps auszog.

Alex ließ ihre Eltern alleine und verzog sich in ihr Zimmer. Sie hoffte insgeheim, dass ihre Mutter nicht beschlossen hatte, mit Sönke durchzubrennen und eine Strandhütte zu eröffnen. Während sie so dalag, kreisten ihre Gedanken um Ole. Hatte er die Erdbeeren wirklich nur gebracht, weil er zu viele hatte oder war das sein subtiler Versuch, ihr Herz zu erobern? In einem Moment der Selbstreflexion überlegte sie, ob Erdbeeren das neue Liebesgeständnis waren – »Ich mag dich beerenstark!«. Sie freute sich auf das Treffen morgen mit Ole, das hoffentlich Licht ins Dunkel seiner Gefühle bringen würde.

Alex lag lange wach, umhüllt von der Stille der Nacht, und lauschte dem leisen Gespräch ihrer Eltern. In ihr keimte die Sorge, dass das Thema Sönke zur Sprache kommen könnte.

SIEBZEHN

Der nächste Morgen begrüßte sie mit einem grauen Himmel, der ihre Stimmung widerspiegelte. Während sie sich im Bett noch einmal umdrehte, beschlich sie eine melancholische Traurigkeit bei dem Gedanken, Föhr bald verlassen zu müssen. Der Abschied von der Inselidylle und die Rückkehr in den Büroalltag lag wie ein schwerer Stein auf ihrem Herzen. Doch der Gedanke an das bevorstehende Treffen mit Ole brachte ein sanftes Lächeln auf ihre Lippen. «Vielleicht sollte ich eine Erdbeerpflanze als Souvenir mitnehmen», dachte sie schmunzelnd, «als Symbol für unerwartete Begegnungen und süße Erinnerungen.«

Beate klopfte an Alex' Tür, als würde sie an die Pforte eines hochgeheimen Teenager-Schlosses klopfen.

»Guten Morgen, mein Schatz. Bist du schon im Land der Lebenden?«

Alex, halb in der Traumwelt verankert, murmelte verschlafen: »Moin Mama, ich bin noch im Modus 'Schlaf schön, Welt nerv nicht'.«

Dann kam Beate mit einer Ansage um die Ecke, die so dramatisch klang, als würde sie gleich das Familienschiff durch stürmische See navigieren. »Ich muss mit dir sprechen. Ich ...

werde Papa nichts von meinem kleinen Inselabenteuer erzählen.«

Alex, nun hellwach und erleichtert, setzte sich auf und klatschte innerlich Beifall.

»Das finde ich gut, Mama. Papa ist doch eigentlich ein toller Mann und wenn er seine Versprechungen hält ...«, sinnierte sie.

»Ich habe mich gestern von Sönke verabschiedet und ihm gesagt, dass wir gute Freunde sein können, aber mehr auch nicht. Er war so enttäuscht und ich dachte, er fängt gleich an, Liebeskummerlieder auf der Ukulele zu spielen.«

»Sönke ist bestimmt ein toller Mann, aber ich finde, er passt zu dir wie Ananas auf Pizza«, meinte Alex.

»Ich werde jetzt Frühstück machen«, sagte ihre Mutter und sah nicht gerade glücklich aus, eher wie jemand, der gerade erfahren hat, dass sein Lotto-Gewinn in Wirklichkeit aus Gutscheinen für den Käseladen besteht.

Als Beate in die Küche schwebte, als wäre es die Bühne einer Kochshow, bot sich ihr ein Anblick, der sie kurz innehalten ließ: Der Tisch war gedeckt als ob ein königliches Frühstück anstünde, Eier tänzelten in einem Topf auf der Herdplatte wie kleine Osterhasen im Trainingslager, und im Brötchenkorb tummelten sich frische Brötchen, als hätten sie sich für ein Gruppenfoto aufgestellt. Neben den stolzen Rosen von Sönke, die sich wie die Kapitäne der Tischdekoration aufspielten, stand ein kleiner, aber unverschämt süßer Strauß mit entzückenden Blümchen, die aussahen, als wären sie direkt aus einem Disney-Film entflohen.

»Guten Morgen, Beate«, kam es von Tobias, der sich herausgeputzt hatte, als ginge er gleich auf ein erstes Date. Er trug ein Poloshirt, dass er neu gekauft hatte, und eine weiße Jeans, die so strahlend war, dass sie alle Sonnenbrillen im Umkreis von fünf Metern in Alarmbereitschaft versetzte. Er duftete nach einem herben Parfum, das Beate in die Nase stieg und dort kleine Glücksschauer auslöste.

»Wow! Es tut sich was!«, dachte sie und ihr Herz machte einen kleinen Hüpfer. Ihre Augenbrauen hoben sich in einer Mischung aus Überraschung und Entzücken. Offenbar hatte ihr Mann beschlossen, den Charme-Modus zu aktivieren – und das mit voller Power. Beate war so entzückt, dass sie beinahe vergaß, warum sie eigentlich in der Küche war. Fast hätte sie sich auf den nächstbesten Stuhl gesetzt, um sich von diesem unerwarteten Liebesfilm-Hauptdarsteller bedienen zu lassen.

Während Alex unter der Dusche stand, landete eine Nachricht von Ole in ihrem Postfach, die sich erst beim Frühstück offenbarte. »Ich bin untröstlich, aber ich muss aufs Festland. Wenn du wieder mal auf Föhr bist, melde dich doch. Wünsche dir eine gute Rückreise.« Alex' Herz sank auf den Grund ihres Magens, und ihr Appetit verabschiedete sich auf eine Weltreise ohne Rückkehrticket.

»Ist was passiert?«, erkundigte sich Beate, während sie das Bein ihres Mannes an ihrem spürte.

»Ole ... hat heute keine Zeit. Er muss aufs Festland«, gab Alex betrübt von sich.

»Oh, das tut mir leid«, sagte Tobias, wobei er sich viel Mitgefühl aus den Rippen leierte. Beate warf ihrem Mann einen liebevollen Blick zu, beeindruckt von seiner plötzlichen emotionalen Tiefe und dem Duft, der verriet, dass er sich vielleicht zum ersten Mal seit Jahren mit etwas anderem als Autopolitur eingesprüht hatte

»Wollen wir den Tag gemeinsam verbringen?«, schlug Tobias vor, der plötzlich eine Energie ausstrahlte, als hätte er einen Energy-Drink zu viel getrunken. Hatte er etwa Lunte gerochen und wollte seine Frau vor dem gefährlichen Charme anderer Männer in Sicherheit bringen?

»Wir könnten eine Radtour machen«, schlug Alex vor, während sie nostalgisch an die Zeiten dachte, in denen sie mit Stützrädern und einem Helm, der aussah wie ein riesiger Pilz, hinter ihren Eltern hergetuckert war.

»Das ist eine gute Idee. Ich miete mir aber ein E-Bike«, entschied ihr Vater weise, der sich eingestehen musste, dass sein Fitnesslevel eher im Bereich »Couch-Potato« als »Tour-de-France-Teilnehmer« lag.

Trotz der kurzen Schauer, die sich wie nasses Konfetti über die Radler ergoss, und dem Wind, der den Frauen zu windigen Frisuren verhalf, während der E-Bike-Fahrer unbeirrt durch jede Böe schnitt, erlebten sie einen unvergesslich harmonischen Tag.

Am Abend landete die Familie in einem Lokal, wo das Menü ausdrücklich 'Nein' zu Pizza und Burger sagte, was Alex Vater kurz in eine kulinarische Identitätskrise stürzte.

Alex war überrascht, wie der unerwartete Gast dieser Inselreise, die Stimmung in der Familie zum Positiven wandelte. Beate schien ihren Mann mit neuen Augen zu sehen, berührte ihn ständig liebevoll und verteilte Küsse, als seien sie wieder frisch verliebt. Hätte Tobias sich nicht auf seine Eroberungstour begeben, wer weiß, vielleicht hätte Beate sich tatsächlich in den Bann des charmanten Sönke ziehen lassen. Geplant als Mädelsausflug, endete ihr Abenteuer in einer Familienzusammenführung.

ACHTZEHN

Kaum hatte Alex die Schwelle ihrer Wohnung erreicht, traute sie ihren Augen nicht: Ein Meer aus Blumen, teils lebendig, teils bereits dem Himmel näher als der Erde, blockierte den Eingang. Der Übeltäter? Zweifelsohne Daniel, der in Hartnäckigkeit wohl einen neuen Weltrekord aufstellen wollte.

Während sie sich tapfer einen Weg durch die botanische Apokalypse bahnte, erschien wie aus dem Nichts ihre Nachbarin, Frau Kilian, stets in ihrem treuen Kittel.

»Was haben wir denn hier? Eine Beerdigung oder eine Liebeserklärung?«, witzelte sie, während sie neugierig das Blumenchaos inspizierte.

»Ach, nur ein kleines Missverständnis mit einem Stalker, der offensichtlich im Blumengroßhandel arbeitet«, erwiderte Alex trocken.

Frau Kilian, deren Interesse nun geweckt war, sah sich gierig um. »Darf ich mir vielleicht ein paar aussuchen? Bei den heutigen Preisen kommt man ja kaum noch an frische Blumen ran.«

Ohne auf eine Antwort zu warten, griff sie sich die prächtigsten Rosen, die dunkelrot leuchteten wie die Abendsonne.

»Diese hier werden meinem Küchentisch die nötige Dramatik verleihen!«, verkündete sie triumphierend und verschwand mit ihrer Beute schneller, als Alex »Entschuldigung« sagen konnte.

So hatte der Blumenwahnsinn zumindest für jemanden ein glückliches Ende. Alex warf den Koffer ins Schlafzimmer und ließ sich mit einem theatralischen Seufzer auf das Bett fallen. Die Heimreise hatte sich dank eines Staus in eine Geduldsprobe verwandelt. Mit dem Handy in der Hand wählte sie Kims Nummer.

»Ist die kleine Prinzessin schon im Land der Träume?«, fragte Alex, während sie versuchte, eine bequeme Position zu finden.
»Ja, aber ich schwöre, in drei Minuten bricht hier die Hölle los«, antwortete Kim, und im Hintergrund war das leise Murmeln der Babyüberwachung zu hören.

»Stell dir vor, vor meiner Tür sieht es aus, als hätte ein Blumenladen Konkurs angemeldet und seine Restbestände bei mir entsorgt«, erzählte Alex aufgebracht.

»Aha, der Daniel lässt also nicht locker. Scheint, als hätte er sein ganzes Werbebudget auf dich umgeschichtet«, kommentierte Kim trocken, während im Hintergrund die ersten Anzeichen eines herannahenden Schreisturms zu vernehmen waren.

»In einem Brief, der vor Kitsch nur so trieft, teilt er mir mit, dass er seine Verlobung gelöst hat und jetzt 'offiziell frei' für mich ist. Der hat doch einen an der Waffel! Ich treffe mich noch ein einziges Mal mit ihm, nur um die Sache zu beenden. Ich werde ihm deutlich sagen, dass er mich in Ruhe lassen soll«, erklärte Alex mit fester Stimme, während Kim nur resigniert seufzte.

*

Am Tag nach ihrer Rückkehr genoss Alex noch einen freien Tag und beschloss, das Kapitel Daniel ein für alle Mal zu schließen. Sie tippte eine Nachricht an ihn: »Bin frisch erholt aus dem Urlaub zurück und habe deinen Blumengruß zur Kenntnis genommen. Wenn du so dringend mit mir sprechen willst, dann lass es uns hinter uns bringen.»

Kaum hatte sie die Nachricht abgeschickt, vibrierte das Handy wie ein aufgeschrecktes Eichhörnchen. »Heute Abend? Bei mir oder bei dir?«, kam prompt die Antwort. Alex, die Meisterin der schnellen Entscheidungen, dachte etwa zwei Sekunden nach und antwortete: »Schick mir deine Adresse. Ich komme um 20 Uhr.«

Während Alex ihren Koffer ausräumte, verfing sie sich in einem Netz aus Erinnerungen an Föhr. Die Sehnsucht nach dem Meer, der frischen Luft und den unbeschwerten Tagen mit ihrer Mutter zog schwer an ihr. Selbst der Gedanke an Ole, den sie nicht richtig verabschieden konnte, ließ ihr Herz ein wenig schwerer schlagen. Aber jetzt war es Zeit für die letzte Episode der Daniel-Saga. Sie wappnete sich mit dem Mut der Verzweiflung und dem festen Vorsatz, dieses Kapitel ihres Lebens endgültig zu schließen.

Alex trug ihre Urlaubsbräune wie ein unsichtbares Souvenir. In ihrem weißen, eleganten Kleid und den filigranen Sandaletten fühlte sie sich nicht nur bezaubernd, sondern auch wie eine moderne Amazone, bereit, den Kampf mit Daniel und seinen Eskapaden aufzunehmen. Mit einem Gefühl der Genugtuung und einer Prise Neugier auf das, was sie erwartete, machte sie sich auf den Weg zu Daniels Wohnung. Als sie vor dem beeindruckenden Altbau stand, dessen verspielte Balkone von vergangenen Zeiten erzählten, konnte sie sich ein Leben in dieser Gegend durchaus vorstellen – vorausgesetzt, sie würde im Lotto gewinnen oder Daniel würde nach ihrem Treffen beschließen, die Wohnungen zu tauschen.

Das Treppenhaus erwies sich als unerwartetes Cardio-Workout, denn es gab keinen Fahrstuhl, und Daniels Apartment befand sich im vierten Stock. Mit einem Puls, der zum Beat eines schnellen Sommerhits tanzte, erreichte sie schließlich sein Stockwerk. Daniel wartete bereits in der Tür, so umwerfend, dass Alex für einen Moment ihre Mission vergaß.

»Hallo Alexandra, schön, dass du gekommen bist«, begrüßte er sie mit einem Lächeln, das ihr fast die Schuhe auszog. Seine Wohnung war so stylisch, dass Alex sich kurz fragte, ob sie versehentlich in eine Wohnzeitschrift spaziert war. Doch sie gab sich betont unbeeindruckt – eine Oscar-reife Leistung. Dann führte Daniel sie hinauf in ein zweites Wohnzimmer, das eher an eine Lounge eines exklusiven Clubs erinnerte, komplett mit Zugang zu einer Dachterrasse. Der Blick über die Stadt war so atemberaubend, dass Alex beinahe vergaß, warum sie eigentlich hier war – beinahe.

Daniel hatte offensichtlich den roten Teppich für seinen Gast ausgerollt – oder zumindest den metaphorischen, bedenkt man den beleuchteten Sekt-Kübel und die Häppchen, die so exquisit aussahen, als wären sie direkt aus dem Feinkostkatalog entsprungen. Alex machte es sich auf einem Designerstuhl bequem, der optisch mehr hermachte als in Sachen Bequemlichkeit.

»Magst du ein Glas Champagner?«, bot Daniel an, mit einer Flasche in der Hand, die vermutlich mehr kostete als Alex' Monatsmiete. Sie nickte, auch wenn ihre Miene unverändert streng blieb. Er schenkte mit einer Geste ein, die verriet, dass er entweder zu viele Kellner-Seminare besucht oder zu oft 'Downton Abbey' geschaut hatte.

»Liebe Alex, ich möchte mich nochmal in aller Form bei dir entschuldigen. Was ich getan habe, ist wirklich unverzeihlich«, begann er, mit einer Stimme so dramatisch, dass Alex fast erwartete, dass im Hintergrund traurige Violinen einsetzen würden. Er hob sein Glas, als ob er auf Frieden anstieß – oder zumindest auf einen Oscar für die beste Darbietung in einer Entschuldigungsszene.

»Ich nehme deine Entschuldigung an, aber das war schon ein ziemlicher Fauxpas von dir. Hoffentlich wird das nicht zu einer deiner Lieblingsbeschäftigungen», entgegnete Alex, während sie bemerkte, dass Daniel irgendwie ihre Schmetterlinge im Bauch zum Flattern brachte – und das lag nicht nur am Schaumwein.

»Warum hast du deine Verlobung eigentlich gelöst?«, hakte Alex nach und angelte sich ein Häppchen, das so köstlich war, dass sie kurz überlegte, Daniel für die kulinarische Offenbarung zu verzeihen. Er schaute gedankenverloren in die Ferne, als müsste er sich erst sammeln, bevor er in die Abgründe seiner Seele blicken konnte.

»Ich habe bemerkt, dass Nadja nicht die Richtige für mich ist… und irgendwie spielst du dabei auch eine Rolle…«, begann er geheimnisvoll.

»Wie komm ich denn ins Spiel?«, fragte Alex überrascht.

»Es ist deine Echtheit, deine Bodenständigkeit. Du bist so authentisch, und das finde ich erfrischend und faszinierend«, offenbarte Daniel. Alex konnte ihr inneres Siegesgeheul kaum unterdrücken und war innerlich am Jubeln, obwohl sie sich neben der makellos erscheinenden Nadja auf Facebook eher wie die Nebendarstellerin in einem B-Movie gefühlt hatte.

»Okay!«, erwiderte sie. »Das ist wirklich schade. Eure Hochzeit war ja quasi schon in trockenen Tüchern.«

Daniel schien für einen Moment nachzudenken.

»Ja, Nadjas Eltern waren nicht gerade begeistert.«

»Und wie hat Nadja das Ganze aufgenommen?«, hakte Alex nach.

»Ach, sie hat es ziemlich gut verkraftet. Sie hat bereits einen Neuen.«

Alex konnte nicht umhin, sich zu fragen, wie es manche Menschen schaffen, so schnell wieder jemanden zu finden. Sie selbst brauchte ja gefühlt eine Ewigkeit, um überhaupt jemanden zu treffen, der nicht nach dem ersten Date fluchtartig das Weite suchte.

»Nun, das ist effizient«, meinte Alex und versuchte, nicht zu zeigen, dass sie innerlich mit einer Mischung aus Bewunderung und leichter Eifersucht kämpfte. »Sie verschwendet keine Zeit.«

Daniel nickte, und für einen kurzen Moment fragte sich Alex, ob es wohl einen geheimen Markt für sofort verfügbare Ersatzpartner gäbe, von dem sie noch nichts wusste.

»Alexandra, dieser Kuss damals … er war echt und für mich etwas ganz Besonderes«, erklärte Daniel und schaute sein Gegenüber mit einem Blick an, der vermutlich in einem Romantikfilm für den Höhepunkt gesorgt hätte. Alex, leicht beschwipst vom Sekt, der in ihrem Kopf fröhliche Polonaisen tanzte, musste sich zusammenreißen.

»Oh, der Kuss«, sagte sie und tat, als würde sie tief in Erinnerungen schwelgen, während sie in Wahrheit überlegte, ob es unhöflich wäre, noch ein Häppchen zu schnappen, bevor sie antwortete.

Sie trat an den Rand der Terrasse, um den Sonnenuntergang zu betrachten, und hoffte, dass die frische Luft ihr helfen würde, klare Gedanken zu fassen. Daniel gesellte sich zu ihr, so nah, dass ihre Arme sich berührten. Alex spürte ein Kribbeln, das sie nicht ganz einordnen konnte – war es die romantische Atmosphäre oder einfach nur der Alkohol, der seine Wirkung zeigte?

»Wunderschön, nicht wahr? Der Sonnenuntergang … und der Kuss, meine ich«, fuhr Daniel fort, in dem Bemühen, eine Brücke zu schlagen zwischen dem Naturschauspiel und ihrem gemeinsamen Moment.

Alex lächelte und nickte, während sie in Gedanken bereits eine humorvolle Antwort formulierte.

»Ja, beides sehr beeindruckend. Aber ich muss zugeben, der Sekt hier oben auf deiner Dachterrasse schmeckt fast noch besser als der Kuss.« Daniel lachte, und für einen Moment war Alex froh, dass sie die Spannung mit ihrem trockenen Humor lockern konnte.

»Ich habe noch etwas Süßes vorbereitet«, verkündete er, bevor er mit einem Hüftschwung, der vermutlich in einer Kochshow für Applaus gesorgt hätte, in die Küche entschwand. Alex blieb zurück, gab sich selbst ein paar Klapse auf die Wangen, als würde sie sich auf einen Boxkampf vorbereiten, und murmelte: »Ich wollte ihn doch eiskalt abservieren, und jetzt werde ich hier mit Gourmet-Häppchen verwöhnt. Was ist, wenn das Dessert genauso umwerfend ist? Bin ich dann moralisch verpflichtet, ihn zu heiraten?«

Mit dem festen Vorsatz, das Dessert zu genießen und dann wie ein Ninja in der Nacht zu verschwinden, wartete sie gespannt auf Daniels Rückkehr. Nach wenigen Minuten erschien er wieder, balancierte ein Tablett mit zwei Schälchen darauf, als wäre er der Auserwählte im Finale einer Dessert-Meisterschaft.

»Eine kleine Eigenkomposition«, erklärte er und schenkte ihr dabei ein Lächeln, das vermutlich nicht nur Sahnehäubchen zum Schmelzen brächte.

»Toll, er ist also auch noch ein Küchen-Virtuose!«, dachte Alex und warf einen skeptischen Blick auf das Schälchen, das er ihr reichte. Vorsichtig probierte sie einen Löffel und ihre Geschmacksknospen schienen augenblicklich eine Standing Ovation zu geben.

»Das ist ja himmlisch«, entfuhr es ihr, und für einen Moment vergaß sie ihre Schlussmach-Pläne. »Wenn Kochen eine Sportart wäre, hätte Daniel soeben Gold gewonnen«, dachte sie und musste widerwillig anerkennen, dass er offensichtlich mehr Talente hatte, als ihr lieb war.

»Alexandra, gibst du uns noch eine Chance?«, fragte Daniel, während er versuchte, mit seinem Welpenblick zu punkten. Alex, die sich vornahm, standhaft zu bleiben, musste kurz innehalten.

»Daniel, du bist ein Meister des Desserts, aber du hast mich ziemlich enttäuscht. Außerdem ... entsprichst du eigentlich überhaupt nicht meinem Typ.« Daniels Miene fiel in sich zusammen.

»Aber irgendwie hat es doch zwischen uns gefunkt, oder nicht?«, versuchte er, seine Chancen zu wahren.

»Naja, ja und nein. Es ist kompliziert. Ich muss jetzt wirklich los, meine Katze … wartet auf mich«, stammelte Alex, während sie sich erhob und einen leichten Schwindel verspürte. Daniel griff nach ihrem Arm, um sie zu stützen, und plötzlich waren ihre Gesichter nur wenige Zentimeter voneinander entfernt. »Wow, riecht der gut, und seine Arme fühlen sich auch stark an«, dachte Alex, die innerlich mit sich kämpfte, ob sie nun gehen oder bleiben sollte. Schnell griff sie nach ihrer Handtasche, als wäre sie der rettende Anker in einem Meer der Verwirrung.

»Ähm, meine Katze ist sehr anspruchsvoll«, murmelte Alex und machte einen Schritt zur Tür. Daniel, leicht verwirrt aber immer noch hoffnungsvoll, rief ihr nach: »Falls du deine

Meinung änderst, du weißt, wo du mich findest! Und deine Katze ist immer willkommen!«

Alex, die auf dem Weg nach unten war, konnte sich ein Lachen nicht verkneifen. »Wer hätte gedacht, dass ich mal eine Katze als Ausrede benutze, um mich aus einem romantischen Abend zu stehlen?«, dachte sie und war erleichtert, als sie die frische Luft draußen einatmete.

Zuhause angekommen, ließ sie den Abend noch einmal durch den Kopf gehen. Hatte Daniel diesmal wirklich ernste Absichten? Oder war das nur wieder ein Teil seiner Charmeoffensive? Über diese Gedanken musste sie kurz schmunzeln, als sie Kim anrief, die offensichtlich in ihrem Café ziemlich unter Strom stand. Im Hintergrund war das unverkennbare Konzert ihrer Tochter zu hören, das zwischen Dur und Moll schwankte.

»Hi Kim, schlechtes Timing meinerseits?«, fragte Alex, während sie das emotionale Solo von Kims Tochter miterlebte. »Ja, absolut. Kannst du am Wochenende einspringen? Jenny hat mal wieder einen ihrer mysteriösen Krankheitsschübe«, antwortete Kim etwas atemlos.

»Klar, kein Problem. Ich tausche gern mein dramatisches Liebeswirrwarr gegen ein bisschen Café-Chaos. Kümmere dich um die kleine Diva. Und wenn du eine Verschnaufpause hast, gib mir ein Zeichen«, erwiderte Alex und konnte sich ein Grinsen nicht verkneifen.

Während sie ihre Koffer auf dem Schrank verstaute, kehrten ihre Gedanken unweigerlich zu Ole zurück. Seine Sommersprossen brachten sie zum Lächeln.

Als Alex sich anschließend damit abmühte, das Blumenmeer zu entsorgen und sich fragte, ob der Biotonnen-Beauftragte wohl denken würde, sie hätte einen Blumenladen ausgeraubt, schlich ihre Mutter um die Ecke. Sie strahlte eine Veränderung aus, die seit dem Urlaub auf Föhr nicht zu übersehen war. »Mama, was führt dich zu mir? Etwa der Geruch von verwelkten Rosen?«, witzelte Alex.

»Ich bringe dir Sauerbraten vorbei. Dein Vater hat ihn sich gewünscht«, erklärte Beate, als würde Sauerbraten das ultimative Friedensangebot sein.

»Sauerbraten, klar, der geht immer«, meinte Alex und dachte dabei an die unzähligen Häppchen bei Daniel, die ihr noch schwer im Magen lagen. Nachdem der Braten im Kühlschrank verstaut war, machte es sich Beate auf dem Sofa gemütlich, als hätte sie dort eine Audienz

»Mama, du siehst aus, als wärst du frisch vom Laufsteg gekommen. Ist das Kleid neu?«, erkundigte sich Alex, halb erstaunt, halb amüsiert. Beate grinste verschmitzt.

»Ja, dein Vater hat es mir gekauft, und nicht nur das Kleid, sondern auch diese Handtasche. Er gibt sich wirklich alle Mühe. Ich muss sagen, es gefällt mir.»

Alex war beeindruckt. Ein neues Kleid und eine Handtasche – ihr Vater schien in die Vollen zu gehen.

»Nicht schlecht. Vielleicht sollte ich auch mal wieder was von ihm wollen. Ein neues Auto wäre nett«, scherzte Alex und beide Frauen lachten.

»Das mit Föhr war wirklich was Besonderes. Ich fühlte mich fast wie in einer dieser Reality-TV-Sendungen, nur ohne Kamerateam und ohne dramatische Musik im Hintergrund«, begann Beate, während sie sinnierend in die Ferne schaute.

»Es war wirklich schön«, erwiderte Alex und dachte heimlich an Daniel. Über ihn sprach sie nicht, da sie genau wusste, dass ihre Mutter mindestens zwei Augenbrauen hochziehen würde.

»Und wie sieht es jetzt zwischen dir und Papa aus? Besser, oder? Und was ist mit Sönke?«, bohrte Alex nach, während sie ihre Mutter neugierig beäugte. Beate seufzte tief, als ob sie sich auf das Geständnis einer heimlichen Karriere als Astronautin vorbereitete.

»Also, Sönke hat auch einen festen Platz in meinem Herzen ... und ich ... wie soll ich sagen ... ich habe Gefühle für deinen Vater und Sönke. Gleichzeitig.«

Alex blickte ihre Mutter an, als hätte sie gerade erklärt, sie sei in Wirklichkeit ein Einhorn.

»Mama, ich wusste gar nicht, dass du so avantgardistisch bist. Plant ihr etwa ein Pilotprojekt für polyamore Lebensformen auf dem Land?«

Beate zuckte mit den Schultern. »Ich dachte eher an eine gemütliche Dreiecksbeziehung. Dein Vater könnte den Garten machen, Sönke kocht, und ich ... ich genieße das Leben.«

Alex konnte nicht anders, als laut loszulachen.

»Dann möchtest du Sönke also wiedersehen?«, erkundigte sich Alex vorsichtig. Beate fummelte nachdenklich an der glänzenden Oberfläche ihrer neuen Handtasche herum, ein unübersehbares Gucci-Logo prangte auf der Vorderseite. Bis zu diesem Moment hatte Alex sich nicht weiter Gedanken über die Authentizität des Accessoires gemacht. War es möglich, dass ihr sonst so sparsamer Vater tatsächlich in ein luxuriöses Geschenk investiert hatte?

»Mama, ist die Tasche echt?«, konnte Alex ihre Neugier nicht zügeln und streckte ihrer Mutter die Hand entgegen, um das Stück genauer in Augenschein zu nehmen.

»Was meinst du?«, gab Beate zurück und überließ Alex die Tasche, »dein Vater hat sich entschieden, dass Sparen nicht mehr der Weisheit letzter Schluss ist.«

Während Alex das weiche Leder und die makellose Verarbeitung bewunderte, konnte sie ein Gefühl der Bewunderung nicht unterdrücken. Vielleicht, so dachte sie bei sich, würde Daniel ihr eines Tages auch so eine Geste der Zuneigung erweisen. Allein bei dem Gedanken an ihn, spürte sie, wie ein warmes Kribbeln ihren Bauch erfüllte.

NEUNZEHN

»Morgen in der Früh kündige ich und ziehe nach Föhr«, murmelte Alex vor sich hin, während sie mit halbem Auge die Excel-Tabelle auf ihrem Bildschirm anstarrte. Der Gedanke an ein Leben fernab des Büros und der ewigen Monotonie, vielleicht sogar als Teilzeit-Barista in Oles Café, brachte ein seliges Lächeln auf ihr Gesicht. »Und ich werde die Königin der Latte-Art!«, träumte sie laut.

Während sie träumte, platzte ihr Chef herein, mit einem Stapel Akten unter dem Arm, der verdächtig nach Überstunden roch.

»Ich brauche diese Berichte bis morgen früh. Und vergessen Sie nicht das Meeting, das ich gerade angesetzt habe – in fünf Minuten.«

Alex stöhnte leise. »Vielleicht sollte ich doch lieber Schafzüchterin auf Föhr werden. Schafe meckern weniger als Chefs.«

»Darf ich dich heute Abend entführen?«, blinkte es plötzlich auf Alex' Smartphone. Sie starrte auf die Nachricht von Daniel, dessen Kontakt sie in einem Anflug von nostalgischer Schwäche wieder bei WhatsApp hinzugefügt hatte.

Mit hochgezogenen Augenbrauen tippte sie: »Hast du einen gültigen Entführerschein?«

Daniel antwortete prompt: »Nur einen Führerschein für unerwartete Reisen ins Glück. Reicht das?«

»Könnte knapp werden. Mein Glücksmesser ist ziemlich anspruchsvoll«, schrieb Alex zurück, während sie versuchte, ihr Grinsen zu unterdrücken.

»Ich nehme die Herausforderung an. Sei bereit für eine Überraschung«, kam es von Daniel.

Alex seufzte theatralisch, bevor sie antwortete: »Falls deine Überraschung ein weiterer Heiratsantrag an eine andere ist, bring ich einen Stunt-Double mit.«

»Versprochen, diesmal ist die einzige Überraschung, wie sehr ich mich geändert habe. Und vielleicht ein Cupcake, der deinen Namen trägt«, versuchte Daniel zu überzeugen.

»Na gut, aber der Cupcake entscheidet über dein Schicksal«, tippte Alex und konnte ein Lächeln nicht verbergen. Ein Teil von ihr freute sich tatsächlich auf das Treffen, während der andere Teil bereits überlegte, welche Ausrede sie nutzen könnte, sollte der Cupcake nicht ihren hohen Erwartungen entsprechen.

Während Alex sich für den Abend ein wenig herausputzte, rief Kim an.

«Gehst du aus?», wunderte sich ihre Freundin, als sie Alex roten Lippen sah.

»Ja, mit einer Kollegin, der es gerade sehr schlecht geht«, flunkerte Alex, während sie ihre Tasche packte.

»Aha, und diese Kollegin heißt zufällig Daniel?«, hakte Kim nach, mit einem Grinsen, das zeigte, dass sie genau wusste, was los war.

Alex stockte. »Wie kommst du darauf?«

»Niemand macht sich so schick, um einer ‚Kollegin' beizustehen. Außerdem kannst du wirklich schlecht lügen.«

Alex seufzte. »Gut erkannt, Sherlock. Ja, ich treffe mich mit Daniel. Aber es ist nur, um ... die Fronten zu klären.«

Kim lachte. »Na klar, und ich bin hier, um eine Rakete zu bauen. Pass auf dich auf und berichte mir alles! Wenn es schiefgeht, komm vorbei. Ich habe Eis und die neuesten Tratschmagazine auf Lager.«

Alex grübelte, wohin die Entführung durch Daniel führen und was sie anziehen sollte. Gleichzeitig zweifelte sie, ob eine Romanze mit Daniel eine kluge Entscheidung wäre. Bei seinem Anblick schlug ihr Herz Saltos, doch sie konnte nicht vergessen, dass sie weder ein Supermodel war noch die Maße einer griechischen Statue besaß, im Gegensatz zu seiner bildhübschen Ex.

»Wohin entführt man eine Frau, die schon ein Blumenmeer überlebt hat?«, grübelte Alex, während sie vor ihrem Kleiderschrank stand und die Outfits begutachtete. »Und vor allem, was zieht man an, um einem Mann zu begegnen, der einen schon einmal mit einer Wette das Herz gebrochen hat?«

Ihr Blick fiel auf ein Kleid, das schrie: »Trag mich, wenn du mutig bist!« Es war weder zu schick noch zu lässig – genau richtig für ein Rendezvous mit einem unentschlossenen Ex-Verlobten. »Perfekt, um subtil zu signalisieren: Ich bin hier, um dir eine zweite Chance zu geben, aber wehe, du verspielst sie!«

Während sie das Kleid überstreifte, betrachtete sie sich im Spiegel. »Keine Schönheit, pff. Daniel sollte sich glücklich schätzen, dass ich überhaupt erwäge, mit ihm auszugehen. Schließlich besitze ich etwas, das weit über einen ‚Traumbody' hinausgeht – einen unerschütterlichen Sinn für Ironie und die Fähigkeit, nach einer Enttäuschung wieder aufzustehen.«

Daniel klingelte pünktlich. Alex konnte nicht umhin, seine Leichtigkeit zu bewundern – wie er die Treppen hinaufstürmte, als wären es nur ein paar kleine Schritte für die Menschheit, aber ein großer Sprung für ein zweites Date.

Daniels Erscheinung in Sakko und Hemd – ohne Krawatte, wie um zu betonen, dass dies kein offizielles Business-Meeting, sondern eine «lässige» Entführung war – brachte sie dazu, ein Lächeln zu unterdrücken.

Während der Fahrt spielte er sanfte Musik, die irgendwie genau ihre Stimmung traf.

»Hast du einen DJ engagiert, um den Soundtrack für den Abend zusammenzustellen?«, scherzte Alex. »Oder ist das eine spezielle Playlist für ‚Date-Reparaturversuche'?«

Daniel warf ihr einen amüsierten Blick zu. »Du wirst es nicht glauben, aber ich habe diese Playlist tatsächlich ‚Alex' genannt. Sie besteht aus Songs, die ich hören würde, wenn ich versuchen würde, dich zu beeindrucken. Was offensichtlich der Fall ist.«

»Was hast du vor?«, fragte Alex, während sie aus dem Auto stieg und das alte Gebäude musterte. Die Speicherstadt bei Nacht war wie eine Bühne für historische Dramen – geheimnisvoll und einladend zugleich.

»Willkommen in meiner kleinen aber feinen Rösterei«, antwortete Daniel geheimnisvoll und führte sie durch eine alte schwere Tür.

»Deine was?«, entfuhr es Alex überrascht. »Eine Kaffeerösterei?« Sie sah sich um und bestaunte die alte, aber liebevoll restaurierte Einrichtung. Überall standen Säcke mit Kaffeebohnen, und eine große Röstmaschine dominierte den Raum.

»Ja, das ist mein Arbeitsplatz«, erklärte Daniel, während er ihr eine Schürze reichte. »Heute Abend bist du meine Assistentin.«

Alex konnte nicht anders, als zu lachen. »Von Blumenmeer zu Kaffeebohnen – du bist voller Überraschungen, Daniel. Aber ich warne dich, meine Barista-Fähigkeiten beschränken sich auf das Drücken der Starttaste meiner Kaffeemaschine.«

Daniel lächelte verschmitzt. »Keine Sorge, ich werde dich an die Kunst des Kaffeeröstens heranführen. Es ist einfacher, als du denkst.«

Während sie gemeinsam die Kaffeebohnen rösteten, erzählte Daniel mit großer Leidenschaft von seinem Handwerk. Alex fand sich bald in einem Gespräch über Aromen, Röstgrade und die perfekte Brühtemperatur wieder, weit entfernt von ihrer anfänglichen Skepsis.

»Ich muss zugeben, das ist definitiv das ungewöhnlichste Date, das ich je hatte«, sagte sie, als sie eine frisch gebrühte Tasse Kaffee probierte, deren Geschmack sie begeisterte.

»Gut, dann ist mein Plan aufgegangen. Ich wollte dich mit etwas Einzigartigem überraschen«, entgegnete Daniel. »Und, wie ist der Kaffee?«

»Unglaublich gut. Ich glaube, ich muss meine Karriere überdenken. Kaffeerösterin klingt gerade sehr verlockend«, scherzte Alex.

Das Lachen und die Wärme zwischen ihnen füllten den Raum, und Alex musste zugeben, dass dieser Abend ihre Sicht auf Daniel veränderte. Vielleicht war er mehr als nur ein charmantes Gesicht.

«Ich habe noch eine weitere Überraschung für dich», verriet er und startete den Motor.

»Noch eine Überraschung? Daniel, wenn du jetzt mit einem Heißluftballon um die Ecke kommst, falle ich in Ohnmacht«, scherzte Alex.

Daniel lachte. »Nein, keine Sorge, der Heißluftballon ist für unser nächstes Date reserviert.«

Sie fuhren durch die Stadt, und Alex war gespannt wie ein Flitzebogen. Schließlich steuerte Alex den Wagen in das Parkhaus der Elbphilharmonie.

«Besuchen wir ein Konzert?», erkundigte sie sich bereits voller Begeisterung.

«Ich hoffe, dass du klassische Musik magst?»

«Ja, sehr sogar. Woher wusstest du das?»

Daniel lächelte nur und suchte eine passende Parklücke für den großen Wagen.

Alex war fasziniert von der Aussicht und der Vorstellung, den Abend mit klassischer Musik zu verbringen. »Ich bin beeindruckt, Daniel.»

Als sie die Plaza erreichten, bot sich ihnen ein atemberaubender Blick über die Hamburger City und die Elbe. Die Sonne war gerade untergegangen, und die Stadt leuchtete in der Dämmerung.

»Wow, das ist ... wunderschön«, entfuhr es Alex, ganz gefangen von der Aussicht.

»Ich dachte, ein kleines Vorspiel zur Musik kann nicht schaden«, sagte er und zog zwei Tickets aus seiner Jackentasche.

»Wir haben Plätze für ein Konzert von Brahms. Ich hoffe, das passt.«

Alex war sprachlos. »Daniel, das ... das ist unglaublich. Ich ... Brahms ist einer meiner Lieblingskomponisten.«

»Ich habe meine Hausaufgaben gemacht«, sagte er mit einem selbstzufriedenen Lächeln. »Komm, wir wollen uns nicht verspäten.«

Während des Konzerts warf Alex ab und zu einen Blick auf Daniel, der sichtlich in die Musik vertieft war. Es war eine Seite an ihm, die sie noch nicht kannte.

In der Pause standen sie auf der Plattform und blickten über die Elbe. »Ich muss zugeben, dass dieser Abend alles übertrifft, was ich erwartet hatte. Es ist, als würdest du versuchen, mir die Sterne vom Himmel zu holen«, schwärmte Alex und ihr Herz schlug schneller bei dem Gedanken, dass Daniel vielleicht doch der Richtige sein könnte.

»Die Sterne sind das Mindeste, was ich für dich tun könnte«, erwiderte er und sah sie an, als wäre sie das einzige, was zählte. »Alex, ich möchte, dass du weißt, dass ich es ernst meine. Mit uns. Ich weiß, ich habe einen Fehler gemacht, aber ich würde alles tun, um es wieder gutzumachen.«

Alex sah in Daniels Augen und erkannte die Aufrichtigkeit in seinem Blick. Vielleicht war es an der Zeit, die Vergangenheit hinter sich zu lassen und diesem neuen Kapitel eine Chance zu geben.

»Vielleicht sollte ich dir eine Chance geben«, sagte sie schließlich, ihr Herz überschlagend bei dem Gedanken an das, was kommen könnte.

Das Konzert war magisch. Die Musik füllte den großen Saal der Elbphilharmonie, und Alex ließ sich vollkommen von den Klängen mitreißen. Als die letzten Noten verklungen waren und der Applaus einsetzte, blickte sie zu Daniel, der sie mit einem zufriedenen Lächeln ansah.

»Danke. Das war das schönste Date, das ich je hatte«, gestand sie sichtlich gerührt, als sie das Gebäude verließen.

»Es war mir ein Vergnügen, Alexandra.«

Beide fühlten sich wie in einer Blase aus Glück und Musik. Auf dem Rückweg zum Auto schwiegen sie, nicht aus

Unbehagen, sondern weil keine Worte nötig waren, um diesen Moment zu beschreiben.

Vor Alex' Wohnung angekommen, zögerte Daniel einen Moment, bevor er sagte:

»Ich weiß, dass ich einen unverzeihlichen Fehler gemacht habe. Aber ich möchte, dass du weißt, dass ich bereit bin, alles zu tun, um dein Vertrauen zurückzugewinnen.«

Alex sah ihn nachdenklich an. »Daniel, ich ... ich brauche etwas Zeit, um alles zu verarbeiten. Der Abend war wirklich etwas Besonderes.«

Mit einem leisen »Gute Nacht« trennten sich ihre Wege – für den Moment. Doch Alex wusste, dass dieser Abend alles verändert hatte. Sie war sich nicht sicher, was die Zukunft bringen würde, aber eines war klar: Die Musik hatte eine neue Saite in ihrem Herzen zum Schwingen gebracht.

Alex lag in ihrem Bett und konnte es kaum fassen. Der Abend mit Daniel war wie eine Achterbahnfahrt durch das Land der Romantik gewesen.

Doch trotz der Schönheit des Abends blieb ein kleines, nörgelndes Fragezeichen in ihrem Kopf hängen. Warum sie?

Alex war sich sicher, dass selbst in ihren kühnsten Träumen kein anderes Date mithalten konnte. Zwischen Kaffeerösterei und klassischer Musik hatte Daniel die Messlatte für romantische Abende unerreichbar hochgelegt. Und nun, in der Dunkelheit ihres Zimmers, während die Sterne draußen um die Wette funkelten, konnte sie ein Schmunzeln nicht unterdrücken. Daniel, mit seinem Charme und seinen offensichtlich unendlichen Ideen, um sie zu überraschen, hatte etwas geschafft, das bisher niemandem gelungen war: Alex fühlte sich wie die Hauptdarstellerin in einem dieser Filme, die sie sonst nur mit einer großen Tüte Popcorn und einer gehörigen Portion Skepsis betrachtete.

Doch Daniel war real. Und irgendwie hatte dieser real existierende, unglaublich gutaussehende Mann mit einer Vorliebe für überraschende Dates und einem Geschäftssinn für Kaffee, beschlossen, seine Zeit mit ihr zu verbringen.

Ihr Geist, der sich zwischen Schlaf und Wachsein bewegte, malte sich bereits aus, wie sie Kim und ihrer Mutter von dem Abend erzählen würde. Sie konnte sich die ungläubigen Blicke und das bombardierte Fragefeuer schon lebhaft vorstellen. »Und dann hat er was gemacht? In seine Kaffeerösterei mitgenommen? Und danach seid ihr in die Elbphilharmonie gegangen? Alex, sicher, dass du nicht einfach eingeschlafen bist und das alles geträumt hast?«

Mit einem Lächeln auf den Lippen und einem Gefühl der Zufriedenheit, das sie lange nicht gespürt hatte, gab Alex sich den Träumen hin. In diesen Träumen tanzte sie mit Daniel in seiner Rösterei, umgeben von Kaffeebohnen und der süßen Melodie eines schlecht gespielten Klaviers, das irgendwo in der Ecke stand – denn in Alex' Träumen war Daniel nicht nur ein Meister des Kaffees und der Romantik, sondern auch ein virtuoser Pianist. Warum auch nicht? In Träumen und in der Liebe, so schien es, war schließlich alles möglich.

ZWANZIG

Am nächsten Morgen, als Alex' Handy mit der Sanftheit einer startenden Rakete vibrierte, war sie sich sicher, dass es nur eine weitere Runde des unerbittlichen Weckrufes ihrer Mutter sein könnte, die darauf bestand, dass »frühes Aufstehen der Schlüssel zum Erfolg« sei. Doch zu ihrer Überraschung und Entzückung war es eine Nachricht von Daniel: »Hast du süß geschlafen? Der Abend mit dir war wunderschön. Daniel.«

Wie ein Cartoon-Charakter, dessen Augen in Herzform aus dem Kopf springen, hüpfte Alex aus dem Bett. Plötzlich schien der Tag in einem völlig neuen Licht zu erstrahlen – sogar die sonst so dröge Tapete in ihrem Schlafzimmer schien zu schimmern. Selbst der Gedanke, dass sie ihren Chef heute sehen würde, konnte ihr die Stimmung nicht vermiesen.

Mit einem Energielevel, das selbst den Duracell-Häschen Konkurrenz machen könnte, tänzelte Alex durch ihre Wohnung, während sie überlegte, was sie anziehen sollte. »Soll ich ihm zurückschreiben? Ist es zu früh? Ist das zu verzweifelt? Ach, was soll's, er hat geschrieben, ich schreibe zurück!« Innerhalb von Sekunden hatte sie geantwortet, mit der gleichen Sorgfalt und Bedacht, die ein Bombenentschärfer bei der Arbeit an den Tag legt.

Als sie die Wohnung verließ, grüßte sie sogar den grummeligen Nachbarn von nebenan, der aussah, als hätte er das letzte Mal im Jahr 1995 gelächelt. »Schönen guten Morgen, Herr

Rabeneck!«, rief sie fröhlich. Der arme Mann schaute verwirrt, fast so, als hätte er eine unbekannte Sprache gehört.

Auf dem Weg zur Arbeit fühlte Alex sich unbesiegbar. Selbst als ihr ein Vogel direkt auf die Schulter kackte, lachte sie nur und dachte: »Das bringt Glück, oder? Heute ist wirklich mein Tag!«

Im Büro angekommen, prallte jede schlechte Nachricht einfach an ihr ab. Schlechte Quartalszahlen? Kein Problem, wir werden das schon schaukeln. Mehr Arbeit? Kein Thema! Ich habe heute Nacht von Schmetterlingen und Kaffeebohnen geträumt!

Der Tag konnte einfach nicht besser werden. Nun, es sei denn, Daniel würde sich für ein weiteres Date melden. Aber selbst wenn nicht, Alex hatte beschlossen, dass nichts und niemand ihre gute Laune heute trüben konnte.

Doch plötzlich fand sich Alexandra in einer emotionalen Achterbahnfahrt wieder, und das nur wegen einer Nachricht. »Heute kann ich leider nicht, aber am Samstag könnten wir einen Ausflug machen.« Diese Worte von Daniel ließen sie zwischen Enttäuschung und Vorfreude schweben. Während sie auf ihrem Bürostuhl hin und her wippte, überlegte sie, wie sie den plötzlich freigewordenen Abend nutzen könnte. Da kam ihr Kim in den Sinn.

Ihre treue Freundin und leidenschaftliche Zuhörerin für alle Lebenslagen hatte sicher ein Ohr frei für ihre romantischen Eskapaden. Alex konnte es kaum erwarten, Kims Reaktion auf die Geschichte von der Kaffeerösterei und der Elbphilharmonie zu sehen. Würde sie vor Neid erblassen? Oder würde sie vor Lachen vom Stuhl fallen, weil Alex ihr erzählte, wie sie fast in Ohnmacht gefallen wäre, als Daniel sie mit seinen Plänen überraschte?

Mit einem schelmischen Grinsen tippte Alex eine Nachricht an Kim: »Freier Abend = Mädelsabend? Ich bringe Sushi und die verrückteste Date-Story mit, die du je gehört hast. Spoiler: Es beinhaltet Kaffee und klassische Musik.«

Kim, immer die Gastgeberin mit dem gewissen Etwas, hatte für Alex' Besuch extra das Baby in eine niedliche

Pyjamakombination gesteckt, die mehr nach »nächstes Topmodel« als nach »Bettzeit« schrie. Als Alex mit einer Ladung Sushi ankam, die groß genug war, um eine kleine Armee zu ernähren, wurde sie von Kim und dem nicht schlafenden Baby-Model in Empfang genommen.

»Oh, die Kleine schläft noch nicht«, bemerkte Alex, während sie versuchte, den Klang ihrer Stimme so weich wie möglich zu machen, fast so, als könnte sie das Baby mit ihrer Stimme in den Schlaf lullen.

Kim verschwand mit ihrem Kind ins Schlafzimmer, um das x-te Schlaflied des Abends anzustimmen, während Alex sich vor das Sushi setzte. Allein im Wohnzimmer, umgeben von der Stille, die nur durch das leise Summen des Kühlschranks unterbrochen wurde, begann sie, sich ein Leben mit Daniel vorzustellen. Sie stellte sich vor, wie sie und Daniel Eltern wären. Ihre Kinder würden durch die Kaffeerösterei toben, in einer Wolke aus Kaffeeduft und Kinderlachen. Jedes Mal, wenn sie an den Kaffeebohnen schnupperten, würden sie niesen und kichern, während Daniel versuchte, ihnen die hohe Kunst der perfekten Espresso-Zubereitung beizubringen.

Das Bild war so lebhaft, dass Alex fast das Gefühl hatte, den Kaffeeduft schon riechen zu können. Plötzlich riss sie das Geräusch der zurückkehrenden Mutter aus ihren Träumen. Kim, mit einem Blick, der eine Mischung aus Erschöpfung und Triumph ausstrahlte, verkündete: »Mission erfüllt, das Baby schläft.«

»Nun erzähl schon von deinem Treffen mit Daniel», drängte sie, während sie sich auf das Sushi stürzte, als ob es die letzte Mahlzeit auf Erden wäre. Alex, bereit ihre Geschichte zu erzählen, pustete sich mental die Backen auf und startete ihre Erzählung mit dem Flair einer Dramaqueen.

»Du kannst dir nicht vorstellen, was das für ein Abend war... « Alex ließ jedes Detail aufblühen, malte Bilder von romantischen Gesten und märchenhaften Momenten, als ob sie die Hauptrolle in einem Hollywood-Blockbuster spielte.

Kim, mit einem Stück Sushi in der Schwebe, hielt inne.

»Wow! Das hört sich zauberhaft an, aber ehrlich gesagt, traue ich Daniel nicht über den Weg. Was ist, wenn er wieder eine Wette am Laufen hat?« Ihre Skepsis war so scharf wie das Messer, das das Sushi geschnitten hatte.

Alex, die versuchte, ihre Überzeugung mit Nachdruck zu untermauern, griff nach einem Stück Sushi, das offensichtlich zu viel Wasabi verbarg.

»Diesmal nicht, da bin ich mir ganz sicher«, sagte sie, bevor das Wasabi seinen vernichtenden Schlag ausführte. Sie hustete und rang nach Luft, ihre Augen wässrig von der unfreiwilligen Wasabi-Challenge.

»Siehst du, sogar mein Körper protestiert bei dem Gedanken, dass Daniel unaufrichtig sein könnte!«

Kim konnte nicht anders, als in Lachen auszubrechen, während sie Alex ein Glas Wasser reichte.

»Vielleicht solltest du dich das nächste Mal auf weniger scharfe Beweise verlassen«, kicherte sie, während Alex versuchte, ihre Atmung wiederzuerlangen.

»Oder es ist ein Zeichen«, scherzte Kim, während sie ein weiteres Stück Sushi aufspießte. »Ein feuriges Hindernis auf dem Weg zur wahren Liebe. Wenn du das überstehst, ist es wahre Liebe.«

Kim wollte ihre Freundin gerade vor Daniel warnen, als das Baby erneut zu weinen begann. »Scheint, als hätte jemand anderes hier auch eine Meinung zu Daniel«, scherzte Kim, während sie aufstand, um sich um das Baby zu kümmern.

Alex nutzte die Gelegenheit, sich zu verabschieden. Sie war zwar verliebt und sah in Daniel bereits den Vater ihrer zukünftigen Kaffeebohnen schnuppernden Kinder, aber Kim hatte einen Punkt. Vielleicht sollte sie ein wenig vorsichtiger sein. Aber für heute Nacht beschloss sie, sich keine Sorgen zu machen. Mit einem Lächeln auf den Lippen, das von einem Ohr zum anderen reichte, verließ sie das Haus ihrer Freundin.

EINUNDZWANZIG

Am nächsten Morgen, hochmotiviert und bereit für Daniels morgendliche Liebesbekundungen, starrte Alex auf ihr Handy wie eine Meerkatze auf ein Küken. Doch die ersehnte Nachricht blieb aus. Mit einem Seufzer, der tief aus ihrem Inneren kam, tippte sie ein zaghaftes »Guten Morgen Daniel« und machte sich dann, leicht geknickt, auf den Weg zum Zahnarzt.

Im Wartezimmer, umgeben von uralt erscheinenden Zeitschriften, die wahrscheinlich noch von der Eröffnung der Praxis dort lagen, fand Alex eine Ablenkung. Eine Seite sprang ihr direkt ins Auge: »Kaffeeerbe lässt Hochzeit platzen«. Ihr Herz machte einen Satz. Da war Daniel, breit grinsend neben seiner Ex-Verlobten, in einem Artikel über die berühmte Kaffee-Dynastie, von der er nie ein Wort verloren hatte. »Warum hat er mir das nicht gesagt?«, murmelte sie.

In diesem Moment riss Nadine, ihre ehemalige Klassenkameradin und heutige Dentalhygienikerin, sie aus ihren Gedanken. »Alexandra, du bist dran. Zimmer 2 bitte«. Alex, die immer noch unter Schock stand und sich fragte, wie viele Geheimnisse Daniel noch hatte, taumelte mehr ins Behandlungszimmer als dass sie ging. Ihre Gesichtsfarbe hatte mittlerweile die Farbe der weiß getünchten Wand angenommen.

»Alles in Ordnung bei Ihnen?«, bemerkte die Zahnärztin besorgt, während Alex sich in den Behandlungsstuhl fallen ließ.

»Alles bestens«, murmelte sie, versuchend, ihre Verwirrung und Enttäuschung über die Enthüllungen von Daniel zu überspielen.

»Na dann, öffnen Sie mal weit«, sagte die Ärztin, die offensichtlich Alex innere Turbulenzen auf die üblichen Zahnarztängste schob.

Während Nadine sich auf den Kampf mit dem Zahnstein vorbereitete, dachte Alex darüber nach, wie sie Daniel zur Rede stellen sollte. Zwischen dem Piepen der Geräte und dem gelegentlichen Wasserstrahl, der mehrmals ihr Gesicht traf, schwor sie sich, das nächste Mal, wenn sie Daniel sah, würde sie mehr als nur seine Zähne inspizieren wollen.

Frisch poliert und mit einem Lächeln, das nun gefährlich in der Sonne blitzte, machte sich Alex auf den Weg ins Büro. Während sie so dahinmarschierte, war ihr Gehirn unentwegt mit der Daniel-Dynastie beschäftigt. Glücklicherweise war sie, Alex die Großartige, bisher nicht in den Schlagzeilen aufgetaucht. »Noch nicht«, murmelte sie und schaute vorsichtshalber nach oben, als erwarte sie, dass ein Paparazzi-Drohnenschwarm jeden Moment um die Ecke biegen könnte.

Mit dem aus der Zeitschrift gerissenen Artikel fest in der Hand, den sie wie eine Trophäe aus dem Wartezimmer entführt hatte, stieg sie in die U-Bahn. Die Blicke der anderen Patienten, die teils entsetzt, teils amüsiert ihrem Zeitungsraub zugesehen hatten, hallten noch in ihrem Kopf nach. Im Gedränge der U-Bahn las sie den Artikel erneut, diesmal mit der Ruhe eines Detektivs, der über einem besonders kniffligen Fall brütet.

»Vielleicht sollte ich ihn einfach direkt fragen. «Hey Daniel, nettes Familienimperium, das du da verheimlichst. Erbt man da auch eine Vorliebe für Geheimnisse, oder wie läuft das?«, überlegte sie, während sie aus der U-Bahn stieg und sich auf den Weg ins Büro machte.

Alex, nun im Besitz des explosiven Wissens um Daniels königliche Kaffee-Abstammung, versuchte, sich auf ihre Arbeit zu konzentrieren, was sich als ungefähr so einfach herausstellte wie das Zähmen eines wilden Espressokochers. Gerade als sie beschlossen hatte, dass der beste Weg, mit der Situation umzugehen, darin bestand, so zu tun, als wisse sie von nichts - eine Strategie, die in Spionagefilmen immer zu funktionieren scheint -, vibrierte ihr Handy mit einer Nachricht, die Daniels Namen trug. «Hallo, soll ich heute Abend für uns Kochen?»

«Kochen? Ist das der Kaffee-Dynastie-Code für 'Lass uns über unser beiderseitiges reichhaltiges Erbe sprechen'?», witzelte sie in Gedanken. «Achtung, ich habe großen Appetit», antwortete sie.

Alex stellte sich vor, wie der Abend verlaufen könnte. Daniel, in einer Küchenschürze, die mit kleinen Kaffeetassen bedruckt ist, zaubert ein Gourmet-Menü, während sie scheinbar ahnungslos kleine Bemerkungen über Kaffee einstreut. «Hmm, dieser Espresso ist köstlich, fast so gut wie von der Kaffee-Dynastie, äh, ich meine in der Kaffeebar um die Ecke.»

Mit viel Wut im Bauch packte Alex ihre Sachen am Ende des Tages zusammen. Sie beschloss, auf dem Weg zu Daniel noch schnell in einem Feinkostladen vorbeizuschauen. «Vielleicht finde ich ja eine Kaffeebohnensorte, die er noch nicht kennt», überlegte sie schelmisch. «Das wäre doch mal eine nette Überraschung.» So ausgerüstet machte sie sich auf den Weg zu Daniel.

Als Alex, die von einer dunklen Regenwolke persönlich ausgewählt schien, um als Hauptdarstellerin in einer unfreiwilligen Neuinszenierung von «Singin' in the Rain» zu glänzen, bei Daniels Wohnung ankam, sah sie aus, als hätte sie gerade versucht, im Kleid durch einen Waschstraßen-Testlauf zu sprinten. Mit jedem Schritt, den sie die Treppe hinaufstieg, hinterließ sie eine kleine Pfütze, ein lebendiges Beispiel dafür, dass manchmal eben alles auf einmal kommt – inklusive der gesamten Niederschlagsmenge des Monats.

«Na großartig!», dachte sie mit einem ironischen Lächeln, «Ich sehe aus wie die Meerjungfrau, die vergessen hat, dass sie eigentlich Beine hat.» Doch trotz des kleinen Desasters konnte sie nicht anders, als zu lachen. In ihrer Vorstellung spielte sich bereits ab, wie Daniel die Tür öffnen würde, sie von oben bis unten musterte und versuchte, sein Entsetzen hinter einem höflichen Lächeln zu verbergen. «Vielleicht sollte ich behaupten, ich hätte einen neuen Extremsport erfunden: Urban Swimming.»

Mit einem Lächeln klingelte sie bei Daniel. Als er die Tür öffnete, stand er da, das perfekte Bild eines Gastgebers, bis sein Blick auf Alex fiel. Für einen Moment konnte man fast sehen, wie sein Gehirn versuchte, die Situation zu verarbeiten, bevor er schließlich in ein herzliches Lachen ausbrach.

«Ich hoffe, du magst dein Date mit einem Hauch von 'Eau de Regen'.»

«Ich hole dir etwas zum Anziehen. Geh schon mal ins Badezimmer», sagte Daniel amüsiert.

Als Alex, in einem Jogginganzug, der sowohl in Größe als auch Farbwahl eher einem modischen Hilferuf glich, aus dem Bad trat und barfuß zu Daniel in die Küche tapste, hätte sie glatt als Maskottchen für «Chic nach Katastrophe» durchgehen können. Der Anzug hing an ihr, als hätte er ursprünglich für einen zweimetergroßen Basketballspieler gedacht sein müssen, und die Farbe – nennen wir sie 'Morgengrauen bei Vollmond' – ließ ihre Hautfarbe irgendwo zwischen «frisch gewaschen» und «leicht gebleicht» erscheinen.

«Sieht aus, als hätte ich mich in die Garderobe eines Riesen verirrt», kommentierte Alex, als sie Daniel gegenüberstand, der sichtlich Mühe hatte, sein Lächeln zu unterdrücken.

«Der steht dir!», bestätigte er mit einem Augenzwinkern, während er in einem Topf rührte. «Fashion Week Hamburg – die Jogginganzug-Edition. Du könntest Trendsetterin werden.»

Sie lehnte sich gegen die Kücheninsel, beobachtete Daniel bei der Arbeit und fühlte sich trotz des modischen Fauxpas erstaunlich wohl.

Als Daniel das viergängige Menü servierte, das er mit der Geschicklichkeit eines Sternekochs zubereitet hatte, konnte Alex ihr Staunen kaum verbergen. Jeder Gang war eine Offenbarung für sich, ein kulinarisches Meisterwerk, das sie in neue Geschmackswelten entführte. Es war, als hätte Daniel direkt in ihr Herz gekocht – vorausgesetzt, ihr Herz hätte Geschmacksknospen.

«Wow, das ist unglaublich! Hast du etwa eine Kochschule besucht?», fragte Alex, während sie genüsslich an einer besonders delikaten Trüffel-Pasta kaute.

Daniel lächelte bescheiden. «Ach, das ist nur ein kleines Hobby von mir. Ich experimentiere gerne in der Küche.»

«Experimentieren?» Alex hob eine Augenbraue. «Das hier ist kein Experiment, das ist Zauberei. Ich meine, ich kann gerade so eine Dose Ravioli aufmachen, ohne die Küche in Brand zu setzen.»

Daniel lachte. «Nun, jeder hat seine Talente. Deins ist vielleicht nicht das Kochen, aber dafür hast du andere Fähigkeiten.»

Alex dachte darüber nach, welche «anderen Fähigkeiten» sie wohl haben könnte. Ihre Fähigkeit, Netflix-Marathons zu überstehen, zählte wahrscheinlich nicht.

«Ja, wie zum Beispiel das Talent, unglaublich gut dein Essen zu genießen.»

Als das Dessert serviert wurde, ein himmlisches Schokoladen-Soufflé, das auf der Zunge zerging, war Alex überzeugt, dass Daniel einfach zu gut war, um wahr zu sein. Ein Mann, der kochen konnte, gut aussah und zudem noch ein geheimes Kaffeeimperium besaß. Sie musste in einem modernen Märchen gelandet sein – oder in einer sehr raffinierten Episode von «Versteckte Kamera».

«Wenn das hier ein Traum ist, bitte weck mich nicht auf», sagte Alex, während sie das Soufflé genoss.

Daniel lachte und versprach, das Rezept ein andermal zu teilen. Alex war sich sicher, dass sie nie wieder normal essen konnte, ohne sich an diesen Abend zu erinnern. Wie sollte sie jemals wieder zu Dosen-Ravioli zurückkehren, nachdem sie die Küchenkünste eines wahren Meisterkochs erlebt hatte?

«Erzähl doch mal, wo die Insel liegt, die deine Eltern besitzen», fragte Daniel und beugte sich vor.

«Okay, Alex, jetzt musst du kreativ werden», dachte sie. Die Geschichte mit der Insel hatte sich in dem Moment, als sie sie erzählt hatte, wie eine gute Idee angefühlt – ein kleiner Scherz, um Daniel zu beeindrucken. Aber jetzt, wo er nach Details fragte, fühlte sich die Sache komplizierter an.

«Oh, die Insel! Ja, also das ist eine lustige Geschichte», begann Alex und versuchte, so ungezwungen wie möglich zu wirken. «Sie existiert nämlich... in einem sehr exklusiven Online-Spiel. Meine Eltern sind da total reingekippt und haben jetzt eine virtuelle Insel.»

Daniel schaute sie einen Moment lang an, bevor er in Gelächter ausbrach. «Das ist ja genial! Ich dachte schon, du erzählst mir von einer echten Insel.»

Alex lachte erleichtert mit und überlegte, ob sie Daniel nach seinen Eltern befragen sollte, doch sie wollte die gute Stimmung nicht zerstören und wartete ab, bis Daniel ihr mehr über sich und seine Familie erzählte, was er jedoch nicht tat, stattdessen hielt er ihr lange Vorträge über Kaffeeplantagen in Guatemala.

«Ich denke, dass mein Kleid nun trocken sein wird. Ich ziehe mich um.»

Als Alex im Badezimmer in ihr noch leicht feuchtes Kleid schlüpfte, klingelte es. Kurz danach hörte sie eine Frauenstimme.

Alex klebte mit einem Ohr an der Tür.

«Warum bist du hier?» Daniel klang so genervt, wie jemand, der versucht, eine aggressive Verkäuferin loszuwerden, die unbedingt den letzten Staubsauger verkaufen möchte.

«Daniel ich liebe dich und wir sind das perfekte Paar …»

Alex Herz klopfte schneller als ein entflohener Hase. Die Stimmen wurden lauter, und sie konnte nicht anders, als ihr Ohr so nah wie möglich an die Tür zu pressen, ohne dabei komplett mit der Tür zu verschmelzen. Sie überlegte fieberhaft. Sollte sie hinausgehen und sich der Situation stellen?

Bevor sie sich entscheiden konnte, hörte sie Daniel sagen: «Ich rufe dich morgen an.»

«Daniel, wir müssen das jetzt klären! Es ist wichtig.»

Er klang genervt, aber bestimmt. «Jetzt ist wirklich nicht der richtige Zeitpunkt. Ich habe Besuch.»

«Vom wem?» Die Stimme klang überrascht und ein wenig eifersüchtig.

Wer war diese Frau? Alex zögerte einen Moment, dann fasste sie einen Entschluss. Sie öffnete leise die Badezimmertür und schlich sich näher an das Gespräch heran, um besser zu hören.

«Sie ist... eine Freundin», hörte sie Daniel sagen, und Alex spürte, wie ihr die Worte in der Brust stecken blieben. Nur eine Freundin?

«Ich dachte, wir hätten geklärt, dass du solche... Freundinnen nicht mehr einlädst, solange wir...», die Stimme der Frau brach ab, und es herrschte einen Moment lang Stille.

«Was auch immer du jetzt willst, es muss warten,» unterbrach Daniel sie.

Mit einem Herzen, das in ihrer Brust hämmerte, entschied Alex, dass es besser wäre, nicht aufzutauchen. Stattdessen lauschte sie weiter, gekleidet in ihr Etuikleid, das nun irgendwie enger zu sein schien als vorher.

«Ich kann jetzt nicht, Veronica. Bitte», hörte sie Daniel sagen, seine Stimme voller Flehen.

«Du kannst mich nicht einfach wegschicken, nach allem, was zwischen uns war!» Veronicas Stimme war hart, aber darunter lag ein Hauch von Verletzlichkeit.

Wer war diese Veronica? Und was für eine Vergangenheit hatte sie mit Daniel?

Plötzlich wurde Alex klar, dass sie handeln musste. Sie spähte um die Ecke, um zu sehen, wie Veronica – eine elegante Frau mit entschlossenen Augen und einer Aura, die ebenso viel Stärke wie Verzweiflung ausstrahlte – Daniel gegenüberstand.

Voller Selbstbewusstsein trat Alex in den Flur.

«Ist alles in Ordnung?» Ihre Stimme war fester, als sie sich fühlte, aber sie wollte nicht, dass Daniel dachte, sie würde sich verstecken.

Daniel drehte sich überrascht um, seine Augen weiteten sich, als er Alex sah. Veronica hingegen musterte Alex von Kopf bis

Fuß, ihre Miene eine Mischung aus Neugier und Herausforderung.

«Alex, das ist... äh, Veronica. Eine Freundin», stellte Daniel schnell klar, obwohl seine Stimme etwas zitterte.

«Eine Freundin, hm?» Alex ließ sich nichts anmerken, obwohl ihr Herz einen unsicheren Takt schlug. «Vielleicht ist es besser, wenn ich gehe.»

Mit einem entschlossenen Schritt nach vorne bot sie ihre Hand Veronica an. «Freut mich, dich kennenzulernen. Daniel und ich hatten gerade einen schönen Abend zusammen.»

Die Luft war geladen mit ungesagten Worten und Blicken, die mehr verrieten, als Worte es könnten. Während Veronica ins Wohnzimmer stürmte, schritt Alex Richtung Haustür.

«Bitte laufe jetzt nicht weg!», flehte Daniel sie an.

Mit einem entschlossenen Blick schüttelte Alex Daniels Hand von ihrem Arm.

«Ich laufe nicht weg. Ich gehe, und das ist ein großer Unterschied.» Ihre Stimme war fest, auch wenn ihr Inneres bebte. Daniels Gesicht zeigte eine Mischung aus Entsetzen und Verwirrung.

«Aber Alex, das mit Veronica, das ist nicht das, was du denkst», versuchte er sich zu erklären, doch Alex hob abwehrend ihre Hand.

«Weißt du, Daniel, ich dachte, zwischen uns könnte etwas Echtes sein. Aber echte Beziehungen basieren auf Ehrlichkeit, nicht auf Vier-Gänge-Menüs und Überraschungskonzerten.» Sie schnappte ihre Tasche und wandte sich zum Gehen.

«Warte, Alex! Kann ich dir nicht zumindest erklären...», Daniel klang verzweifelt, doch Alex war bereits im Hausflur.

«Spar dir deine Erklärungen für Veronica. Vielleicht schätzt sie deine Geheimniskrämerei mehr als ich.» Mit diesen Worten verließ sie die Wohnung und ließ einen bestürzten Daniel zurück.

Als sie die Treppe hinunterstieg, fühlte sie sich nicht wie die Heldin in einem romantischen Drama, sondern eher wie jemand, der gerade einem schlechten Date entkommen war.

Mit Tränen, die ihre Sicht verschwommen machten, stolperte sie die Treppen hinunter, ihr Herz so schwer wie nie zuvor. Jeder Schritt nach unten fühlte sich an wie ein Schritt weiter weg von dem Traum, den sie sich mit Daniel ausgemalt hatte.

Als sie das Erdgeschoss erreichte, wischte sie sich hastig die Tränen aus dem Gesicht, bereit, ihre Würde zu bewahren, falls sie jemandem begegnen sollte. «Großartig, Alex. Statt einer Beziehung hast du jetzt genug Material für einen traurigen Country-Song», murmelte sie zu sich selbst, während sie die Haustür öffnete und in die frische Luft trat.

Die kühle Nachtluft umfing sie wie eine tröstende Umarmung, und für einen Moment schloss sie die Augen, tief durchatmend. «Von nun an», schwor sie sich, während sie zum Himmel blickte, der von den Lichtern der Stadt erhellt war, «werde ich nur noch auf mich selbst aufpassen. Und vielleicht auf eine Katze. Eine Katze würde so etwas nie tun.»

Mit neuem Entschluss schritt sie vorwärts, entschlossen, Daniel und die ganze verworrene Situation hinter sich zu lassen.

Mit einem tiefen Seufzer starrte Alex auf den Bildschirm ihres Handys, während die U-Bahn durch die Tunnel Hamburgs ratterte. Die Nachrichten ihrer Mutter waren wie ein Weckruf – ein weiteres Drama kündigte sich am Horizont an. «Als ob mein eigenes Liebesleben nicht schon genug einer Seifenoper gleichen würde», dachte sie sich, während sie eine Antwort tippte.

Alex lehnte sich zurück und versuchte, die Gedanken an Daniel und die unerwartete Wendung des Abends beiseitezuschieben. Stattdessen fokussierte sie sich auf die Vorstellung, wie ihre Mutter auf Sönkes Besuch reagieren würde. «Wahrscheinlich mit einer Mischung aus Panik und Vorfreude», mutmaßte Alex und ein leises Lächeln schlich sich auf ihr Gesicht. «Das könnte tatsächlich interessant werden.»

Die U-Bahn hielt an ihrer Station, und während sie ausstieg, machte sie sich einen mentalen Vermerk, ihrer Mutter morgen früh einen ausführlichen Anruf zu gönnen.

ZWEIUNDZWANZIG

Durch das Klingeln ihres Handys wurde Alex aus dem Schlaf gerissen.

«Mama, ich hatte einen langen Abend und … Was gibt's?», meldete sie sich gereizt, während sie sich die letzten Reste des Schlafs aus den Augen rieb.

«Sönke will mich heute in Hamburg besuchen, aber dein Vater hat geplant, dass wir zusammen an die See fahren. Ich stecke in der Zwickmühle. Kannst du mir helfen?», fragte Beate, ihre Stimme klang verzweifelt.

Alex seufzte, noch halb im Traumland. «Mama, warum machst du es immer so kompliziert? Sag Papa einfach, dass du einen alten Freund aus Föhr triffst. Keine Ausflüchte, keine Lügen. Es ist doch nichts Schlimmes daran, Freunde zu treffen.»

«Das verstehst du nicht, Alexandra! Dein Vater... er ist so sensibel seit Föhr. Ich will ihn nicht verletzen», erklärte ihre Mutter.

«Verstehe ich, Mama. Aber Ehrlichkeit ist jetzt das Beste», riet Alex und gähnte.

«Und wo warst du gestern Abend?», hakte Beate nach, die Neugier in ihrer Stimme kaum verbergend.

«Das erzähl ich dir später, Mama. Erst mal löse deine Sache mit Papa und Sönke. Ich unterstütze dich, egal wie du dich entscheidest.»

Alex Handy wurde von einem Meer aus Benachrichtigungen überflutet, alle von Daniel. Sie entschied, dass Ignoranz die beste Medizin war. Daniel, der wie ein leuchtendes Symbol der Romantik erschienen war, war nun Geschichte, ein Kapitel in ihrem Leben, das sie schneller zuklappen würde als ein Buch, das sie nicht fesseln konnte. Sie beschloss, ihr eigenes Happy End zu schreiben – eines, in dem sie nicht weint, sondern sich auf das nächste Abenteuer freut. Wer braucht schon einen Daniel, wenn es so viele andere Buchstaben im Alphabet gibt?

Mit einem Wirbelsturm aus Frust durchquerte Alex die Einkaufszentren. Sie schwang ihre Einkaufstaschen wie Trophäen durch die Luft, jede Tüte ein Bollwerk ihrer Unabhängigkeit. Wieder daheim, schlüpfte sie in eines ihrer neuen Errungenschaften – ein leuchtend rotes Kleid, das lautstark verkündete: «Ich brauche keinen Mann, um zu leuchten!» Dann ließ sie sich auf ihrem Sofa nieder, umringt von einem wahren Berg an Schokolade, der ausreichend war, um selbst den anspruchsvollsten Chocolatier vor Neid erblassen zu lassen.

«Wer braucht schon Daniel, wenn man Schokolade hat?», murmelte sie, während sie ein Stück nach dem anderen genoss. Die Süße der Schokolade war Balsam für ihre Seele und mit jedem Bissen fühlte sie sich ein wenig besser.

Als jedoch ihr Handy vibrierte und der Bildschirm aufleuchtete, nur um ihr mitzuteilen, dass Daniel erneut versucht hatte, Kontakt aufzunehmen, seufzte sie tief.

Mit einer Entschlossenheit, die selbst die heldenhaftesten Charaktere in ihren Lieblingsromanen übertreffen würde, löschte sie Daniels Kontakt. «So, jetzt bist du endgültig Geschichte, Daniel!», verkündete sie triumphierend, während sie ein weiteres Stück Schokolade in den Mund schob.

Mit einem Seufzer nahm sie Kims Anruf entgegen, bereit, ihre neugierigen Fragen zu beantworten.

«Also, wie war's mit Daniel?», platzte Kim direkt heraus, ihre Stimme übersprudelnd vor Neugierde. Alex zögerte einen Moment, bevor sie antwortete.

«Stell dir vor, es war wie eine Achterbahnfahrt, nur dass die Achterbahn plötzlich entgleist ist.»

Kim, die eine Vorliebe für Dramatik hatte, atmete hörbar ein. «Was ist passiert? Hat er etwa versucht, dich zum Bungee-Jumping zu überreden?»

«Nein, schlimmer», erwiderte Alex. «Eine seiner vermutlich vielen Freundinnen ist aufgetaucht, und zwar genau in dem Moment, als ich dachte, es könnte nicht romantischer werden. Ich glaube, ich habe einen neuen Rekord aufgestellt: Vom Himmel in die Hölle in weniger als fünf Sekunden.»

Kim lachte, konnte aber nicht verbergen, dass sie schockiert war. «Nicht dein Ernst! Das klingt ja dramatischer als die letzte Staffel von ‚Liebe, Lügen, Leidenschaften'! Und, was hast du gemacht?»

«Was sollte ich schon machen? Ich habe meinen stolzesten ‚Ich brauche keinen Mann'-Auftritt hingelegt und bin abgehauen. Und jetzt sitze ich hier, umgeben von Shopping-Beute und esse Schokolade», erklärte Alex mit einem Anflug von Stolz in der Stimme.

«Schokolade heilt alle Wunden», antwortete Kim lachend. «Und du hast absolut richtig gehandelt. Wenn Daniel jetzt ankommt und dir wieder Blumenberge vor die Tür legt, machst du was?»

«Ich schenke sie meiner Nachbarin. Die freut sich. Oder besser noch, ich verkaufe sie und gehe wieder shoppen! Nicht nur, dass er mit mehreren Frauen gleichzeitig etwas am Laufen hat, er hat mir auch noch verheimlicht, dass er der Sohn vom Kaffee König ist», erzählte Alexandra frustriert.

«Echt jetzt? Der Kaffee König?», rief Kim aus, ihre Stimme eine Mischung aus Überraschung und Skepsis. «Das erklärt einiges, aber warum hat er dir das verheimlicht?»

Alex zuckte mit den Schultern. «Vielleicht wollte er, dass ich ihn mag, ohne dass sein Hintergrund eine Rolle spielt. Oder er hat einfach zu viele Filme gesehen, in denen der reiche Erbe unerkannt bleiben will.»

Kim lachte. «Klingt, als wäre er der Hauptdarsteller in einem schlechten Liebesfilm.»

«Ich will doch keinen Mann, der denkt, er müsse Teile seines Lebens vor mir verstecken, nur weil er reich ist. Ich meine, wer macht denn sowas?»

«Jemand, der schlechte Erfahrungen gemacht hat?», mutmaßte Kim. «Oder jemand, der zu viele romantische Komödien gesehen hat, in denen der reiche Erbe seine Identität verschweigt, um die wahre Liebe zu finden.»

«Nun, das war dann wohl ein Flop», erwiderte Alex trocken. «Von wegen ‚wahre Liebe'. Mehr so ‚wahre Lügen'.»

«Du solltest das positiv sehen. Jetzt hast du mehr Zeit, jemanden zu finden, der wirklich zu dir passt. Jemand, der keine Geheimnisse vor dir hat. Oder zumindest jemand, der besser lügen kann.»

«Danke für den Trost», sagte Alex und konnte nicht anders, als ebenfalls zu lachen. «Aber jetzt mal ernsthaft, ich brauche eine Pause von Männern. Ich konzentriere mich jetzt auf mich. Und auf Schokolade. Und vielleicht adoptiere ich eine Katze. Eine Katze würde mich nie enttäuschen.»

Kim lachte. «Eine Katze, echt jetzt? Ich dachte, du bist eher der Hundetyp.»

«Vielleicht bin ich das. Aber im Moment klingt eine Katze nach dem perfekten Mitbewohner: unabhängig, anspruchslos und sie bringt keine Ex-Freundinnen mit», scherzte sie.

Die beiden Freundinnen lachten zusammen, und Alex fühlte sich, trotz der Enttäuschung mit Daniel, ein kleines bisschen besser. Im Endeffekt zählten Freundschaft und Schokolade doch mehr als irgendwelche reichen Erben mit Geheimnissen.

Kaum hatte Alex das Telefonat mit Kim beendet, rief ihre Mutter an, die sich ziemlich verzweifelt anhörte. «Kann ich vorbeikommen?»

Als Beate ankam, wirkte sie sichtlich mitgenommen und ließ sich stöhnend auf das Sofa fallen. Alex reichte ihr ein Stück Schokolade, das ihre Mutter mechanisch annahm.

«Was ist passiert, Mama?», wollte Alex wissen und legte besorgt den Kopf schief.

«Sönke und ich hatten heute Vormittag einen wunderschönen Tag und ich bin ... verliebt. Aber ich kann deinen Vater doch nicht verlassen.»

Alex hörte zu, während Beate ihre Gefühle ausschüttete.

«Ich liebe deinen Vater, auch wenn er manchmal ein Sturkopf ist. Aber Sönke hat mir gezeigt, was in meinem Leben fehlt.»

«Mama, das klingt so, als ob du zwischen zwei Männern steckst», stellte Alex fest und versuchte, den Humor in der Situation zu finden, um die Stimmung etwas aufzulockern.

Beate lachte traurig. «Ja, es fühlt sich an wie in einem schlechten Liebesroman. Die verheiratete Frau, die ihren Ehemann liebt, aber auch für den charmanten Fremden schwärmt.»

«Nun, zumindest hast du eine Wahl. Ich habe gerade einen Mann verloren, den ich nie wirklich hatte», dachte Alex frustriert.

«Mama, das Wichtigste ist, dass du glücklich bist. Egal, ob mit Papa, Sönke oder allein. Vielleicht brauchst du einfach ein wenig Zeit für dich, um herauszufinden, was du wirklich willst».

Beate lächelte matt. «Du hast recht.»

«Vielleicht triffst du ja einen dritten charmanten Mann», scherzte Alex und zwinkerte ihrer Mutter zu.

«Ach, mein Schatz. Was würde ich nur ohne dich machen?»

«Wahrscheinlich viel weniger Schokolade essen», antwortete Alex mit einem Grinsen.

Als Beate sich verabschieden wollte, schellte die Klingel. Alex schaute durch den Spion und hielt ihren Finger vor den Mund. «Pst! Das ist Daniel. Er will sich mal wieder entschuldigen, aber ich will ihn nicht mehr sehen.»

«Warum nicht?»

«Erzähle ich dir später.»

«Alex, das ist aber nicht die feine englische Art», tadelte Beate, während sie versuchte, durch den Spion zu linsen. «Aber gut, ich habe eine Idee. Ich werde so tun, als wäre ich die Putzfrau und du bist auf einer Weltreise.» Beate wickelte sich rasch ein buntes Tuch um den Kopf und griff nach einer riesigen Sonnenbrille.

Bevor Alex protestieren konnte, hatte Beate die Tür geöffnet und begrüßte Daniel mit einem breiten Lächeln.

«Guten Tag, der Herr! Die Frau des Hauses ist leider auf einer Expedition im Amazonas. Kann ich ihr was ausrichten?»

Daniel, sichtlich verwirrt und überrascht von der Putzfrau mit einem fragwürdigen Akzent, hielt den imposanten Blumenstrauß noch fester.

«Äh, könnten Sie ihr bitte ausrichten, dass ... Daniel hier war und ...»

«Daniel, der großartige Rosenkavalier!», unterbrach Beate ihn theatralisch. «Aber natürlich, ich werde es in den Dschungel telegrafieren. Sollten die Piranhas gnädig sein, wird Frau Lara Ihre Botschaft erhalten.»

Mit einem verwirrten Kopfschütteln und einem halbherzigen «Danke» zog Daniel schließlich ab. Beate schloss die Tür und ging zu ihrer Tochter ins Wohnzimmer, die sich das Lachen kaum verkneifen konnte.

«Mama, das war brillant!», kicherte Alex. «Seit wann bist du denn so eine gute Schauspielerin?»

«Ach, das lernt man im Laufe der Jahre», antwortete Beate mit einem Augenzwinkern.

In der Nacht, nachdem Beate Daniel mit der Professionalität eines diplomatischen Sicherheitsdienstes abgewimmelt hatte, konnte Alex kein Auge zumachen. Ihr Schlaf war ein wilder Ritt durch die absurd-komische Welt der Liebe. Sie träumte, dass Daniel und Ole in einer bizarren Version von «Der Bachelor» um ihre Gunst buhlten. Daniel schwebte auf einem riesigen Rosenstrauß heran, der so groß war, dass er sich in den Wolken verfing. Ole versuchte, ihn mit einem Föhrer Leuchtturm zu übertrumpfen, den er mühsam hinter sich herzog. Im nächsten

Moment saß Ole in einem riesigen Kaffeepott, den er liebevoll als «Oles Mokka-Mansion» bezeichnete, und schipperte über die Nordsee, umgeben von schwimmenden Kaffeebohnen. Daniel, nicht gewillt, in der Show zu unterliegen, versuchte, mit einem Feuerwerk aus Rosen Alex zu beeindrucken. Jede Explosion ließ ein «Ich entschuldige mich» in den Himmel leuchten. Doch jedes Mal, wenn die Blüten zu Boden fielen, verwandelten sie sich in kleine Daniel-Doppelgänger, die mit kleinen Rosensträußen um Alex' Aufmerksamkeit buhlten.

Als der Traum seinen Höhepunkt erreichte, fanden sich alle zwei Verehrer in einer musikalischen Einlage wieder, in der sie versuchten, Alex mit einer Boyband-Performance zu erobern. Daniel gab den Leadsänger und Ole spielte Luftgitarre auf einem Baguette. Der Refrain «Alex, wähle mich!» hallte durch die Nacht, bis Alex von ihrem eigenen Lachen aufwachte.

DREIUNDZWANZIG

Im Morgengrauen fand Alex sich in einem Zustand der Verzweiflung wieder, während sie mit einem Finger ihr Kissen streichelte, als wäre es Daniels Wange. Doch nein, Daniel war eine Liga für sich, ein Casanova, der sich mit Schönheiten schmückte wie ein Weihnachtsbaum mit Kugeln. Und in diesem Weihnachtsspiel wollte Alex nicht die nächste Kugel sein, die nach dem Fest wieder in der Box landet.

«Na gut. Ich nehme diese absurde Erfahrung einfach als Teil meiner Lebenskomödie», sagte sie sich, mit einem Entschluss, der mehr nach einer überzogenen Lektion klang als nach einem echten Trost.

Sie grübelte, ob eine weitere Aussprache mit Daniel nicht doch angebracht gewesen wäre. Doch tief in ihrem Inneren wusste sie, dass sie in Daniels Welt voller glitzernder Frauen, die er scheinbar en masse verehrte, nur eine Statistin war. Mit einem Seufzer entschied sie, dieses Kapitel als «Bildungsreise ins Reich der gebrochenen Herzen» zu verbuchen und nicht länger Teil von Daniels Harem zu sein.

Am Nachmittag fand Alex sich hinter der Theke in Kims Café wieder, wo sie inmitten von Cappuccino- und Kuchenduft in

Erinnerungen schwelgte. Die erste Begegnung mit Daniel – damals hatte sie noch Sterne in den Augen.

«Warum siehst du aus, als hätte jemand dein Lieblingsplüschtier in den Mixer gesteckt?», hakte Kim nach.

«Ich hab Daniel abserviert», gestand Alex mit einem Seufzer.

«Ach, Süße, das tut mir leid. Aber zwischen uns – der Kerl war eh zu glatt. Zu sehr 'Mr. Ich-habe-einen-Rosenstrauß-für-jede-Gelegenheit'», meinte Kim und zuckte mit den Schultern. «Aber Kopf hoch, vielleicht stolpert ja heute dein Mr. Right durch die Tür. Und jetzt bitte ein Lächeln, das steigert das Trinkgeld – und wer weiß, vielleicht auch die Liebeschancen.»

Als der Abend hereinbrach, fühlte Alex ihre Füße nicht mehr – so kam es ihr zumindest vor, nachdem sie den ganzen Tag im Café viele Kilometer zurückgelegt hatte. Gerade als sie sich in ihr Schicksal als ewige Single-Lady fügen und ihre letzte Notfall-Tafel Schokolade aus ihrem geheimen Versteck kramen wollte, vibrierte ihr Handy. Ole! Ihr Herz überschlug sich vor Freude. Seit ihrer Rückkehr von Föhr hatte sie nichts mehr von ihm gehört, was sie mehr als nur ein kleines bisschen enttäuscht hatte.

«Hallo, ich bin morgen in Hamburg, um nach Möbeln für mein Café zu suchen. Hast du vielleicht Lust, dich auf einen Kaffee zu treffen?», las sie und stellte sich vor, wie es wäre, den netten Ole wiederzusehen. Wenn er nur wüsste, dass sie letzte Nacht von ihm geträumt hatte! Alex, die immer noch zwischen Freude und Schock schwankte, beschloss spontan, sich einen freien Tag zu gönnen – sie hatte ohnehin Überstunden wie Sand am Meer.

«Klar, sehr gerne! Ich kenne ein nettes Café. Ich schicke dir die Adresse. Wie wäre es um 15 Uhr?», tippte sie schnell und konnte ihr Glück kaum fassen.

Während Alex sich akribisch auf das Treffen mit Ole vorbereitete, ließ sie Kim wissen, dass sie am Nachmittag im Café vorbeischauen würde – allerdings nicht in Arbeitskleidung, sondern als Gast in Begleitung eines Freundes. «Von Daniel zu Ole – das nenn ich mal ein Upgrade!», kommentierte Kim, halb amüsiert, halb skeptisch.

Alex, die gerade dabei war, ihre Wimpern mit einem neuen, revolutionären Serum zu verlängern, das versprach, Blicke auf magische Weise anzuziehen, wurde jäh von der Türklingel unterbrochen. Im Bademantel stürmte sie zur Tür. «Bitte nicht, dass Daniel jetzt auf die Idee kommt, sich als Rosenverkäufer zu verkleiden», murmelte sie genervt, bevor sie die Tür aufriss. Doch anstatt eines Rosen tragenden Daniels, stand ihre Mutter da, Tränen in den Augen, die Verzweiflung im Gesicht geschrieben.

«Mama! Was ist passiert? Ist alles in Ordnung?», platzte es aus Alex heraus, während sie Beate ins Wohnzimmer führte, fest entschlossen, das Wimpernserum-Experiment für einen echten Notfall zu unterbrechen.

Während das Teewasser brodelte, nahm Beate in der Küche Platz und versuchte, ihre Fassung wiederzugewinnen.

«Nun raus mit der Sprache, was ist los?», drängte Alex ihre Mutter zur Eile. Beate schluchzte: «Sönke hat mir ein Ultimatum gestellt. Er will, dass ich mich bis morgen entscheide, ob ich bei deinem Vater bleibe oder mit ihm nach Föhr ziehe.»

Alex, die mit offenem Mund dastand, konnte kaum glauben, was sie hörte. «Das klingt ja wie in einem schlechten Film», entfuhr es ihr, während sie ihrer Mutter einen beruhigenden Pfefferminztee vorsetzte, in der Hoffnung, dass dieser irgendwie die Wogen glätten könnte.

«Mama, ernsthaft, du kannst Papa nicht wegen eines Mannes verlassen, der dir ultimative Entscheidungen vor die Nase setzt. Papa hat sich so ins Zeug gelegt. Erinnere dich nur an die Gucci-Handtasche!», rief Alex ihrer Mutter ins Gewissen. Beate seufzte tief und gab zu: «Ich schätze die Bemühungen deines Vaters wirklich, aber Sönke bringt eine Frische in mein Leben, die ich lange vermisst habe.»

Alex, die kaum ihren Ohren trauen konnte, entgegnete: «Ich verstehe ja, dass du Schmetterlinge im Bauch hast, aber glaub mir, Schmetterlinge flattern weiter. Und wer sagt denn, dass Sönke nicht auch seine Macken hat? Bleib bei Papa. Gebt eurer

Ehe eine Chance! Ich mein, komm schon, ich bin zu alt, um ein Scheidungskind zu werden.»

Beate lächelte schwach und nickte. «Vielleicht hast du recht. Dein Vater und ich, wir haben so viel gemeinsam durchgemacht. Und eine Gucci-Handtasche wirft man nicht so einfach weg.»

Alex atmete erleichtert auf und dachte bei sich: «Na endlich sieht sie ein, dass man Liebe nicht wie eine alte Handtasche einfach austauscht.»

«Mama, es tut mir wirklich leid, aber ich habe gleich ein Treffen mit Ole», erklärte Alex, während sie hoffte, dass ihre Mutter das als dezenten Hinweis verstehen würde, dass es Zeit war zu gehen.

«Oh, Ole, der mit den süßen Sommersprossen?», erinnerte sie sich mit einem Schmunzeln.

«Genau der», bestätigte ihre Tochter, während sie hektisch überlegte, was sie anziehen sollte.

«Na, dann lass mal sehen, ob aus euch ein Espresso oder ein Latte Macchiato wird», witzelte Beate, die Alex' Nervosität bemerkte und beschloss, sich zurückzuziehen.

«Ich verschwinde jetzt. Viel Glück, mein Schatz!», rief sie, während sie zur Tür hinausschlüpfte und Alex in einem Wirbel aus Vorfreude und leichter Panik zurückließ.

Als Alex atemlos in Kims Café stürmte, sah sie Ole bereits durch das Fenster. Er war nicht zu übersehen – seine roten Haare leuchteten wie ein Leuchtturm in der gemütlichen Café-Ecke.

«Hallo, Kim! Siehst du den rothaarigen Mann dort drüben? Das ist Ole», keuchte Alex, während sie versuchte, ihren Atem zu fangen.

«Ah, der mit den Sommersprossen?», fragte Kim, während sie mit einem Auge den gutaussehenden Fremden musterte. «Er hat was, das muss ich zugeben.»

Alex lachte nervös. «Hoffentlich strahlt er auch so viel Wärme aus wie ein echter Leuchtturm», murmelte sie und schlängelte sich durch die Tische, auf Ole zu, der sich bei ihrem Anblick erhob und sie mit einem Lächeln begrüßte, das Alex das Herz erwärmte.

«Entschuldige die Verspätung, der Hamburger Verkehr ist unberechenbar wie das Wetter.»

Ole lachte. «Kein Problem, ich habe die Aussicht genossen.»

Als Alex erzählte, dass das Café ihrer Freundin gehört und sie gelegentlich aushilft, nickte er beeindruckt und ließ seinen Blick durch den Raum schweifen.

«Ehrlich gesagt, der Kaffee und der Kuchen hier sind hervorragend», lobte er, während er ein Stück Torte mit einer Gabel aufspießte, «und die Atmosphäre ist genau richtig: gemütlich und einladend. Genau so stelle ich mir auch mein Café vor.»

Er griff zu seinem Smartphone und zeigte Alex eine Galerie voller Fotos von Friesengeschirr, das er bereits ausgesucht hatte.

«Sieh mal, ich habe mich für dieses Design entschieden. Was hältst du davon?»

Alex, die das Geschirr bewunderte, nickte zustimmend. «Es sieht fantastisch aus. Ganz im Friesenstil, das passt perfekt.»

Während sie weiterplauderten, stellte sie fest, wie angenehm es war, sich mit Ole zu unterhalten. Er hörte wirklich zu, ging auf ihre Worte ein und schaffte es, dass sie sich verstanden fühlte. Sie begann, seine Sommersprossen zu zählen.

Ihre Unterhaltung floss so leicht und unbeschwert, dass Alex sich völlig entspannt fühlte. Es war, als ob sie Ole schon ewig kennen würde, und jedes Stückchen von ihm, von seinen Sommersprossen bis zu seinen Caféträumen, faszinierte sie auf einmal.

Kim, die sich nicht nehmen ließ, persönlich für ihr Wohlbefinden zu sorgen, steuerte mit zwei Sektgläsern auf sie zu.

«Für euch, geht aufs Haus», sagte sie, während sie mit einem Augenzwinkern die Gläser verteilte. Sie stießen an, Alex mit einem inneren Sprung der Freude.

Die Frage, ob Alex ihn bei der Möbelauswahl begleiten wolle, kam für sie wie gerufen. «Ja, natürlich! Ich bin quasi Expertin im Möbel-Nicht-Kaufen. Ich begleite meine Freunde und überzeuge sie davon, dass sie alles nicht brauchen. Aber für dich mache ich eine Ausnahme.»

«Gut zu wissen, dass ich jemanden habe, der mich vor spontanen Fehlkäufen bewahrt.»

Kaum hatten sie ihre Verabredung für den nächsten Tag besiegelt, stockte Alex der Atem. Daniel trat ins Café, und nicht allein – eine junge, bildhübsche Frau, die Alex nie zuvor gesehen hatte, schwebte an seiner Seite. Alex Herz machte einen Satz – nicht vor Freude, sondern vor Entsetzen. «Nicht jetzt, Daniel», murmelte sie.

«Problem?», flüsterte Ole, der ihren überraschten Gesichtsausdruck bemerkt hatte.

«Nur ein Geist aus der Vergangenheit», antwortete sie geheimnisvoll und eilte, ohne weitere Erklärungen abzugeben, zur Toilette.

Versteckt im sichersten Versteck, das ein Café zu bieten hat – der Damentoilette – atmete Alex tief durch. «Vielleicht sollte ich hier ein neues Leben anfangen. Wie lange kann man wohl auf einer Café-Toilette überleben?»

Alex Herz pochte wild, als sie Kim anrief. «Daniel ist hier. Mit einer Frau. Ich bin auf der Toilette, bis die Luft rein ist.»

Ihre Freundin, die nie um eine schlagfertige Bemerkung verlegen war, konnte sich ein Kichern nicht verkneifen.

«Alex, dein Liebesleben ist aufregender als eine tägliche Seifenoper. Bleib, wo du bist. Ich starte die Rettungsmission 'Ablenkung'.»

Während Kim sich aufmachte, um Daniel in ein Gespräch über exotische Kaffeesorten zu verwickeln, schlich Alex mit Ole an der Hand, wie zwei Teenager auf einer geheimen Mission, aus dem Café. Ole, der den plötzlichen Aufbruch mit Humor nahm, flüsterte: «Fühlt sich an wie ein Spionagefilm, nur mit weniger James Bond und mehr … uns.»

Alex konnte trotz der Situation nicht umhin zu lachen. «Genau mein Gedanke. Stell dir vor, wir entkommen durch die Hintertür, und da wartet ein Aston Martin auf uns.»

«Eher ein Fahrrad mit einem platten Reifen», entgegnete Ole, während sie ins Freie traten und dabei fast über einen Besen stolperten.

Sicher und außerhalb von Daniels Blickfeld, atmete Alex erleichtert auf. «Danke, Kim», murmelte sie, während sie auf ihr Handy schaute und sah, dass Kim ihr eine Nachricht geschickt hatte: «Operation ‚Ex aus dem Weg gehen' erfolgreich. Ihr seid jetzt offiziell untergetaucht.»

Da standen sie nun, Alex und Ole, vor dem Café, in einem dieser unbeholfenen Momente, in denen keiner so recht weiß, soll man gehen, bleiben oder doch ins Freibad einbrechen? In diesem Zwiespalt der Gefühle machte Daniel seinen Auftritt. Mit der Eleganz eines Mannes, der sich gerade entschieden hat, das Rauchen wieder aufzunehmen, trat er heraus, zündete sich eine Zigarette an und – Bühne frei für das unerwartete Wiedersehen.

«Alexandra!», rief er erstaunt, als hätte er gerade eine längst verlorene Zivilisation entdeckt.

«Daniel!», erwiderte Alex, mit der Begeisterung eines Steuerprüfers bei der Arbeit.

«Wir müssen reden, Alexandra. Wann hast du Zeit?», Daniel versuchte es direkt, während sein Blick zwischen den beiden hin und her sprang, als würde er ein Tennismatch verfolgen. Alex griff nach Oles Hand und drückte sich an ihn.

«Daniel, wir müssen nicht mehr reden. Es ist alles gesagt. Ich wünsche dir alles Gute», sagte sie, während sie sich wünschte, der Boden würde sich auftun und sie verschlingen – oder zumindest Daniel.

Ole stand dabei, ein Lächeln umspielte seine Lippen, als wäre er ein neutraler Beobachter. Daniel, der sichtlich irritiert war, nahm einen tiefen Zug von seiner Zigarette und pustete den Rauch in die Luft, als wäre es sein letzter dramatischer Abgang.

«Nun gut, Alexandra. Wenn das deine Entscheidung ist...», sagte Daniel und machte eine Pause, als würde er auf einen Trommelwirbel warten, der nie kam.

Und mit diesen Worten drehte er sich um und verschwand im Café, wahrscheinlich um seinen Kummer mit einem Espresso zu ertränken.

«Das war... interessant», bemerkte Ole, als sie Daniel nachblickten. «Sollen wir?», fragte er und deutete in eine zufällige Richtung, weg von dem Drama, das sich soeben abgespielt hatte.

«Ja, lass uns gehen. Irgendwohin, wo es keine unerwarteten Ex-Freunde gibt.»

In ihrer Wohnung angekommen, war Alex nervös.

«Willkommen in meinem bescheidenen Reich», sagte sie mit einer Geste, die einer Spieleshow-Moderatorin würdig gewesen wäre. Ole trat ein, ein Lächeln auf den Lippen, das Alex' Herz ein paar Schläge überspringen ließ.

«Es ist sehr gemütlich», meinte Ole, während er sich vorsichtig umsah, als wäre er auf einer Safari und könnte jeden Moment einem wilden Stofftier in einem urbanen Dschungel aus Ikea-Möbeln begegnen.

«Möchtest du einen Kaffee?», bot Alex an «Oder vielleicht etwas Stärkeres? Ich habe auch... Wasser.»

Ole lachte. «Wasser klingt perfekt. Ich hatte heute schon genug Kaffee, um einen kleinen Elefanten wach zu halten.»

Während sie in die Küche huschte, um das glamouröse Getränk zuzubereiten, betrachtete Ole die vielen kleinen Erinnerungsstücke und Fotos, die Alex' Leben dokumentierten. Als sie zurückkam, mit zwei Gläsern Wasser bewaffnet, als wären sie die Trophäen eines besonders langweiligen Abenteuers, setzten sie sich und redeten über alles und nichts.

Die Zeit verging wie im Flug, und irgendwann saßen sie nebeneinander auf dem Sofa, näher, als Alex es zunächst beabsichtigt hatte. Ole erzählte eine Geschichte über seine verrückteste Erfahrung beim Kaffeekauf in Südamerika, und Alex lachte so sehr, dass sie kaum atmen konnte.

«Weißt du», begann Ole ernst, «ich fühle mich wirklich wohl bei dir. Es ist, als ob ich dich schon ewig kennen würde.»

Alex sah ihn an, und in diesem Moment fühlte sie sich mutiger als jemals zuvor.

«Ich auch», gab sie zurück, und für einen Moment hing alles in der Luft, bevor Ole sich vorsichtig vorbeugte und sie sehr sanft küsste.

Als sie sich voneinander lösten, war Alex' Herz so laut, dass sie sicher war, Ole konnte es hören.

«Das war...», begann sie, aber er legte einen Finger auf ihre Lippen.

«Ja, das war es», stimmte er zu, und sie mussten beide lachen.

Als Ole sich schließlich weit nach Mitternacht verabschiedete, gestaltete sich der Abschied schwieriger als das Lösen eines Rubik's Würfels mit verbundenen Augen. Alex stand an der Tür, beide lächelten sie wie die sprichwörtlichen Honigkuchenpferde.

«Also, ich sollte jetzt wirklich gehen», murmelte Ole, ohne sich einen Millimeter zu bewegen.

«Ja, ja, sicher», erwiderte Alex, ebenfalls regungslos. Sie standen da, gefangen in einem seltsamen Tanz der Zögerlichkeit, bei dem niemand wirklich den ersten Schritt machte.

«Okay, jetzt aber wirklich», sagte er schließlich, machte eine Bewegung, als würde er gehen, drehte sich dann aber wieder zu Alex um und gab ihr einen weiteren Abschiedskuss. Es war ein Kuss, der sagte: «Ich gehe jetzt, aber eigentlich auch nicht.»

Alex, nun allein in ihrer Wohnung, lehnte sich gegen die geschlossene Tür und seufzte. Ein Seufzen, das halb aus Erschöpfung, halb aus Verzückung bestand. «Was machst du nur mit mir, Ole?», flüsterte sie in die Stille, halb in der Hoffnung, dass die Wände ihr eine Antwort geben würden.

In dem Moment, als sie sich ins Bett legte, klingelte ihr Handy. Eine Nachricht von Ole: «Bin ich eigentlich wirklich gegangen? Ich bin mir nicht sicher.»

Alex konnte nicht anders, als laut zu lachen. Sie tippte eine Antwort: «Technisch gesehen ja. Emotional? Kommst du morgen zum Frühstück?»

Als sie das Licht ausschaltete, dachte sie darüber nach, wie seltsam und wunderbar das Leben sein konnte.

VIERUNDZWANZIG

Als Alex am nächsten Tag den Wecker ignorierte und beschloss, sich noch einen Tag Urlaub zu gönnen, hatte sie nur eines im Sinn: Ole und das bevorstehende Frühstück.

Mit einer Einkaufsliste, die mehr Zutaten beinhaltete als für ein kleines Hotelbuffet nötig, stürmte Alex in den Supermarkt. Zurück mit mehr Tüten, als ein Oktopus tragen könnte, zauberte sie ein Frühstück, das selbst einen Sternekoch vor Neid erblassen lassen würde. Das neue Kleid, das Alex anzog, ließ sie strahlen, und sie fragte sich, ob Ole wohl den Unterschied zwischen einem französischen Croissant und einem aus dem Supermarkt schmecken würde.

«Vielleicht sollte ich ihm sagen, dass alles hausgemacht ist», überlegte sie schelmisch, als sie den Tisch deckte. «Ein bisschen Flunkern hat noch nie geschadet.»

Als es an der Tür klingelte, machte ihr Herz einen Satz. Sie öffnete und dort stand Ole, mit einem Lächeln, das jeden Raum erhellen konnte.

«Du siehst umwerfend aus», flüsterte er, und für einen Moment vergaß Alex, dass sie atmen sollte.

«Danke», entgegnete sie lachend und führte ihn zum Frühstückstisch. «Ich hoffe, du magst Eier in allen Variationen.»

Ole war beeindruckt von dem Aufwand und der Liebe, die Alex in dieses Frühstück gesteckt hatte. Er schaute sich um und sagte: «Deine Wohnung sieht aus, als hätte ein

Einrichtungsmagazin hier ein Fotoshooting veranstaltet. Hast du etwa extra für mich aufgeräumt?»

Alex errötete leicht. «Vielleicht ein bisschen. Aber bitte ignoriere den Wäscheberg im Schlafzimmer. Der gehört zur Dekoration.»

Während sie aßen und lachten, fühlte Alex sich, als würde sie auf Wolken schweben. Ole war nicht nur ein außergewöhnlicher Mann, er war der Beweis, dass manchmal die unerwartetsten Begegnungen zu den schönsten Geschichten führen. Und wer wusste, vielleicht war das der Beginn ihrer eigenen wundervollen Geschichte.

Nach einem Frühstück, das mehr einem kulinarischen Flirt glich und bei dem mehr Küsschen als Kalorien ausgetauscht wurden, wagte Ole ein Geständnis, das Alex' Herz zum Überlaufen brachte.

«Ich muss dir was sagen», begann er, während er nervös mit einem Löffel spielte. «Ich habe mich in dich verliebt, und das praktisch in dem Moment, als ich dich beim Bäcker vor dem finanziellen Ruin gerettet habe.»

Alex, die gerade einen Schluck Kaffee nahm, verschluckte sich fast vor Überraschung und Rührung.

«Du hast dich was?», hustete sie heraus. Ole nickte ernst, aber mit einem Funkeln in den Augen.

«Ja, aber ich bin ein Meister der Schüchternheit und hatte Angst, dass du mich in die Wüste schickst.»

Daraufhin öffnete sich Alex und erzählte von Daniel, dem charmanten Verführer, und dass sie eigentlich beschlossen hatte, eine Männerpause einzulegen.

«Nach dem ganzen Theater mit Daniel dachte ich, ich würde eine Weile im Nonnenkloster besser aufgehoben sein», scherzte sie.

Ole lachte. «Ein Nonnenkloster, wirklich?«

«Du bist süß», sagte Alex und fühlte sich wie in einem romantischen Film, nur dass das Drehbuch ihres Lebens von einer humorvollen Feder geschrieben wurde.

«Aber mal ehrlich, ich hatte Sorge, dass du nur ein weiterer Daniel bist. Ein charmantes Lächeln, aber mit einem Hang zur Mehrfachbuchung.»

«Ich verspreche dir, ich bin ein Ein-Frau-Mann. Und wenn ich buche, dann nur Tische im Café für uns beide», entgegnete Ole mit einem Augenzwinkern.

Das Gespräch floss weiter, und Alex realisierte, dass Ole nicht nur ihr Herz gestohlen hatte, sondern auch all ihre Vorbehalte gegenüber Männern.

Die beiden verbrachten den Nachmittag damit, durch Möbelläden zu schlendern, wobei Alex mehr als einmal Ole davon abhalten musste, allzu exzentrische Stücke zu kaufen.

«Glaubst du wirklich, ein Sofa in Form eines Kaffeekorns ist für dein Café die richtige Wahl?», fragte Alex, während Ole nachdenklich das Kinn rieb.

«Du hast recht, vielleicht ist das doch etwas zu viel des Guten. Aber was ist mit diesem riesigen Kaffeebecher als Sessel?»

Alex, die das Gefühl hatte, Ole wäre kurz davor, sein gesamtes Café in einen surrealen Kunsttraum zu verwandeln, lenkte ihn behutsam aber bestimmt in Richtung klassischer, aber stilvoller Möbel.

«Wie wäre es mit etwas, das nicht direkt aus einem Comic entsprungen scheint?», schlug sie vor. Ole, der ihren Rat zu schätzen wusste, nickte. «Ich vertraue dir. Außerdem», fügte er mit einem schelmischen Lächeln hinzu, «wer kann schon nein sagen zu einer Frau, die genau weiß, was sie will – und was nicht.»

Gemeinsam fanden sie die perfekte Balance für Oles Café.

Während sie nach dem erfolgreichen Möbelkauf bei einem Snack mit malerischem Alsterblick saßen, servierte Ole eine Frage, die gewichtiger war als das gesamte Mobiliar zusammen.

«Was würdest du davon halten, wenn wir gemeinsam mein neues Café betreiben?», startete er scheinbar beiläufig das Thema. «Und, ähm, mein Haus ist ziemlich groß. Ich könnte dir zwei Zimmer überlassen.»

«Zwei Zimmer», wiederholte sie, während sie versuchte, die Überraschung zu verdauen.

«Ja», fuhr Ole fort, «meine Ex fand die Insel nach kurzer Zeit zu einsam. Aber bei dir, Alex, da habe ich ein ganz anderes Gefühl.»

Alex legte die Gabel ab und blickte auf die Alster.

«Ein Café betreiben... und zwei Zimmer... auf Föhr», murmelte sie, als würde sie die Worte auf der Zunge zergehen lassen. «Meinst du nicht, das ist ein bisschen schnell? Wir kennen uns doch gerade erst.»

Ole nickte verständnisvoll. «Ich weiß, es klingt verrückt. Aber verrückt ist mein zweiter Vorname.»

«Und mein zweiter Vorname ist ‚Hat Angst vor spontanen Lebensentscheidungen'», entgegnete Alex mit einem Lächeln. «Aber die Idee, mit dir ein Café zu betreiben, klingt... spannend. Und zwei Zimmer auf Föhr? Das klingt nach einem Abenteuer.»

Ole lachte. «Für unser Abenteuer habe ich bereits einen passenden Titel: ‚Der Caféflüsterer und die Stadtprinzessin erobern Föhr'.»

Als Ole am Abend seine Rückreise nach Föhr antreten musste, war der Abschied für beide nicht leicht.

«Ole, ich brauche noch etwas Bedenkzeit. Ich habe hier meinen Job, der zumindest für die Miete sorgt, und wenn ich zu dir ziehe, werde ich ohne mein gewohntes Einkommen dastehen ... Lass mir ein paar Wochen, um alles zu überdenken. Aber ich kann dir versichern, dass ich mich auf Föhr bestimmt pudelwohl fühle und nicht so schnell den Rückzug antreten werde. Nächstes Wochenende komme ich dich besuchen, und dann können wir alle Details besprechen», versprach Alex.

Ole nickte verständnisvoll. «Ich verstehe das vollkommen. Nimm dir all die Zeit, die du brauchst. Ich freue mich schon riesig auf deinen Besuch. Bis dahin vermisse ich dich.»

Mit diesen Worten umarmten sie sich fest, bevor Ole sich widerstrebend von ihr löste und in sein Auto stieg. Alex blieb zurück, schaute dem Wagen nach, bis er außer Sichtweite war.

Sie fühlte sich wie in einem Wirbelsturm der Gefühle. Einerseits war da die Aufregung auf das mögliche neue Leben auf Föhr, andererseits die Angst vor dem großen Schritt.

Als Ole sich auf den Weg nach Föhr machte, fühlte Alex eine seltsame Mischung aus Vorfreude und einem schmerzenden Loch in ihrer Brust. Sie wählte schnell Kims Nummer, weil sie dringend einen Rat brauchte.

«Du musst mir helfen», stöhnte Alex ins Telefon, als ihre Freundin endlich den Anruf entgegennahm, nachdem sie ihn mindestens drei Mal weggedrückt hatte.

«Was ist denn los, Alex?», fragte Kim mit einem amüsierten Unterton.

«Du wirst es nicht glauben, Ole hat mir angeboten, zu ihm nach Föhr zu ziehen!», platzte Alex heraus, als könnte sie es selbst kaum glauben.

«Wow, das ist ja... großartig! Oder?» Sie versuchte, die richtige Balance zwischen echter Begeisterung und Bedauern zu finden. Denn während sie sich darüber freute, dass ihre Freundin offensichtlich einen Mann gefunden hatte, der sie nach Föhr lockte, konnte sie nicht leugnen, dass sie auch ein wenig traurig war, ihre Kaffeeklatsch-Sitzungen zu verlieren. Schließlich war es nicht einfach, jemanden zu finden, der ihre Liebe zu schlechten Reality-TV-Shows und übermäßigem Kuchenessen teilte.

«Den Job würde ich kündigen, aber die Wohnung würde ich noch für ein halbes Jahr behalten, für den Fall, dass Ole doch nicht der Mann ist, mit dem du es länger aushältst oder dir die Insel auf Dauer zu klein ist», schlug Kim vor, halb ernst, halb scherzhaft, während sie in Gedanken bereits die Einweihungsparty in Alex' möglicherweise wiedererlangter Wohnung plante.

«Ja, das hatte ich auch vor. Bei Ole habe ich wirklich ein gutes Gefühl», erklärte Alex mit einem Hauch von Überzeugung in ihrer Stimme, während sie sich mental bereits in einem romantischen Strandspaziergang mit ihm sah - und nicht etwa dabei, wie sie eine Vielzahl von Katzenbabys adoptierte, um ihre Einsamkeit zu überwinden.

«So wie du das bei deinen anderen Männern auch hattest», scherzte Kim, die nie eine Gelegenheit verpasste, Alex' vergangene Beziehungen mit einer gehörigen Portion Sarkasmus zu kommentieren. Denn wenn es jemanden gab, der Alex' Beziehungsstrategie besser kannte als sie selbst, dann war es definitiv Kim, die über die Jahre die Rolle des Sicherheitsnetzes für Alex' Herzbrüche übernommen hatte.

«Danke, dass du deine Serie für mich unterbrochen hast», sagte Alex, ihre Stimme mit Dankbarkeit gefärbt, bevor sie Kim eine gute Nacht wünschte und auflegte. Doch selbst als die Nacht hereinbrach und die Welt um sie herum in den Schlaf versank, konnte sie vor lauter Aufregung nicht einmal ansatzweise an Schlaf denken. Stattdessen erstellte sie mental eine Liste von allem, was sie zu erledigen hatte, bevor sie zu Ole nach Föhr zog.

Ihr Herz schlug schneller bei dem Gedanken, dass ihr lang gehegter Traum endlich wahr werden könnte. Als Kind hatte sie immer davon geträumt, ein Café zu besitzen. Stundenlang hatte sie in ihrem Kinderzimmer «Café Alex» gespielt, ihre Eltern mit Spielzeugkaffee und Miniaturkuchen bedient und war besonders stolz auf ihre kleine Spielzeugkasse und das zarte Porzellangeschirr gewesen, das sie liebevoll in ihrem Zimmer aufbewahrt hatte. Und nun, Jahre später, schien es, als ob dieser Kindheitstraum Wirklichkeit werden könnte. Alex konnte sich kaum vorstellen, wie aufregend es sein würde, ihr eigenes Café zu führen - mit echtem Kaffee und Kuchen, und vor allem mit Ole an ihrer Seite. Die Vorstellung allein brachte ihr Herz zum Tanzen und ihre Gedanken in einen wilden Wirbel aus Vorfreude und Träumen von einer Zukunft voller Liebe und Koffein.

FÜNFUNDZWANZIG

Am nächsten Morgen betrat Alex das Büro mit einer vollkommen neuen Haltung - einer Mischung aus Entschlossenheit und einem Hauch von Triumph. Sie konnte förmlich die Freiheit in der Luft spüren, die Aussicht darauf, ihre Kündigung einzureichen und endlich den nervtötenden Launen ihres Chefs zu entkommen, verlieh ihr buchstäblich Flügel. Mit einem breiten Grinsen im Gesicht stürzte sie sich in ihre Arbeit, wissend, dass dies vielleicht ihre letzten Tage in diesem langweiligen Büro sein würden.

Doch während sie in ihrem neu gefundenen Gefühl der Freiheit schwelgte, tauchte plötzlich eine Frage in ihrem Kopf auf: Sollte sie ihrer Kollegin bereits von ihren Plänen erzählen oder lieber abwarten? Schließlich war da immer noch die Möglichkeit, dass Ole es sich anders überlegen könnte, und Alex wollte nicht voreilig handeln und sich dann in einer peinlichen Situation wiederfinden, falls ihre Träume von einem Café auf Föhr doch noch platzen würden. Es war zwar verlockend, ihre Freude mit jemandem zu teilen, aber vielleicht war es besser, noch ein wenig zu warten und zu sehen, wie sich die Dinge entwickelten. Schließlich hatte Alex gelernt, dass das Leben oft genug Überraschungen bereithielt, und es war besser, auf Nummer sicher zu gehen - besonders wenn es um ihre berufliche Zukunft und ihre Träume ging.

Am Abend beschloss sie, ihren Eltern einen Besuch abzustatten, sowohl um zu sehen, wie es Beate ergangen war als auch um ihnen von ihren eigenen aufregenden Plänen zu berichten. Mit einer Flasche Wein und einem Strauß frischer Blumen bewaffnet, schlenderte sie durch die belebten Straßen, die von der sanften Abendsonne beleuchtet wurden.

Als Alex den Garten ihrer Eltern erreichte, bemerkte sie, dass die beiden mitten in ihren eigenen Träumen und Plänen versunken waren. Beate und Tobias saßen einträchtig zusammen, umringt von Katalogen voller Wohnmobile, offensichtlich in ein Gespräch vertieft über die Abenteuer, die sie in naher Zukunft erwarten könnten. Alex konnte sich ein Lächeln nicht verkneifen. Es schien, als hätten sie alle dasselbe Fieber erfasst - das Fieber der Veränderung und der neuen Möglichkeiten.

«Hey, ihr beiden Träumer!», rief Alex fröhlich aus, als sie in den Garten trat und ihre Geschenke präsentierte. «Ich habe Neuigkeiten!»

Ihre Eltern drehten sich überrascht um, und Beate lächelte ihr zu, während sie den Katalog beiseitelegte. «Oh, hallo Liebes! Was gibt es Neues?»

Alex setzte sich zu ihnen und begann, von ihren Plänen zu erzählen - von Ole, von Föhr und von ihrem Traum, ein Café mit ihm zu eröffnen.

Als Tobias eilig ins Haus huschte, um ein Weinglas zu holen, konnte sie kaum ihre Aufregung zurückhalten. Mit einem verschwörerischen Blick zu ihrer Mutter flüsterte sie: «Mama, ich freue mich so sehr, dass ihr euch wieder zusammengerauft habt und du dich für Papa entschieden hast.»

Beate lächelte warm und drückte Alex' Hand. »Ich habe lange nachgedacht und festgestellt, dass dein Vater eigentlich ein toller Mann ist und wir unsere vielen gemeinsamen Jahre nicht einfach wegwerfen können.»

Alex umarmte ihre Mutter liebevoll und sagte mit einem Augenzwinkern: «Vielleicht bricht für uns beide jetzt eine sehr glückliche Zeit an, und wer weiß, vielleicht werdet ihr auch bald Enkelkinder bekommen.»

Kaum hatte sie diese Worte ausgesprochen, trat ihr Vater mit einem Glas in den Garten. «Enkelkinder?», fragte er verwirrt, seine Augen weit aufgerissen.

Alex lachte und schüttelte den Kopf. «Noch nicht, Papa, noch nicht. Aber wer weiß, vielleicht bald!»

Glücklich darüber, dass ihre Eltern wieder in harmonischer Eintracht waren, machte sich Alex auf den Heimweg. Schon beim ersten Schritt in ihr Treppenhaus wurde sie von einem süßen Blumenduft begrüßt Als sie die Treppe hinaufstieg und ihre Wohnungstür erreichte, traute sie ihren Augen kaum: Vor ihrer Tür erstreckte sich ein regelrechtes Blumenmeer!

«Daniel! Wann lässt du mich endlich in Ruhe!». Sie nahm eine kleine Karte auf, als plötzlich die Tür ihrer neugierigen Nachbarin aufging. Wie eine Eule auf der Jagd nach Klatsch und Tratsch starrte sie Alex an und fragte schnippisch: «So einen Verehrer hätte ich auch gerne. Ich habe ihn gesehen, als er die Blumen brachte. Ein sehr schöner Mann. Werden Sie ihn heiraten?»

Alex schüttelte den Kopf. «Oh nein. Suchen Sie sich gerne Blumen aus, es sind viel zu viele für mich.»

Die Nachbarin stieß einen verträumten Seufzer aus und verschwand kurz darauf wieder in ihrer Wohnung, während Alex mit einem leichten Kopfschütteln die Blumenpracht vor ihrer Tür betrachtete.

Mit einem theatralischen Seufzer ließ sie sich auf ihr gemütliches Sofa plumpsen und schaute auf die Karte. «Alex, ich meine es ernst mit uns. Bitte, rufe mich an. Daniel», las sie laut vor, während sie die Worte mit einem skeptischen Stirnrunzeln betrachtete. Mit einem entschiedenen Schnauben klappte sie die Karte zusammen und warf sie energisch in den Mülleimer.

«Nein, Daniel, du liebst nicht nur mich, du liebst gefühlt die halbe Stadt gleichzeitig», murmelte Alex vor sich hin, während sie sich auf dem Sofa zurücklehnte. «Ich habe meinen Prinzen gefunden», fügte sie mit einem selbstzufriedenen Lächeln hinzu und begann, ihre Sammlung von Vasen aus dem Schrank zu holen.

Mit einem leisen Kichern betrachtete sie die bunte Auswahl an Gefäßen und begann, die frischen Blumen in den Vasen zu arrangieren, wobei sie jedes Mal ein kleines Liedchen vor sich hinsummte. Es war zwar keine königliche Zeremonie, aber für Alex fühlte es sich fast so an, als würde sie ihr eigenes Königreich der Liebe und des Glücks erschaffen - und Daniel, nun ja, der konnte gerne in seinem eigenen Universum aus Liebesbriefen und unerwiderten Schwärmereien bleiben.

Mit einem zufriedenen Seufzer betrachtete Alex ihr Werk, ein Meer aus Blumen, das nun ihr Wohnzimmer schmückte, und konnte sich ein breites Grinsen nicht verkneifen.

LETZTES KAPITEL

Alex betrat das Büro ihres Chefs mit der Gelassenheit eines Wikingers, der gerade dabei ist, sein eigenes Drachenboot zu bauen. Herr Müller schaute auf, als hätte seine Mitarbeiterin gerade eine Invasion von wilden Seehunden angekündigt.

«Ich habe eine Ankündigung zu machen», sagte Alex mit einem breiten Grinsen, das so strahlend war wie das Nordlicht über der Arktis.

Er starrte sie an, als hätte sie gerade vorgeschlagen, in einem Zirkus als Seiltänzerin anzufangen.

«Kündigen? Aber warum?», stammelte er, als hätte er vergessen, wie man überhaupt spricht.

Alex legte ihre Hände auf den Schreibtisch und lehnte sich mit der Souveränität einer Wikingerkönigin zurück.

«Ich werde nach Föhr ziehen», erklärte sie ruhig, als würde sie das Wetter für das Wochenende voraussagen.

Herr Müller wurde knallrot wie eine überreife Tomate und Alex befürchtete fast, er könnte vor ihr in sich zusammenfallen wie eine schlecht gebaute Sandburg.

«A-aber...», begann er, aber Alex hob beschwichtigend die Hand.

«Es tut mir leid, aber meine Entscheidung steht fest. Es ist Zeit für mich, neue Abenteuer zu erleben und frische Meeresluft zu schnuppern», erklärte sie mit der Entschlossenheit eines Kapitäns, der sein Schiff in unbekannte Gewässer steuert.

Herr Müller sah aus, als hätte jemand ihm gerade eine eiskalte Dusche verpasst. Er räusperte sich und versuchte, seine Fassung wiederzuerlangen.

«Aber... aber was ist mit Ihrem Job? Wir könnten Ihnen mehr Geld anbieten!», bot er hastig an, als wäre er plötzlich zu einem reichen Erdölscheich geworden.

Alex lächelte sanft. «Das ist sehr großzügig von Ihnen, aber Geld kann keine Nordsee ersetzen», erwiderte sie mit einem Zwinkern.

Ihr Chef seufzte resigniert und nickte langsam. «Na gut. Ich wünsche Ihnen alles Gute auf Föhr. Aber ich werde Sie vermissen», sagte er schließlich mit einem Hauch von Melancholie in der Stimme.

Alex lächelte dankbar. «Vielen Dank. Und machen Sie sich keine Sorgen, ich werde sicherlich mal vorbeischauen, wenn ich in der Nähe bin», versicherte sie ihm und verließ das Büro mit einem Gefühl der Befreiung, das so erhebend war wie der Wind unter den Flügeln einer Möwe.

*

Die Tage vergingen wie die Gezeiten, und Alex hatte alle Hände voll zu tun, um ihr Leben in Hamburg in ein paar Kartons zu packen. Zwischendurch half sie der quirligen Studentin, die nun ihre Wohnung bewohnte und bei Kim im Café aushalf, dabei, die Geheimnisse der perfekten Milchschaumherstellung zu entschlüsseln.

«Denk dran, nur mit Liebe und einem kleinen Schuss Magie», erklärte sie ihrer Nachfolgerin.

*

Ole wartete sehnsüchtig auf Alex, die ihm mitteilte, dass sie in Kürze mit einem Berg von Gepäck anreisen würde.

Sie wusste, dass sie den richtigen Schritt tat. Und selbst wenn das Leben auf Föhr nicht ganz so war, wie sie es sich vorstellte, konnte sie immer noch zurück nach Hamburg gehen. Schließlich war Heimat dort, wo das Herz mit Leberwurst und Labskaus verwurzelt ist.

Als Alexandra endlich Föhr erreichte, fühlte sie sich wie ein gestrandeter Wal, der endlich wieder ins Wasser geworfen wurde. Sie atmete tief ein und schnupperte die salzige Luft der Nordsee, während sie sich umsah und nach Ole Ausschau hielt.

Und da war er! Ole stand am Hafen, strahlend wie die Sonne über dem Wattenmeer. Alex stolperte über ihr eigenes Gepäck, während sie auf ihn zulief.

ENDE

Liebe Leserinnen, liebe Leser,

es freut mich sehr, dass Sie mein Buch gelesen haben. Ich hoffe, dass es Ihnen gefallen hat und Sie noch weitere Werke von mir lesen werden. Wenn Sie sich die Mühe machen, eine Rezension zu schreiben, wäre ich Ihnen sehr dankbar. Sie können aber auch einfach nur Sternchen vergeben, ohne eine Bewertung zu schreiben.

Falls Sie Fragen oder Kritik üben möchten, scheuen Sie sich nicht, mir eine E-Mail (andrea.froh@gmx.de) zu schreiben. Ich freue mich, von Ihnen zu hören.

Alles Gute, bleiben Sie gesund und liebe Grüße

Andrea Froh

Meine weiteren Werke:

Sylter Meeresgeflüster
Schneezauber und Sternenlicht
Ibiza – Liebe auf den ersten Beat
Herzenswellen auf Sylt
Watt für Frauen
Sylter Glückskind
Pias Glücksflug
Watt für eine Reise
Mein Traumprinz zu Weihnachten
Watt ist das schön
Watt für ein Glück
Zeit für eine neue Liebe
Sylter Herbstregen – Stürmische Zeiten
Sylter Glücksregen – Die beste Entscheidung meines Lebens
Zwei Sommer mit dir
Paradiesische Dezembertage
Amore mio – mein Herz lässt dich nicht los
Wundervolle Weihnachten
Tränen unter dem Mandelbaum
Ein Haus, 4 Frauen und das Leben
Unruhe in meinem Herzen
Verheiratet bis Weihnachten
Zeit des Schmerzes - Zeit des Glücks
Wechseljahre - Liebeswechsel (Teil 1 und 2)
Charlotte & Johann
Verlogene Liebe
4 Herzen für Paul
Adeus Lissabon Ihn oder ihn?
B+B=Liebe?
Liebes Lebens Pläne
Ist er bestimmt für mich?
Frau im besten Alter auf Suche
Kanarische Liebeswelle
Adios Alltag, hola Abenteuer

LESEPROBE AUS «SYLTER MEERESGEFLÜSTER»

EINS

Maria rückte ihre Brille zurecht, als sie aus dem Zug stieg und die vertraute Umgebung musterte. »Berge, ich habe euch vermisst!«, sagte sie laut zu sich selbst und drehte sich einmal um ihre eigene Achse.

Mit ihrem riesigen Koffer, gefüllt mit einem etwas zu üppigen Kleidervorrat, schleppte sie sich den kleinen Pfad zum Haus ihrer Mutter hinauf, das auf einer Anhöhe lag.

»Vielleicht hätte ich weniger Schuhe mitnehmen sollen«, keuchte sie und wünschte sich einen starken Bergbewohner herbei. Sie spürte den weichen duftenden Waldboden unter ihren Schuhen. Die Sonne sendete warme Strahlen auf ihre Haut und in der Ferne konnte man das fröhliche Lied eines Vogels hören. Ihr Herz füllte sich mit Freude und Erinnerungen.

Es war schon eine Weile her, seit sie das letzte Mal hier gewesen war. München, die Großstadt mit ihrem Trubel und ihren Studienverpflichtungen, hatte ihr viel abverlangt. Doch der Abschluss in Psychologie war es wert gewesen. Jetzt konnte

Maria endlich wieder durchatmen und die unberührte Natur in den Bergen genießen.

Die Tür des Hauses flog auf, und Marias Mutter, Hanne, erschien in einem skurrilen, blumigen Sommerkleid.

»Mariechen! Du siehst aus, als hättest du versucht, den gesamten Inhalt deiner Wohnung hierher zu schleppen!«

Maria grinste. »Man kann ja nie wissen, was man für Sommertage in den Bergen alles braucht.«

Hanne lachte und half ihrer Tochter, den Koffer ins Haus zu wuchten.

»Erzähl mir alles! Wie war München? Hast du schon einen Job in Aussicht?«

Maria seufzte. »München war toll, aber die Jobsuche … Mama, du glaubst nicht, wie viele Unternehmen 'geistige Flexibilität' in den Bewerbungsgesprächen fordern! Ich meine, ich bin Psychologin, nicht Akrobatin!«

»Du findest schon etwas Passendes. Und bis dahin kannst du ja die 'geistige Flexibilität' der Bergbewohner testen.«

»Es fühlt sich so gut an, wieder hier zu sein, Mama«, sagte Maria und schnupperte die frische Bergluft.

»Ich habe mir gedacht, dass du das sagen würdest.« Sie zog ihre Tochter ins Innere der gemütlichen Hütte. Überall standen Pflanzen und das leise Plätschern eines kleinen Springbrunnens mischte sich mit dem Duft von frischgebackenem Kuchen.

»Ich habe einen Apfelstrudel gemacht«, sagte Hanne stolz und zeigte auf eine Kuchenplatte.

»Du kennst mich einfach zu gut.«

Die kleine Maria hatte es geliebt, auf der umgebauten Almhütte aufzuwachen, umgeben von der Ruhe der Berge und dem Duft der Wiesen. Auch wenn es seltsam erscheinen mochte, dass mitten in dieser idyllischen Umgebung eine osteopathische Praxis existierte, war es für Mutter und Tochter der perfekte Ort gewesen.

Maria wischte sich Vanillesoße von der Lippe, während Fritz, ihr treuer Dackel, hoffnungsvoll unter dem Tisch auf Krümel lauerte.

»Mama, das war himmlisch!«, sagte Maria und seufzte zufrieden. »Warum schmeckt hier oben alles immer so viel besser?«

»Frische Luft und das Fehlen von Stadtlärm machen den Strudel einfach unschlagbar.«

Maria stand auf, streckte sich und sagte: »Ich glaube, ich brauche jetzt einen Verdauungsspaziergang. Dieser Strudel hat sich wunderbar an meine Hüften gekuschelt.«

»Genieße es. Und vielleicht triffst du ja den neuen Nachbarn. Ein recht attraktiver, aber verschlossener Mann, wie mir die Dorftratschmäuler verraten haben.«

Maria zog eine Augenbraue hoch. »Mama, versuchst du wieder, mich zu verkuppeln?«

Hanne lachte unschuldig. »Wer? Ich? Nie im Leben!«

Während Maria durch den wilden Blumengarten schlenderte, folgte Fritz ihr auf Schritt und Tritt, manchmal innehaltend, um an einer besonders interessanten Blume zu schnüffeln. Die

Hühner schienen ein lebhaftes Gespräch zu führen, und Maria lächelte bei dem Gedanken an das frische Ei, das sie am nächsten Morgen genießen würde.

»Ich habe das hier so vermisst«, murmelte sie und schnupperte an einer duftenden Rose. »In meiner kleinen Bude in München hatte ich nur einen winzigen Kaktus und eine verwelkte Zimmerpflanze. Das hier ist das Paradies«, unterhielt sie sich mit dem betagten Hund.

Nach einem ausgiebigen Spaziergang holte die frisch gebackene Psychologin ihre Kleider aus dem Koffer und legte sie ordentlich in den antiken Bauernschrank. Ein sanfter Lavendelduft erfüllte den Raum. »Ah, das riecht nach Heimat.«

In München war ihr Kleiderschrank zwar moderner und größer gewesen, aber er hatte nicht diesen vertrauten, beruhigenden Duft gehabt. Der Sommer in den Bergen versprach, genau das zu werden, was die junge Frau nach dem anstrengenden Studium brauchte.

Maria hörte ihre Mutter aus dem Behandlungsraum lachen. Hanne hatte sich als Osteopathin einen Namen gemacht und ihre kleine Praxis im Haus war immer gut besucht. Manchmal kamen Patienten von weit her, nur um sich von ihren heilenden Händen behandeln zu lassen.

Neugierig schlich Maria zur Tür und spähte durch den Spalt. Die Stimme des Mannes klang ihr seltsam vertraut, doch sie konnte sie nicht genau zuordnen.

Sie zuckte zusammen. Es war Lukas, mit dem sie dieselbe Schule besucht hatte.

Hanne bemerkte ihre Tochter und zwinkerte ihr zu. »Maria, ich glaube, du kennst meinen Patienten. Lukas ging doch zusammen mit dir in eine Klasse. Er hat ein kleines Problem mit dem Rücken.«

Lukas drehte den Kopf und lächelte. »Hallo Maria. Lange nicht gesehen.«

Maria spürte, wie ihr die Röte ins Gesicht stieg. »Äh, ja. Hallo Lukas ...«

Nachdem die Behandlung beendet war, lud Maria Lukas zu einer Tasse Tee ein. Sie setzten sich unter den knorrigen Apfelbaum und tauschten Geschichten und Erinnerungen aus. Dabei stellte Maria fest, dass der schüchterne Junge von damals sich in einen charmanten und humorvollen Mann verwandelt hatte.

Maria sah Lukas nachdenklich an, versuchte die Brille und den schmächtigen Körper von damals in diesem muskulösen, sonnengebräunten Mann vor sich zu sehen.

»Wenn mir damals jemand erzählt hätte, dass aus dem schmächtigen Lukas so ein Alpencharmeur wird, hätte ich es nicht geglaubt.«

Lukas zog eine Augenbraue hoch. »Alpencharmeur? Das ist neu. Gefällt mir.«

Maria schaute verstohlen zu Lukas hinüber, der gerade lebhaft eine Anekdote aus seiner Kindheit erzählte. Seine Hände bewegten sich beim Sprechen und seine Augen funkelten vor Begeisterung. Es war fast unvorstellbar, dass dies derselbe Junge war, dem ständig die Brille verrutscht war und der Hemden getragen hatte, die zwei Nummern zu groß gewesen waren.

»Ich erinnere mich, dass du früher eine Brille getragen hast«, sagte Maria, während sie an ihrem Eistee nippte.

»Oh ja, die berühmte Brille! Die hat mir den Spitznamen »Professor Pech« eingebracht. Aber dank Kontaktlinsen und ein wenig Fitness-Training bin ich jetzt etwas ... nun, weniger professorenhaft.«

Maria musste lachen. »Du warst süß. Aber ich muss zugeben, die Veränderung steht dir gut.«

»Danke. Ich erinnere mich auch an ein Mädchen namens Maria, das immer ihr Haar in Zöpfen trug und von jedem Jungen in der Schule angehimmelt wurde. Jetzt sitzt sie neben mir und trinkt mit »Professor Pech« Eistee.«

Maria wurde rot. »Oh Gott, die Zöpfe! Ich hatte ganz vergessen, dass ich die ständig getragen habe. Und das mit dem Anhimmeln ... nun, das ist vielleicht ein wenig übertrieben.«

»Sag mal, wie bist du denn vom Mathegenie zum Bergführer geworden?«

Lukas lehnte sich zurück und lächelte. »Nach der Schule bin ich für ein paar Jahre ins Ausland gegangen, habe die Welt bereist und dabei gemerkt, dass ich mich hier in den Bergen am wohlsten fühle. Ich habe gelernt, dass das Leben aus mehr als nur Formeln und Gleichungen besteht. Es geht um Abenteuer, Lachen und ... Beziehungen.«

Maria blickte ihm tief in die Augen. »Beziehungen?«

Er räusperte sich. »Ja, weißt du, in den Bergen lernt man, wie wichtig es ist, sich auf jemanden verlassen zu können, besonders in schwierigen Situationen.«

»Ich kann mir vorstellen, dass das ziemlich intensiv ist.«

»Deine Mutter hat mir erzählt, dass du Psychologin bist. Das klingt interessant«, sagte Lukas und schaute sie neugierig an.

»Ja, meine Mutter hat wirklich das Talent, alles Mögliche über mich weiterzutragen. Aber ja, ich bin Psychologin. Oder zumindest versuche ich, eine zu werden.«

Lukas hob eine Augenbraue. »Warum Psychologie?«

Maria zuckte mit den Schultern und nahm einen Schluck von ihrem Tee. »Ich war schon immer fasziniert davon, wie das menschliche Gehirn funktioniert. Warum wir tun, was wir tun, warum wir fühlen, was wir fühlen. Es ist wie ein großes Puzzle und ich liebe es, die Teile zusammenzusetzen.«

»Und ich dachte, mein Job wäre kompliziert. Ich muss nur darauf achten, nicht vom Berg zu fallen.«

Maria kicherte. »Das ist sicherlich auch wichtig. Aber ja, es ist faszinierend. Und ich hoffe, bald eine Stelle zu finden. München ist voll von Möglichkeiten, aber ich überlege, ob ich nicht hier in den Bergen oder ganz woanders arbeiten möchte.«

»Wirklich? Du würdest die Stadt für das Dorfleben aufgeben?«

»Ich liebe die Berge, die Ruhe, die Natur. Und ich denke, hier gibt es viele Menschen, die jemanden wie mich brauchen könnten. Jemanden, der zuhört, der versteht, der hilft.«

Lukas sah sie bewundernd an. »Das klingt wirklich toll, Maria. Und ich bin sicher, du würdest hier eine großartige Arbeit leisten.«

Es gab eine kurze Pause, in der beide den Moment und die Gesellschaft des anderen genossen. Dann sagte Lukas schelmisch: »Aber nur, damit ich das klarstelle, du würdest mich nicht analysieren, oder?«

Maria lachte herzhaft. »Nur, wenn du willst. Aber ich verspreche, ich werde keine Diagnosen stellen, ohne dass du mich darum bittest.«

Lukas grinste. »Gut zu wissen. Sonst hätte ich mir Sorgen gemacht, dass du meine tiefsten, dunkelsten Geheimnisse herausfindest.«

»Wer sagt, dass ich das nicht schon getan habe?«

Die beiden saßen eine Weile schweigend da, genossen den Schatten und die Ruhe des Gartens. Dann brach Maria das Schweigen: »Weißt du, Lukas, ich hätte nie gedacht, dass ich mich so sehr freuen würde, einen alten Schulfreund wiederzutreffen. Aber jetzt bin ich froh, dass ich es getan habe.«

»Ich auch, Maria. Ich auch.«

Die beiden lachten und plauderten weiter, die alten Geschichten mischten sich mit den neuen.

Als die Sonne begann, sich hinter den Bergen zu verstecken, machte Lukas Anstalten, aufzustehen.

»Es war wirklich schön, Maria. Wie wär's, wenn wir morgen eine kleine Bergtour machen? Ich könnte dir einige meiner Lieblingsplätze zeigen.«

Maria lächelte. »Das klingt wunderbar. Aber nur, wenn du versprichst, keine Geschichten aus der Schulzeit zu erzählen.«

»Versprochen. Aber nur, wenn du auch keine erzählst.«

Mit diesem Versprechen verabschiedeten sie sich, und Maria konnte es kaum erwarten, den nächsten Tag zu beginnen.

Ihre Augen verfolgten Lukas, der geschickt mit seinem Rad den Berg hinabfuhr. Seine Silhouette im Gegenlicht, der Wind, der durch sein Haar wehte – das alles war wie ein Bild aus einem dieser alten romantischen Filme.

Als Lukas aus ihrem Sichtfeld verschwand, drehte sie sich um und betrat das gemütliche Küchenparadies ihrer Mutter. Der Duft von frisch gekochtem Gulasch mischte sich mit dem Geruch von selbst gebackenem Brot – ihre absolute Lieblingskombination. Ein Lächeln breitete sich auf ihrem Gesicht aus.

Hanne bemerkte ihren verträumten Blick und zwinkerte ihr zu. »Der Lukas ist ein richtiges Schmuckstück geworden, nicht wahr?«

Maria lächelte verlegen. »Oh Mama, er hat sich wirklich verändert. Ich erinnere mich noch, wie er immer seine Brille putzte und die ganze Zeit über irgendeiner Matheformel brütete.«

»Ja, und jetzt ist aus ihm ein echter Berg-Beau geworden. Es ist beeindruckend, was die Natur und ein wenig Selbstvertrauen bewirken können.«

»Ich hätte nie gedacht, dass ich mal so über Lukas denken würde. Aber er hat etwas ...«

Hanne rührte in ihrem Gulasch. »Liebe, das nennt man 'Chemie'. Und zwischen euch beiden knistert es gewaltig.«

Maria spuckte fast ihren Tee aus. »Mama! So weit würde ich nun nicht gehen.«

Hanne zuckte mit den Schultern. »Nun, vielleicht nicht heute und vielleicht nicht morgen. Aber ich habe ein gutes Gespür für diese Dinge. Und mein Tipp: Ihr werdet noch viele Berge zusammen erklimmen.«

Maria errötete, aber ein glückliches Lächeln huschte über ihr Gesicht. »Mal sehen, Mama. Mal sehen.«

*

Die hölzernen Planken der Terrasse wärmten angenehm Marias nackten Füße. Sie hatte den alten, aus verwittertem Holz gefertigten Tisch liebevoll mit einem frischen weißen Tischtuch und blühenden Wildblumen gedeckt. Sie ließ den Blick über die malerische Kulisse schweifen. Die majestätischen Berge, deren Spitzen im goldenen Abendlicht funkelten, der Duft der Wiesenblumen, der in der Luft lag und das leise Summen der Bienen, die sich an den Blüten labten.

»Das hier ... das ist einfach magisch«, murmelte Maria und nahm einen tiefen Atemzug der klaren Bergluft.

»Es hat schon seinen Grund, warum ich nie weggezogen bin. Es gibt kaum einen Ort, der einen so erdet wie die Berge.«

»Wie sehr habe ich das alles vermisst«, sagte Maria und lehnte sich entspannt auf ihren Stuhl zurück. Die Hektik der Stadt, die endlosen Vorlesungen und Prüfungen schienen plötzlich so weit weg. Hier fühlte sie sich wirklich zu Hause.

Nach dem Essen setzten sich die Frauen nebeneinander auf eine alte Holzbank, die am Haus stand. Die Sonne tauchte die Alpen in ein sanftes Licht und alles um sie herum schien für einen Moment stillzustehen.

»Mama, ich bin so froh, dass du damals hier mit mir in die Almhütte gezogen bist. Und ich bewundere dich dafür, was du aus dem verfallenen Haus gemacht hast«, erklärte Maria und legte den Kopf an Hannes Schulter.

»Es war keine leichte Zeit, mein Schatz. Du warst noch so klein und ich ... ich war so wütend und enttäuscht. Dein Vater hatte mich betrogen und alles, was ich wollte, war weg aus Berlin, ganz weit weg.«

Maria schaute zu ihrer Mutter auf. »War es damals nicht einsam für dich? Ohne Freunde, ohne Familie?«

Hanne lächelte leicht. »Am Anfang schon. Aber die Berge, die Natur, die Ruhe – das hat alles geholfen. Und dann gab es da noch die Dorfbewohner, die uns mit offenen Armen aufgenommen haben. Gerade der alte Bauer Schmidt von nebenan hat mir so oft aus der Patsche geholfen, wenn ich mal wieder keinen Plan hatte, wie man eine Ziege melkt oder das Dach repariert.«

»Oh, ich erinnere mich an das Chaos mit den Ziegen! Ich dachte, sie wären Haustiere wie Hunde und habe sie ins Haus gelassen. Was für eine Sauerei das war!«

Hanne prustete los. »Weißt du, genau solche Momente haben uns zusammengeschweißt. Wir waren ein Team, du und ich. Und auch wenn es schwer war, bin ich dankbar für diese Zeit. Es hat uns stärker gemacht.«

Maria nickte. »Das hat es wirklich.«

Die Luft war erfüllt von dem sanften Klirren der Windspiele, die Hanne im Laufe der Jahre gesammelt hatte. Es war einer dieser Momente, in denen tiefe Gespräche unvermeidlich schienen.

»Mama, bist du von Papa so enttäuscht worden, dass du nie wieder einen Mann in dein Leben lassen wolltest?«, fragte

Maria leise, ihre Augen auf eine flatternde Schmetterlingsfamilie gerichtet.

Hanne zögerte einen Moment, bevor sie antwortete. »Es war nicht nur die Enttäuschung, Maria. Es war das zerbrochene Vertrauen, das Gefühl des Verrats. Ich habe mich lange Zeit gefragt, ob ich nicht gut genug war oder was ich hätte anders machen können. Es hat Jahre gedauert, bis ich verstanden habe, dass es nicht an mir lag.«

Maria sah ihre Mutter nachdenklich an. »Aber es gibt doch so viele wunderbare Männer da draußen. Wie zum Beispiel Alois, der nette Bäcker aus dem Dorf, der dir immer Brötchen schenkt.«

»Oh, der Alois! Ja, er ist ein Schatz. Aber es geht nicht darum, Maria. Es geht darum, wieder vertrauen zu können, sich wieder zu öffnen. Und nach allem, was passiert ist, war es einfacher für mich, mich auf uns beide und meine Arbeit zu konzentrieren.«

Maria legte ihre Hand auf die ihrer Mutter. »Mama, du verdienst es, glücklich zu sein. Du bist stark, liebevoll und wunderschön. Jeder Mann wäre ein Narr, dich nicht zu schätzen.«

»Danke, mein Liebling. Vielleicht ist es an der Zeit, ein paar alte Türen zu schließen und neue zu öffnen. Aber jetzt bin ich einfach nur glücklich, dich hier bei mir zu haben.«

Die beiden genossen den Sommerabend, während die Schatten länger wurden und das sanfte Licht des Sonnenuntergangs die Berge in ein zartes Rosa tauchte.

ZWEI

Noch bevor die Sonne den Gipfel der Berge küsste, war Maria auf den Beinen. Das melodische Gackern der Hühner war für sie so gut wie jeder Wecker – und viel charmanter.

Hanne hatte ihre eigene Version von Yoga kreiert, die sie 'Berg-Yoga' nannte. Sie hob ihre Arme, ließ sie im Wind flattern und stellte sich vor, sie wäre eine der vielen Kiefern, die die Hügel säumten. Dann streckte sie ein Bein aus, wippte hin und her und stellte sich vor, sie wäre ein schwingender Grashalm.

Maria konnte sich ein Kichern nicht verkneifen, als sie sah, wie ihre Mutter versuchte, die Pose eines fließenden Baches nachzuahmen, wobei sie ihre Arme schlängelnd vor sich hin und her bewegte.

»Morgen, Liebling«, rief Hanne, ohne ihre Pose zu unterbrechen. »Komm und mach mit. Es ist die beste Art, den Tag zu beginnen.«

Maria schüttelte den Kopf. »Mama, ich glaube, ich bleibe bei meinem Morgenkaffee und überlasse dir das 'Berg-Yoga'.« Innerlich war sie dankbar für diese kleinen Momente des Lachens, die Hanne in ihr Leben brachte.

Mit Fritz an ihrer Seite tänzelte Maria über den feuchten Rasen, die frische Bergluft kitzelte ihre Nasenspitze.

»Komm, Fritz, lass uns die Hühner füttern!«, rief sie und warf eine Handvoll Körner in den Hühnerstall. Die Vögel stürzten sich sofort darauf, als gäbe es kein Morgen mehr.

Gleich nebenan meckerten die Ziegen und streckten Maria ihre Köpfe entgegen. »Na, ihr Schlingel, auch hungrig?«, lachte Maria und verfütterte das frische Heu.

Fritz, stets aufgeregt bei all dem Trubel, bellte freudig und sprang zwischen Maria und den Tieren hin und her. Einige der Hofkatzen, die sich sonnten, schauten missbilligend und mit erhobenen Schwänzen herüber.

»Fritz! Lass die Katzen in Ruhe!«, mahnte Maria, doch sie konnte sich ein Grinsen nicht verkneifen.

Nachdem die Tiere versorgt waren, machte sie sich auf die Eiersuche. Mit einem Korb am Arm schlenderte sie von Nest zu Nest. »Wow, heute sind es aber viele! Gut gemacht, Mädels!«, lobte sie die Hühner.

In der Küche angekommen, setzte sie einen Topf Wasser für die Eier auf und begann, das Frühstück vorzubereiten.

Die Dusche im oberen Stockwerk verstummte und bald darauf betrat eine frisch geduschte und gut gelaunte Hanne die Küche.

»Oh, das riecht himmlisch! Du bist wirklich ein Engel, weißt du das?«, sagte sie und drückte ihrer Tochter einen Kuss auf die Stirn.

Maria lachte. »Dafür bin ich doch da, Mama! Ein Engel in Gummistiefeln und mit Eierkorb.«

Nach einem köstlichen Frühstück räumte Maria den Tisch ab und spülte das Geschirr, während ihre Mutter sich in ihrem Behandlungsraum auf den ersten Patienten vorbereitete. Maria dachte an die bevorstehende Bergtour mit Lukas und war ein bisschen nervös. Es war Jahre her, seit sie das letzte Mal einen Berg erklommen hatte.

Plötzlich hörte sie das vertraute Geräusch von Fahrradreifen auf Kies. Sie schaute aus dem Fenster und sah Lukas, wie er ohne sichtbare Mühe mit seinem Mountainbike den steilen Hang hinaufstrampelte. Sein Gesicht glänzte vor Schweiß, aber sein Lächeln war unverändert – breit und ansteckend.

Maria öffnete die Tür, gerade als Lukas sein Fahrrad abstellte. »Wow, Lukas! Du kommst ja den Berg hoch, als wäre es eine gerade Straße«, rief sie und lachte.

Er wischte sich den Schweiß von der Stirn. »Naja, ich bin ein bisschen aus der Übung, aber ich gebe mein Bestes. Bereit für unser Abenteuer?«

Maria betrachtete ihn einen Moment lang, ihre Blicke fielen auf seine muskulösen Beine, die von all den Radtouren gestählt waren.

»Ich bin gleich soweit«, sagte sie, ein wenig verlegen.

Während sie ihre Wanderschuhe anzog und ihren Rucksack packte, streichelte Lukas Fritz.

Schließlich waren sie bereit aufzubrechen. Hanne kam aus ihrem Behandlungsraum und winkte ihnen zu. »Passt gut auf euch auf und habt viel Spaß!«, rief sie ihnen nach.

Die beiden Abenteurer begannen ihren Aufstieg, wobei Lukas mit federndem Schritt vorausging und Maria ihm dicht auf den Fersen folgte. Die Bergluft war frisch und klar, der Boden unter ihren Füßen fest und die Aussicht einfach atemberaubend.

Nach zwei Stunden machten sie eine erste Rast. Lukas holte aus seinem Rucksack eine Flasche Wasser und belegte Brote hervor. »Ich habe uns ein kleines Picknick vorbereitet«, sagte er mit einem schelmischen Grinsen.

Maria lächelte. »Ich wusste, dass du an alles denkst.« Sie nahm ein Sandwich und biss herzhaft hinein. »Hmm, das ist lecker. Was ist da drauf?«

»Ein Geheimrezept meiner Oma. Schinken, Käse, hausgemachter Senf und ein Hauch Liebe.«

»Was für eine Frau war deine Großmutter?«

Lukas legte sich auf den Rücken, die Augen voller Bewunderung, als er zu erzählen begann. »Meine Oma war die stärkste Frau, die ich je gekannt habe. Stell dir vor, sechs Kinder großzuziehen und gleichzeitig einen ganzen Hof zu führen. Ihr Leben war eine endlose Folge von Morgendämmerungen, an denen sie vor allen anderen aufstand und Nächten, die erst begannen, wenn die Sterne schon lange am Himmel standen. Alma hatte Hände, die zugleich sanft und von harter Arbeit gezeichnet waren. Mit diesen Händen hat sie nicht nur das Land bestellt, sondern auch ihre Kinder geformt. Sie war streng, aber immer gerecht; eine Lehrmeisterin des Lebens, die uns beibrachte, was es bedeutet, Verantwortung zu übernehmen und nie den Mut zu verlieren. Sie war nicht nur im körperlichen Sinne stark. Alma besaß eine innere Stärke, die uns alle inspirierte. Nie habe ich sie klagen hören, egal wie hart die Zeiten waren. Mit einem Lächeln auf den Lippen und einer unerschütterlichen Zuversicht in den Augen stand sie jeden Tag aufs Neue ihrem Schicksal gegenüber. Ihre Geschichten waren voll von Weisheit und Abenteuern. Geschichten von früher, als sie jung war, vom Kampf gegen die Elemente, von der Liebe zu meinem Großvater und von den Träumen, die sie für ihre Kinder hegte. Diese Geschichten waren es, die mich lehrten, dass im Leben alles möglich ist, wenn man nur fest genug daran glaubt.

Alma hat mir gezeigt, was es bedeutet, ein Leben mit Mut und Liebe zu führen. Sie war nicht nur meine Oma, sondern auch mein Vorbild, meine Heldin. In den schwierigsten Zeiten meines Lebens frage ich mich oft, was sie tun würde. Und in diesen Momenten finde ich die Kraft, weiterzumachen.

Alma mag von uns gegangen sein, aber ihr Erbe lebt in uns allen weiter. Sie hat uns gelehrt, hart zu arbeiten, niemals aufzugeben und immer, wirklich immer, an das Gute im Menschen zu glauben. Sie war die patenteste Frau, die ich kannte, und ich bin stolz, ihr Enkel zu sein.«

Maria lauschte Lukas' Worten, ihre Augen leuchteten vor Rührung. Als er seine Erzählung beendete, verharrte sie einen Moment in stiller Reflexion, tief bewegt von den Geschichten über Alma. Sie spürte eine seltsame Verbindung zu dieser Frau, die sie nur durch die lebhaften Erzählungen von Lukas kannte, und wünschte sich insgeheim, sie hätte die Chance gehabt, Alma persönlich zu begegnen.

»Deine Großmutter muss eine außergewöhnliche Frau gewesen sein«, sagte Maria schließlich, ihre Stimme weich, aber voller Bewunderung. »Die Art und Weise, wie du von ihr sprichst, die Liebe und der Respekt in deinen Worten, sie machen es mir fast so, als hätte ich sie durch deine Erinnerungen ein wenig kennengelernt. Ich wünschte, ich hätte die Chance gehabt, sie zu treffen.«

Ein sanftes Lächeln umspielte ihre Lippen, als sie fortfuhr: »Es ist selten, solch inspirierende Geschichten über Menschen zu hören, deren Leben so von Hingabe, Stärke und Liebe geprägt war. Deine Oma Alma klingt wie eine Frau, deren Lebensgeschichte Generationen überdauern sollte, als Erinnerung daran, was es heißt, mit Anmut und Entschlossenheit zu leben.«

Maria legte ihre Hand auf Lukas' Arm, ein stilles Zeichen der Verbundenheit und des Trostes. »Ich bin dir dankbar, dass du diese Geschichten mit mir geteilt hast. Es fühlt sich an, als hätte ich durch dich ein kostbares Geschenk erhalten, die Weisheit und die Stärke deiner Oma Alma. In gewisser Weise lebt sie in dir weiter, und das ist wunderschön.«

In diesem Moment verstand Maria, dass die Geschichten unserer Vorfahren mehr als nur Erzählungen sind; sie sind ein Vermächtnis, das von Generation zu Generation weitergegeben wird, eine unendliche Quelle der Inspiration und des Mutes. Und obwohl sie Alma nie persönlich begegnen würde, fühlte sie sich ihr durch Lukas' Worte auf eine ganz besondere Weise nahe.

Ihre Blicke schweiften über die weitläufige Landschaft. Es war ein Moment des Friedens und der Stille. Nur das sanfte Rauschen des Windes und das Zwitschern der Vögel waren zu hören.

Nachdem sie ihre Stärkung beendet hatten, setzten sie ihre Tour fort. Je höher sie kamen, desto atemberaubender wurde die Aussicht. Schließlich erreichten sie den Gipfel. Beide standen da, die Hände an ihren Hüften und blickten hinunter ins Tal. Es war ein Gefühl der Freiheit und Euphorie, die man nur nach einer solchen Anstrengung verspürt.

Maria fühlte, wie ihr Herz schneller schlug. Es war nicht nur die Anstrengung des Aufstiegs – es war Lukas' Nähe, die Ausstrahlung seines Körpers und das Wissen, dass sie diesen Moment miteinander teilten.

Nach einigen Stunden des Abstiegs stolperten sie auf eine urige Almhütte. Sie war aus dunklem Holz gebaut und schien direkt aus einem Märchen zu stammen. Ein süßer Duft von gebackenem Teig drang aus dem Inneren, und der Klang von Lachen und Gesprächen erfüllte die Luft.

»Das riecht köstlich«, sagte Maria und atmete tief ein. »Lass uns hier rasten und etwas essen.«

Lukas nickte zustimmend. »Ich könnte einen Kaiserschmarrn vertragen.«

Sie traten ein und setzten sich an einen rustikalen Holztisch. Kurz darauf brachte die Wirtin ihnen einen dampfenden Teller Kaiserschmarrn, üppig mit Puderzucker bestreut und nebenbei eine Schale Apfelmus.

Während sie aßen und sich das köstliche Dessert teilten, betrachtete Maria Lukas von der Seite. Sie erinnerte sich an die Tage, als sie in derselben Klasse waren. Der kleine Lukas mit der zu großen Brille, den herausstehenden Ohren und den immer zu kurzen Hosen, die mehr Knöchel zeigten, als sie sollten. Sie erinnerte sich, wie sie ihn manchmal geärgert hatte und wie er versucht hatte, es ihr heimzuzahlen, indem er ihre Stifte stahl oder Kaugummi auf ihren Stuhl klebte.

Maria musste lächeln, als sie an die kindlichen Neckereien dachte.

»Weißt du noch, wie du in der dritten Klasse versucht hast, mich mit dem Wasserschlauch nass zu spritzen und stattdessen den Schulleiter erwischt hast?«, kicherte sie.

Lukas lachte laut auf. »Oh ja! Ich war so in Schwierigkeiten.«

Sie lachten gemeinsam über die Erinnerungen und genossen den Moment. Es war, als ob die Zeit stehen geblieben wäre und sie wieder diese unschuldigen, verspielten Kinder waren.

Nachdem sie den Kaiserschmarrn genossen hatten, standen sie auf, um ihre Wanderung fortzusetzen.

Nach einer Weile, in der sie über die neuesten Nachrichten aus dem Dorf und darüber, wie sich die Welt in den letzten Jahren verändert hat, gesprochen hatten, fand Maria den Mut, eine Frage zu stellen, die ihr seit ihrer Wiederbegegnung auf der Zunge brannte.

»Lukas ... bist du eigentlich Single?«, fragte Maria, ein wenig zögerlich.

Lukas schien überrascht von der Direktheit der Frage. Er schwieg einen Moment, bevor er antwortete; seine Augen suchten einen Punkt in der Ferne, als ob er in seine Erinnerungen abtauchen würde. »Ja«, begann er schließlich, »ich bin seit über einem Jahr Single. Meine letzte Beziehung ... sie war nicht einfach. Ehrlich gesagt, sie war ziemlich toxisch.«

Maria runzelte die Stirn. »Oh, das tut mir leid.«

Er lächelte schwach. »Es hat eine Weile gedauert, aber ja, ich bin darüber hinweg. Es war eine Lektion, die ich lernen musste. Nicht jeder Mensch, den man liebt, ist auch gut für einen.«

Ihr Herz schlug ein wenig schneller. »Es ist mutig von dir, das zuzugeben und darüber zu sprechen.«

»Naja, wenn man auf einem Berg unter so einem blauen Himmel sitzt, fühlt es sich irgendwie leichter an, ehrlich zu sein.«

»Das ist wahr. Die Berge haben etwas Magisches, nicht wahr?«

Lukas schaute Maria mit einem schelmischen Lächeln an. »Und was ist mit dir? Hast du jemanden in München? Bist du in einer Beziehung?«

Maria lachte, ein wenig verlegen. »Nein, nein, nichts dergleichen. Ich habe mich wirklich nur auf mein Studium konzentriert. Und, naja, um ehrlich zu sein, habe ich mir gesagt, dass zwischen den Büchern und den stundenlangen Vorlesungen keine Zeit für einen Freund bleibt.«

»Das ist schwer zu glauben«, meinte Lukas mit einem Augenzwinkern. »Eine kluge, wunderschöne Frau wie du und kein Freund?«

Maria errötete leicht und schlug spielerisch nach ihm. »Schmeichler! Aber ernsthaft, ich hatte einfach andere Prioritäten. Und wer will schon einen Freund haben, der nicht versteht, warum man bis in die frühen Morgenstunden in der Bibliothek sitzt und psychologische Theorien lernt?«

»Ich verstehe. Aber ich bin sicher, dass es genug Typen gibt, die nur darauf warten, dass du ihnen den Kopf verdrehst.«

Maria sah Lukas an, ihre Augen funkelten. »Vielleicht habe ich einfach auf den Richtigen gewartet.«

Das Spiel der Blicke zwischen ihnen wurde intensiver. Die Stille, die auf Marias Bemerkung folgte, war gefüllt mit unausgesprochenen Worten und Gefühlen.

»Dann hoffe ich, dass dieser 'Richtige' weiß, wie viel Glück er hat.«

Maria kicherte. »Das wird sich noch zeigen.«

Die Sonne neigte sich ihrem Untergang, als sie, mit Wanderstöcken in den Händen und Rucksäcken auf den Schultern, den letzten Pfad hinunter zum Dorf gingen. Ihre Gesichter waren von der Sonne leicht gerötet, die Haare ein wenig zerzaust vom Bergwind, aber ihre Augen strahlten vor Glück.

»Lukas«, sagte Maria und lachte, »ich kann mich nicht erinnern, wann ich das letzte Mal so viel Spaß hatte. Und mein Bauch tut noch immer weh vom vielen Lachen!«

Lukas grinste von einem Ohr zum anderen. »Dann haben wir heute alles richtig gemacht. Es war wirklich ein fantastischer Tag, Maria.«

Als sie den Garten betraten, stürmte Fritz bellend und wedelnd auf sie zu, freudig über die Rückkehr seiner Lieblingsmenschen. Maria beugte sich hinunter, um Fritz zu streicheln, während Lukas scherzhaft versuchte, den Hund mit einem Stück Wurst aus seinem Rucksack zu bestechen.

Hanne kam aus der Tür und winkte ihnen zu. »Da seid ihr ja endlich! Ich habe mir schon Sorgen gemacht.« Ihr Blick schweifte kurz zu Lukas und ein verschmitztes Lächeln spielte um ihre Lippen. »Na, habt ihr einen schönen Tag gehabt?«

»Oh, Mama, es war wunderbar!«, rief Maria aus und erzählte ihrer Mutter von den Abenteuern des Tages, während Lukas neben ihr stand, lachte und ab und zu eine Anekdote einwarf.

Das goldene Licht der Abendsonne spiegelte sich in den Fenstern der Almhütte, als Hanne mit einem liebevollen Blick auf Lukas zu ihm sagte: »Möchtest du noch zum Abendbrot bleiben?«

Er zögerte einen Moment, dann schüttelte er lächelnd den Kopf. »Das ist wirklich nett von dir, Hanne. Aber ich habe meiner Mutter versprochen, ihr noch bei der Ernte der Johannisbeeren zu helfen. Du weißt ja, wie sie ist. Wenn die Beeren nicht rechtzeitig gepflückt werden, haben wir morgen einen Garten voller Vögel!«

Maria hatte insgeheim gehofft, den Abend mit Lukas ausklingen lassen zu können. Vielleicht noch bei einem gemütlichen Feuer sitzen, Geschichten austauschen oder einfach nur die Sterne beobachten.

Lukas bemerkte ihren Blick und sagte leise: »Es tut mir leid. Aber versprochen ist versprochen. Und meine Mutter zählt da auf mich.«

Maria versuchte, ihre Enttäuschung zu verbergen, aber ein kleiner Seufzer entkam ihr trotzdem. »Na gut, dann hilf deiner Mutter. Aber du schuldest mir ein weiteres Abenteuer, ja?«

Lukas lachte, während er sein Fahrrad von der Seite des Hauses holte. »Das mache ich gerne! Wie wäre es mit einer Radtour durch das Tal nächste Woche?«

Maria lächelte. »Das klingt großartig.«

Mit einem letzten Winken schwang sich Lukas auf sein Fahrrad und raste den Berg hinunter, so schnell, dass es aussah, als würde er fliegen. Die Staubwolke, die er hinterließ, verblasste schnell in der Abenddämmerung.

Hanne legte einen Arm um ihre Tochter und drückte sie fest an sich. »Er ist ein netter Junge, nicht wahr?«

Maria nickte, während sie Lukas' verschwindende Silhouette beobachtete. »Ja, das ist er.«

*

Das Wasser prasselte auf Marias Kopf und ließ kleine Ströme über ihren Rücken laufen. Doch trotz der Entspannung, die die warme Dusche ihr normalerweise bot, fand sie keinen Frieden. Ihre Gedanken kreisten um eine Person: Lukas.

Die Erinnerungen an ihren gemeinsamen Tag ließen sie schmunzeln. Es war nicht nur der Wanderausflug, es war die Art, wie Lukas sie angesehen hatte, das Lachen, das sie geteilt hatten, die kleinen Momente, in denen ihre Hände sich fast berührt hatten. Es war, als hätte sie einen komplett neuen Lukas kennengelernt, nicht den schüchternen Jungen aus ihrer Schulzeit, sondern einen selbstbewussten, charmanten Mann, der jeden Raum mit seiner Präsenz füllte.

Die Seife rann über ihre Haut und mit jedem Tropfen, der die Wanne traf, spürte sie, wie ihr Herz stärker pochte. »Das kann doch nicht wahr sein«, dachte sie und lachte leise. »Bin ich wirklich verknallt?«

Es war mehr als nur eine Schwärmerei. Dieses Kribbeln in ihrem Bauch, das wummernde Gefühl in ihrer Brust, wenn sie an ihn dachte - das war echtes, unverfälschtes Herzklopfen.

Und dann war da noch diese Information, die sie kaum glauben konnte: Lukas war Single! Diese Tatsache öffnete in Marias Gedankenwelt Türen zu zahllosen Möglichkeiten. Und wenn sie das Glitzern in seinen Augen richtig deutete, schien er auch ein gewisses Interesse an ihr zu haben.

Sie schaltete das Wasser ab, griff nach dem Handtuch und wickelte es um ihren schlanken Körper. Der beschlagene Spiegel zeigte ihr ein verschwommenes Bild einer Frau mit glühenden Wangen und leuchtenden Augen.

»Okay, Maria«, sagte sie zu ihrem Spiegelbild, »du magst verknallt sein, aber das ist kein Grund, den Kopf zu verlieren. Spiel es cool und sieh, wohin der Wind dich trägt.«

Aber während sie sich abtrocknete und sich für den Abend fertig machte, musste sie sich eingestehen, dass »cool spielen« vielleicht nicht ihre Stärke war - zumindest nicht, wenn ein gewisser Lukas im Spiel war.

Als Maria die Terrassentür öffnete, fühlte sie die kühle Abendluft auf ihrer Haut. Sie hatte sich nach der Dusche in ihre Lieblingsjeans und ein luftiges Top geschmissen, darüber eine Wolljacke gezogen. Der Anblick, der sich ihr bot, ließ sie für einen Moment innehalten.

Der gesamte Garten war in ein sanftes, flackerndes Kerzenlicht getaucht. Ihr erster Gedanke war, dass es aussah wie eine Szene aus einem dieser romantischen Filme. Überall standen Windlichter, die die Dunkelheit mit ihrem warmen Licht vertrieben. Und am Teich saß ihre Mutter, mit einem Glas Rotwein in der Hand und lächelte Maria an.

»Was ist denn hier los?«, fragte Maria, während sie langsam auf die Terrasse trat.

»Ich dachte, wir könnten einen besonderen Mädelsabend verbringen«, antwortete Hanne. »Ein bisschen Wein, gutes Essen und uns über ... na ja, das Leben, die Liebe und alles dazwischen unterhalten.«

Maria lachte. »Das sieht alles wundervoll aus, Mama. Aber hast du das wirklich nur für uns beide gemacht?«

Hanne zuckte mit den Schultern. »Warum nicht? Manchmal muss man einfach die kleinen Momente im Leben feiern. Außerdem ...«, sie zwinkerte Maria zu, » ... wollte ich wissen, wie es heute mit Lukas war.«

Maria spürte, wie ihre Wangen heiß wurden. »Ach, das war ... nett.«

»Nur nett? Von deinem Gesichtsausdruck zu urteilen, war es wohl ein bisschen mehr als das.«

Sie setzte sich zu ihrer Mutter und nahm das angebotene Glas Wein. »Es war wirklich schön. Ich hätte nie gedacht, dass wir uns so gut verstehen würden. Lukas hat sich so verändert.«

Hanne lächelte verschmitzt. »Menschen ändern sich. Und manchmal ist es genau das, was man braucht, um sie wirklich zu sehen.«

Maria zog die Beine an ihren Körper. Sie liebte es, sich in der Gegenwart ihrer Mutter so klein und geborgen zu fühlen, als wäre sie wieder ein Kind.

»Mama«, begann sie zögerlich, »ich fühle mich heute irgendwie komisch. Ich meine, wegen Lukas und so.«

Hanne sah sie mit einem warmen Lächeln an und strich ihr über den Arm. »Wie meinst du das, 'komisch'?«

Maria atmete tief durch und suchte nach den richtigen Worten. »Es ist einfach so, dass ich nicht erwartet hätte, auf einmal solche starken Gefühle für Lukas zu haben.«

»Du hast dich in ihn verguckt. Ich habe heute in deinen Augen ein Funkeln gesehen ... Ich erinnere mich, dass ich das gleiche Gefühl hatte, als ich deinen Vater zum ersten Mal traf.«

Hanne legte ihre Hand auf Marias. »Hör zu, Liebling. Die Gefühle können manchmal überwältigend sein, besonders wenn sie unerwartet kommen. Aber du solltest dir auch erlauben, sie zu fühlen. Es ist okay, verwirrt zu sein. Aber vertraue deinem Herzen und lasse die Dinge sich natürlich entwickeln.«

Maria nickte. »Ich habe dich so vermisst, als ich nach München gezogen bin, Mama. Du warst immer meine beste Freundin, die einzige Person, mit der ich wirklich über alles reden konnte.«

»Ich habe dich auch vermisst, jeden Tag. Aber ich bin so stolz auf dich und alles, was du erreicht hast. Und egal, was passiert, ich bin immer für dich da.«

Als die Kerzen herunterbrannten und die Sterne am Himmel zu funkeln begannen, wickelte Maria sich fester in ihre Jacke und schaute zu ihrer Mutter. »Danke, Mama. Für alles.«

Printed in Poland
by Amazon Fulfillment
Poland Sp. z o.o., Wrocław

51829711R00171